13 LYHYET TARINAT

Cathy McGough

Stratford Living Publishing

MITÄ LUKIJAT SANOVAT...

D ANDELION-VIINI

U.S.

"Voikukkaviini on hyvän olon novelli, vaikka epilogi saikin minut hieman surulliseksi siitä, miten asiat muuttuvat. Oli tavallaan mukavaa käydä lyhyesti ajassa, jolloin asiat olivat toisin.

"Lyhyt, suloinen tarina muistojen kaistalle yksinkertaiseen elämään adyllisen kesäpäivän aikaan."

KIRKKAIMMASTA TÄHDESTÄ

"Rakkaus ei koskaan petä. Lindan ja Williamin rakkauselämä tiivistyy tähän novelliin. Tarina turhautumisesta ja kamppailusta samalla kun pidetään kiinni rakkaudesta kaiken läpi."

MARGARETIN ILMESTYS

Kanada

"Aloitin tämän novellin lukemisen muutamassa minuutissa sen ostamisen jälkeen, ja kun aloitin, minun oli pakko lukea se loppuun. Nautin todella tästä tarinasta. Se on hyvin kirjoitettu, eikä päähenkilöä voinut olla tuntematta. Ja lopussa oleva yllätys sai leukani loksahtamaan."

DARRYL JA MINÄ

U.S.

"Karmaiseva. Lyhyt katkeransuloinen tarina naisen tragediasta ja hänen yrityksestään selviytyä siitä raskaana ollessaan."

U.K.

"Hieno tarina. Erinomaisia tunteita. Tunsin todella myötätuntoa Cathia ja Darrylia kohtaan."

SATEENVARJO JA TUULI

U.S.

"Sci-Fi modernimmillaan ja ajankohtaisimmillaan. Lyhyttä hyvää luettavaa."

"Kirjailija kehrää mielikuvituksellisen sci-fi-tarinan, joka sekoittaa vaarallista tuulta, lentävää sateenvarjoa, pyörivää vihreää pulloa ja paljon muuta. Lyhyt tarina, jossa on nopeaa toimintaa."

Intia

"Mikä jännittävä matka! Virtaus on supernopea ja kirjoitus johdonmukaista ja sujuvaa. Jotenkin tuli mieleen Jerome K Jerome ja Three Men In A Boat."

U.K.

"Huonojen viikonloppujen äiti kohtaa avaruusolennon. Kuivalla vitsikkyydellä kirjoitettu bizzarro-tarina, jossa on avaruusolioiden kaltainen massiivinen vihreä esine, sateenvarjoja ja aseita. Erittäin mielikuvituksellinen, joskaan ei hullunkurinen tarina, joka pitää sinut otteessaan viimeistä sivua myöten. Täydet pisteet luovasta mielikuvituksesta, Cathy McGough. Saattaa saada sinut nauramaan ääneen ja läikyttämään kahvia."

KUOLEMAN TOIVOMUS

U.S.

"Luin tämän puolessa tunnissa viime yönä nukkumaanmenon jälkeen. Tunsin surua tämän miehen puolesta, joka koki elämänsä turhaksi. McGough johdattaa lukijan äärimmilleen, ja vaikka hän on mennyt yli pisteen, josta ei ole enää paluuta, et tiedä, miten asiat päättyvät. Loistava tarina luettavaksi lounaalla tai kahvitauolla."

"Pidin Cathy McGough'n luovuudesta, kun hän loi lyhyen, 20 sivun novellin, jossa on suuri elämänmuutoskokemus yhdestä miehestä, joka ei löytänyt elämänsä tarkoitusta."

"Minulla oli tämä kirja KIndlessäni jo jonkin aikaa, mutta kun vihdoin päätin lukea sen, en laskenut sitä pois ennen kuin sain sen luettua loppuun. Vaikka kirja on hyvin lyhyttä luettavaa, juoni ja hahmot ovat täysin kehittyneitä. Rakastin sitä."

"Se lukee kuin jakso Tales from the Cryptistä tai Twilight Zonesta."

"Rakastin sitä ja lukiessani kysyin MIKSI? Kun sain tietää, olin kauhuissani, tuollainen on pahin painajaiseni."

U.S. JA U.K.

"Kirjailija käyttää taitavasti hahmon sisäistä monologia paljastaakseen hänen elämänsä ja päätöksen, jonka kanssa hän kamppailee. Tarttui minuun loppuun asti. Tämä taitavasti kerrottu tarina on erittäin viihdyttävää luettavaa, ja suosittelen sitä lämpimästi."

Sisällysluettelo

Dedication

FOR DIANNE

Esipuhe

Hyvät lukijat,

Kiitos, että valitsitte tämän novellikokoelman, joka sisältää kuusi lukijoideni suosikkia ja seitsemän uutta novellia, jotka kirjoitin pandemian aikana.

Sanotaan, että "vanhaa ulos ja uutta sisään", mutta minä sanon, että katsokaamme koko näkymää.

Hyvää lukemista!

Cathy

DANDELION-VIINI

OLI VUOSI 1967, JA kesä oli melkein ohi, kun vedin ränsistyneet punaiset vaununi pitkin kivikkoista umpikujaa.Vaunujeni pyörien kolina oli tuttu ääni reittimme varrella oleville ihmisille.

"Kiva päivä kävelylle", sanoin.

"Niin on tosiaan. Hyvää päivänjatkoa", he vastasivat.

Jos ystäväni Sandra ja minä olimme onnekkaita, he toivat meille jäävettä, kolaa tai limonadia. Vaikka emme asuneet lähistöllä, useimmat kohtelivat meitä ystävällisesti. Useimmat mutta eivät kaikki asunnon omistajat.

"Älä ole kiusankappale", isä sanoi minulle aina, enkä ollutkaan. Huolehdin aina omista asioistani. En hötkyillyt enkä yrittänyt herättää huomiota. Voisinko sille mitään, jos vinkuvat pyörät vinkuvat?

Olin tyttö, jolla oli tarkoitus, joten ei haitannut, että käteni olivat kipeät, vaikka toivoin niiden kasvavan nopeammin. Sillä ei ollut väliä, kun kärryt kaatuivat kuoppaan tai vierivät ojaan.

Silti mielessäni oli hullu nainen yhdessä talossa. Pelkäsin kävellä hänen talonsa ohi yksin.

Muilla käynneillä hän huusi meille, kun emme tehneet mitään. Tai kiroili meille. Kerran hän jopa lähetti koiransa ulos kuolaamaan ja haukkumaan. Koiramme suojeli tietä kuin se olisi osa hänen omaisuuttaan. Vilkaisin katolle, jossa vanha Kanadan lippu liehui tuulessa. Jotkut sanoivat, ettei hän suostunut liehuttamaan uutta lippua, jossa oli iso vaahteranlehti. Hän ja hänen koiransa saivat minut voimaan pahoin.

Hengitykseni kiihtyi, kun lähestyin pelättyä taloa. Koska se oli umpikuja, minulla ei ollut muuta vaihtoehtoa kuin ohittaa se. Pysähdyin ja katsoin taaksepäin nähdäkseni, oliko Sandra tulossa. Häntä ei näkynyt vielä.

Sitten muistin, että isoäidin onnenkaninjalka oli taskussani. Se antoi minulle rohkeutta. Vedin vaunuja molemmin käsin ja kiiruhdin ohi.

Tiesin, että vanha rouva Macguire oli siellä. Minun ei tarvinnut nähdä häntä. Tunsin hänet. Vasemmalla olevassa talossa, verhojen takana. Katsoi minua pahalla silmällä. Hän vihasi lapsia, kaikkia lapsia.

Muutamaa taloa myöhemmin melkein kompastuin kengännauhaani. Vakautin vaunuja ennen kuin kyykistyin sitomaan sitä. Samalla vilkaisin olkani yli ja näin verhojen nykivän. Sillä ei ollut enää väliä. Olin hänen pahan silmänsä ulottumattomissa.

"Hei, odota! Odota ylös!" ystäväni ääni säesti hänen sandaaliensa kosketusta kiviseen tiehen. Vihdoin paras ystäväni pääsi perille. Sandra oli aina myöhässä kaikesta.

Käännyin hänen suuntaansa ja katsoin, kun hän juoksi vanhan rouva Macguiren talon ohi. Hän oli hengästynyt, kun hän saapui luokseni. Kaaduimme toistemme syliin. Olimme molemmat päässeet turvallisesti vanhan noidan asuinpaikan ohi.

"Oli jo aikakin!" Sanoin hieman kärsimättömästi, kun erosimme toisistamme.

"Anteeksi, minulla oli kotitöitä ja äiti oli päättänyt harjata hiukseni pois. Hän sanoi, että olin julkinen häpeäpilkku!"

"Mekkosi on nätti", sanoin huomioiden kahta etutaskua koristavat laskokset ja rusetit. Se oli kaunis ja täysin sopimaton hedelmien poimimiseen.

Sandra tarttui toisella kädellä vaunun kahvapuoliskoon ja painoi toisella kädellä mekon etuosaa alaspäin. "Vihaan vaaleanpunaista", hän sanoi.

Hänen kätensä minun käteni viereen sopi täydellisesti, ja pystyimme vetämään kärryä rinta rinnan helposti.

"Äiti sai minut lupaamaan, että pysähdyn kotimatkalla kulmakaupassa ja ostan leivän." Hän kurkisti taskuunsa: "Näetkö, hän antoi minulle kaksikymmentäneljä senttiä ja lisäksi viiden sentin kolikon, jotta voisimme jakaa banaanijäätelön."

"Voi, sitä voi odottaa innolla." Banaani oli meidän lempimakumme.

Jatkoimme kävelyä. Koira haukkui jossain takanamme.

"Saadakseni jäätelörahat minun täytyi pukeutua tähän typerään mekkoon."

"Ei se ole typerä", sanoin valehtelemalla ja toivoen, että minulla olisi oma kaunis mekko, jonka voisin pukea sellaisina päivinä, jotka eivät ole kirkkopäiviä. Kun minulla oli kaksi veljeä, yksi sisko ja toinen vauva tulossa, ei ollut todennäköistä, että saisin uuden mekon lähiaikoina.

Sandra kuiskasi: "Näitkö hänet?" Tiesin, että hän tarkoitti vanhaa rouva Macguirea. "Tunsitko hänen pahan katseensa sinuun tänään?"

"En, koska ristin sormeni ja silmäni." Valehtelin.

"Hyvä ajatus", hän sanoi siirtäen suurimman osan painosta kyljelleen ja kysyi: "Haluatko, että otan ohjat käsiini ja vedän hetken aikaa?"

"Ei, saattaisit liata mekkosi." Sandra naurahti. "Yhdessä on hauskempaa", sanoin, kun kävelimme herra Holidayn talon ohi ja sitten edelleen herra ja rouva Saukon talon ohi.

Melkein perillä ollessamme hiljennyimme. Parhaina ystävinä meidän ei tarvinnut puhua koko ajan. Matkamme tarkoitus oli yhteinen, joka riippui neiti Virginia Martinin *mustaherukkapensaista. Jos herukoita oli paljon, hän saattoi antaa meidän ottaa osan. Jos sato olisi niukka, matkamme olisi taas ollut turha.

"En malta odottaa, että näen, kuinka paljon hedelmiä on", sanoin.

"Minusta tuntuu, että meitä onnistaa", Sandra sanoi.

Pysähdyimme katsomaan neiti Virginian taloa. Etupuutarha oli aina tahraton, aivan kuin tuuli olisi tiennyt puhaltaa roskat ja lehdet pois, jotta ne eivät sotkisi hänen kaunista nurmikkoaan.

Pikkutytöstä lähtien olen aina etsinyt taloista ystävällisiä kasvoja. Äiti sanoi, että se oli tapa, josta kasvaisin aikanaan pois.

Virginia-neiti Virginian talossa oli epätavalliset mutta ystävälliset kasvot, joiden yläosassa oli kaksi pyöreää ikkunaa. Kun kaihtimet vedettiin puoliväliin tai kokonaan alas, ne näyttivät silmäluomilta. Tämä piirre oli erilainen kuin muut näkemäni talot.

Silmien välissä kasvoi nenä. Nenä, joka oli tehty tiilistä. Erona oli se, että nämä tiilet olivat pystyssä, kun taas muut tiilet olivat sivuttain. Se sai minut kylmät väreet, sillä oli kuin rakentaja olisi tiennyt tekevänsä nenäpiirteen juuri minua varten. Tiedän, että se kuulostaa varmaan hölmöltä.

Sitten alla oleva suu, joka muodostui pariovista. Yläreunassa oleva lasimaalauksinen ikkuna sai sen näyttämään hammasriviltä, jossa oli hammasraudat.

Rakastin seisoa ja katsella taloa, koska se oli myös paikka, jossa luonto kukoisti. Nauroin muistellessani, kuinka villisti kasvava muratti sai joskus talon näyttämään siltä, kuin sillä olisi ollut viikset tai parta.

Huomasin Sandran hyräilevän Penny Lanea. Hän hyräili aina, kun hänellä oli tylsää. Beatles oli ihan hyvä, mutta pidin enemmän Stonesista.

Sandra harjautti vaaleat hiukset kasvoiltaan, kun kärpäset pörräsivät hänen ympärillään kuin hiki olisi kutsu parveilemaan.

Vapautin otteeni vaunuista ja nousin varpailleni nähdäkseni aidan yli. Toivoin olevani tarpeeksi pitkä tällä kertaa, mutta ei käynyt niin. Sandra yritti, sillä hän oli hiukan pidempi, mutta hänkään ei nähnyt aidan yli. Pidin vaunuja vakaana, kun Sandra nousi sisään ja yritti nähdä yli, mutta sekään ei auttanut.

"Meidän on parasta mennä sinne ja kysyä", Sandra sanoi.

"Hyvä on."

Vedimme vaunut neiti Virginian nurmikolle ja pysäköimme ne, sitten kävelimme pitkin pitkää ajotietä, jota reunustivat kukat. Auringonkukat nyökyttelivät päätään ja kumarsivat meille kuin olisimme olleet kuninkaallisia, jotka kulkivat niiden seassa. Muutama voikukka ponnisteli serkkunsa varjossa.

"Muistatko, kun isäni antoi meidän maistaa tekemäänsä voikukkaviiniä?"

"Se oli kamalinta, mitä olen koskaan maistanut", Sandra sanoi.

"Tiedän, mutta sinun ei silti olisi pitänyt sylkeä sitä ulos." Nauroimme muistellessamme viinin roiskumista isän paidalle. "Isän mielestä olit hyvin töykeä."

"En tarkoittanut olla." Hän vilkaisi jalkojaan. "Hei, tiedätkö mitä? Voisimme pyytää auringonkukkia ja myydä niitä."

"Ne ovat kauniita, mutta pysytään suunnitelmassa. Rouva Smith sanoi maksavansa meille kaksi neljännesdollaria (viisikymmentä senttiä) niin monesta mustaherukasta kuin voimme kantaa, joten meillä on jo ostaja. Emme tunne ketään, joka haluaisi auringonkukkia."

"Ajattelin vain, että joku voisi haluta siemenet. Mutta okei."

Vilkaisin ystävääni ja päätin olla sanomatta asiasta enempää.

Portaiden juurella keräsimme ajatuksiamme. Kokemuksesta tiesimme, ettei sillä ollut väliä, mitä sanoimme, vaan sillä, miten sanoimme sen.

Viime kerralla epäonnistuimme, surkeasti. Neiti Virginia sanoi, etteivät mustaherukat olleet vielä valmiita. Hän sanoi olevansa innoissaan luodessaan uusia reseptejä vuotuisia syysmessuja varten.

Neiti Virginia oli kuuluisa piirikunnassamme, sillä hän oli voittanut lukuisia kultamitaleita mustaherukoihin liittyvistä resepteistä. Hänen kuvansa oli usein paikallislehdessä, joskus jopa etukannessa.

Oli siis hänen oikeutensa pitää hedelmät omana tietonaan, mutta jakaminen oli sitä, mistä maailmassa oli kyse. Toivoimme, että saisimme hänet suostuteltua jakamaan osan mustaherukoista meille.

Pettymys näkyi varmaan kasvoillamme, sillä neiti Virginia kutsui meidät sen sijaan auttamaan omenoiden ja päärynöiden poimimisessa. Hän tarjoutui maksamaan meille kymmenen senttiä kullekin, mutta se ei riittänyt siihen, että saimme haluamamme. Kiitimme häntä ystävällisestä ja anteliaasta tarjouksesta, mutta kieltäydyimme.

"Entä jos hän kieltäytyy?" Sandra kysyi vääntäytyen katsellessaan silmiini.

Ojensin käteni ja kosketin ystäväni pitkiä vaaleita lukkoja ja vedin sitten hiukan hiuksia. "Tule, otetaan selvää."

Sandra lähti juoksemaan, mutta sain hänet ajoissa kiinni ja mutisin sanat "DECORUM", johon Sandra vastasi: "Häh?". "Hidasta", kuiskasin. "Muista, että olemme nuoria naisia."

Kikatimme. Sandra silitteli taas mekkonsa etuosaa.

Otin käteni pois taskuista ja kurkottelin koputtajaa kohti. Ennen kuin ehdin edes koskea siihen, neiti Virginia heitti oven auki. Hän hymyili, ei vain suullaan vaan myös silmillään. Hän oli iloinen nähdessään meidät, se oli hyvä merkki.

"Keitä meillä on täällä tänä hienona aamuna?" hän kysyi tietäen hyvin, keitä hänellä oli paikalla, koska Sandra ja minä olimme käyneet täällä koko kesän. Olimme kiivenneet hänen kuistilleen yli tusinan kertaa kyselemään mustaherukoiden perään.

"Se olemme me, minä ja Sandra", sanoin, ja me kaksi tavallaan kumarsimme. Se oli paras yrityksemme, vaikka Englannin oikea kuningatar ei ehkä olisi ollut sitä mieltä. Neiti Virginia taputti.

"Kappas vain", neiti Virginia sanoi katsellessaan meitä ylhäältä alas. Sandran kauniissa vaaleanpunaisessa mekossaan ja minut haalarissani. "Ettekö te kaksi näytäkin..." Hän epäröi. "Te tytöt muistutatte minua..." Hän piti tauon, hänen sanansa ja ilmeensä olivat nyt jähmettyneet. Hänen silmänsä muuttuivat surullisiksi, mutta vain hetkeksi. Hän hymyili. "Te kaksi näytätte ihan kuvilta, itse asiassa haluaisin ottaa kuvan, jos se ei haittaa?"

Hänen muuttumisensa iloisesta surulliseksi ja taas iloiseksi sai vatsani kipeäksi. Katsoin Sandraa ja sovimme. Neiti Virginia kutsui meidät sisälle odottamaan, kun hän sai kameran valmiiksi. Toisessa huoneessa kuulimme, kuinka hän avasi ja sulki laatikoita.

"Olen huolissani vaunuista", Sandra kuiskasi.

Peräännyin ja katsoin ulos ikkunasta. "Kaikki on hyvin." Sen jälkeen pidin vaunuja silmällä, sillä en halunnut, että ne katoaisivat taas.

Kuten silloin, kun menimme sisälle juomaan lasillisen limonadia. Kun tulimme taas ulos, se oli kadonnut. Kävelimme ja kävelimme yrittäen löytää niitä, mutta vaunuista ei näkynyt jälkeäkään.

Sandra ja minä menimme kotiin. Olin kauhean järkyttynyt, itkin kuin vauva. Vaunut merkitsivät minulle paljon, vinkuvat pyörät ja kaikki. Ne olivat olleet joululahja isovanhemmiltani.

Vanhempamme ja ystävämme etsivät, kunnes katuvalot syttyivät. Seuraavana päivänä laitoimme ilmoituksen löytötavaralehteen. Se löytyi metsäalueen ulkopuolelta, kaatuneena maanviljelijän pellolta.

Me, Sandra ja minä tiesimme, kuka sen sinne laittoi. Se oli tietysti vanha rouva Macguire, mutta meillä ei ollut todisteita. Isä sanoi, ettei koskaan saisi syyttää ketään mistään ilman todisteita, mutta olimme nähneet hänen katsovan meitä pahalla silmällään.

Juuri silloin neiti Virginia palasi Kodak Instamaticin kanssa. Olin nähnyt sen mainoksen isän Life-lehdessä. 104 oli todella hieno.

"Tulkaa tänne, tytöt."

"Eikö ulkona olisi parempi valo?" Minä kysyin.

Hän hymyili ja avasi etuoven.

Odottelimme kuistilla yrittäen olla hötkyilemättä liikaa, kun neiti Virginia päätti, missä meidän piti seistä parhaan valon saamiseksi.

Nojasin kuistin seinään yrittäen nähdä mustaherukkapensaita, mutta se ei onnistunut.

"Hmmm", neiti Virginia sanoi, "miksemme menisi puutarhaan. Kun kaikki kukkii, voisimme ottaa ihania kuvia."

Sandra ja minä virnistimme.

Lähdimme portaita alas. Sandra saavutti pohjan yhdellä nopealla loikalla, mikä oli suuri ilonaiheeni. Neiti Virginia ei näyttänyt välittävän. Kävelimme hänen perässään ja kuuntelimme jokaista sanaa. "Täällä kasvaa persilja, ja tässä ovat tomaatit. Miten pitkiksi ne ovatkaan kasvaneet tänä vuonna. Mikään ei voita tuoretta tomaattikastiketta. Ja tässä on voikukkani. Valmistan niistä voikukkaviiniä."

Sandra haukkoi henkeään ja teki ilmeen.

Neiti Virginia ei näyttänyt huomaavan. "Ja tässä on mustaherukkapensaani, mutta sen te tytöt tietysti jo tiedättekin." Hän jatkoi: "Ja tässä on mustaherukkapensaani."

Yritin olla näyttämättä liian innostuneelta ja heitin vilkaisun olkani yli takaisin vaunuihin arvioimaan, kuinka paljon voisimme kuljettaa yhdellä matkalla. Toivoin, että olisin ottanut sen mukaan puutarhaan.

Tunsin Sandran käden sivelevän kättäni vasten. Huomasin, että hänen suunsa roikkui auki, kun hän tuijotti herukoita. Hän näytti koiralta, joka odottaa ruokaansa.

"Minä sulkisin sen, nuori neiti", neiti Virginia huudahti, "ellet halua saada kärpäsiä."

Sandra piilotti suunsa kätensä taakse.

Neiti Virginia nauroi melkein kikattaen, kun katselimme täydessä kukassa olevia mustaherukkapensaita. Hedelmät roikkuivat siellä, valmiina poimittaviksi. Paljon ja paljon herukoita. Olimme niin innoissamme, että päästimme kiljahduksen.

"Ensin kuvat", neiti Virginia muistutti meitä. Neiti Virginia yritti löytää parhaan mahdollisen kuvakulman ottaen huomioon, että puut venyivät auringonvalossa ja loivat varjoja.

Tajusin, että kun niin paljon herukoita oli valmiina poimittavaksi, neiti Virginia tarvitsisi apuamme, ja hän joutuisi tarjoamaan meille enemmän rahaa kuin silloin, kun hän pyysi meitä poimimaan omenat ja päärynät. Omenoiden ja päärynöiden poimimisessa olimme rajoittuneet siihen, mihin pääsimme käsiksi. Mustaherukkapensaiden kohdalla pystyimme kävelemään ympäriinsä ja poimimaan joka ikisen herukan.

"Voimmeko poimia nyt?" Sandra kysyi.

Ravistin päätäni toivoen, ettei hän ollut pilannut mahdollisuuksiamme.

"Haluaisin valokuvan, jossa mustaherukkapensaat ovat takanasi. Varovasti nyt, älkää litistäkö niitä tai pudottako hedelmiä pois, älkääkä herran tähden syökö yhtään ennen valokuvaa, tai kätenne ja suunne saavat tahroja. Ai niin, muistin juuri. Odottakaa te tytöt tässä, kun minä nipistän hetkeksi sisälle."

Yksin, aivan herukoiden edessä, oli kuin ne olisivat kutsuneet meitä nimeltä. Me pyörittelimme. Odotimme. Yritimme olla kuuntelematta mustaherukkapensaiden kuiskausta. He kutsuivat meitä valitsemaan yhden. Maistamaan.

"Tämä on hullua", Sandra sanoi. Hän avasi ja sulki nyrkkinsä. Kääntyi ja kääntyi mustaherukkapensaita kohti.

Minäkin käännyin. "Olen samaa mieltä. Mutta jos odotamme mustaherukoita, tienaamme tarpeeksi rahaa myymällä niitä yhdessä iltapäivässä."

"Aivan", Sandra sanoi silmäillessään hedelmätertuja. "Mutta minä tarvitsen yhden"

"Älä", sanoin.

"Mutta hän ei saa koskaan tietää!"

"Okei, poimitaan yksi marja."

"Mutta ne ovat niin pieniä."

Sandra poimi yhden ja niin tein minäkin. Pistin sen suuhuni, ja makea ja hapokas maku sai minut haluamaan toisen. Ja vielä yhden. Nappasimme kourallisen ja heitimme ne suuhumme. Herukkamehu peitti kieleni.

Neiti Virginia palasi puutarhaan.

Näytimme varmaan melkoiselta näöltä. Sandra, jonka kasvoilla ja mekossa oli mehua. Minä piilottelin käsiäni taskuihini.

Neiti Virginia ei suuttunut meille. Sen sijaan hän sanoi: "Katsokaa, miten kaunis mekkosi on." Hän pudisti päätään. Hän astui poispäin. "Siinä kaikki tältä päivältä, tytöt. Menkää te nyt kotiin."

"Mutta neiti Virginia. Entä mustaherukat?"

"Niin", Sandra sanoi, "Olemme pahoillamme, ettemme odottaneet, mutta ne kutsuivat meitä." "Niin."

Neiti Virginia nauroi. "Muistan, kun ne huusivat minua ja siskojani."

Hän muuttui taas surulliseksi, ja vatsani teki sen hassun jutun. "Entä kuvat?"

Neiti Virginia pyysi meitä asettumaan paikoillemme ja sanoi sitten: "Sanokaa juusto." Muutaman kuvan jälkeen hän kysyi: "Miksi te kaksi olette muuten niin kiinnostuneita mustaherukoistani?"

Sandra kuiskasi korvaani ja suostuimme kertomaan hänelle kaiken.

"Neiti Virginia, haluamme ansaita tarpeeksi rahaa vaihtaaksemme ystävyysrannekkeita. Näimme niitä torilla, ja ne maksoivat neljänneksen kappale", Sandra sanoi.

"Torin nainen tekee ne itse. Hän sanoi, että voisimme tehdä ystävyysseremonian, ja sitten olisimme parhaita ystäviä loppuelämäksemme."

Neiti Virginia ei ensin puhunut. Sen sijaan hän käveli ulos portista, ja me seurasimme häntä. Hän pysähtyi ja kosketteli auringonkukkien kasvoja, aivan kuin kukat olisivat vanhoja ystäviä. Hän näytti olevan ajatuksissaan.

Mietin, pyysimmekö liikaa ja tarjosimmeko liian vähän vastineeksi.

"Tulkaa mukaani", neiti Virginia sanoi ja alkoi poimia voikukkia. Kun hänen kätensä olivat täynnä, hän ojensi osan

Sandralle, poimi lisää ja ojensi ne minulle. Hän ei ollut vieläkään lopettanut, vaan keräsi lisää ja piti niitä mekkonsa etuosassa. Hän istui alas ja teki kasan keräämistään kukista. Hän pyysi meitä yhdistämään kukkamme hänen kukkiinsa. Istuimme myös alas, Sandra toisella puolella ja minä toisella.

Neiti Virginia poimi yhden kukan, sitten toisen. Katsoimme, kun hän työnsi kyntensä varteen ja antoi voikukan maidon virrata. Vaikka hänen sormensa alkoivat tahmaantua, hän jatkoi niiden yhteen pujottamista muodostaen voikukkaketjun. Hän lopetti yhden ketjun ja aloitti toisen.

"Näetkö tämän maitomaisen aineen?" Virginia-neiti kysyi. Me nyökkäsimme. "Mitä luulette sen olevan?"

"Onko se verta?" Sandra kysyi.

Minäkin mietin sitä, mutta en halunnut sanoa sitä, koska en ollut koskaan ennen kuullut valkoisesta verestä. En uskaltanut arvata ja kohautin sen sijaan olkapäitäni.

"Oletteko te tytöt kuulleet lateksista?"

Ravistimme päätämme.

"Siitä tehdään kumia."

"Tarkoitatko sellaista kuin minun intialainen kumipalloni?"

"Se pomppii tosi korkealle!" Sandra sanoi.

"Kyllä, tytöt, teillä on se. Siksi se on niin tahmea." Hän jatkoi kukkien naruamista yhteen. "Meillä oli tapana tehdä näitä, siskoillani ja minulla, kun olimme sinun ikäisiäsi."

"Mitä heille tapahtui, tarkoitan siskoillesi?" Sandra kysyi.

"He ovat taivaassa", Sandra sanoi aloittaessaan kolmannen kukkanarun.

"Ainakin he ovat yhdessä."

Neiti Virginia taputti kättäni. "Olet hyvin kypsä ikäiseksesi, etkö olekin? Sanoitko, että täytit juuri seitsemän?"

"Niin sanoin."

"Entä sinä, Sandra?"

"Minäkin olen seitsemän."

Neiti Virginia tuijotti taivaalle, ja muutaman hetken ajan katselimme, miten pilvet purjehtivat yläpuolellamme.

"Tuo näyttää karhulta", sanoin osoittaen ylöspäin.

"Ja tuo näyttää isolta möhkäleeltä tyhjää", Sandra sanoi.

Me nauroimme. Neiti Virginialla oli ihana nauru. "Kuka on ensimmäinen?" hän kysyi, ja koska olin lähimpänä häntä, hän tarttui käsivarteeni. Hän asetti kukkaketjun ranteeni ympärille ja sulki ympyrän: se oli rannekoru. Hän teki saman Sandran ranteelle ja sulki sitten kolmannen omansa ympärille.

"Ah", neiti Virginia sanoi huomatessaan, että hänellä oli vielä melko vähän voikukkia jäljellä. Hän alkoi niputtaa niitä yhteen, kunnes hänellä ei ollut enää yhtään jäljellä. Hän nousi ylös. Me nousimme myös.

Neiti Virginia asetti kukkaketjun Sandran päähän. "Sitä kutsutaan seppeleeksi", hän sanoi. "Haluaisitko sinäkin sellaisen?"

"Ei kiitos", sanoin.

"Voisinko tehdä sinulle kauniin kaulakorun?"

Katsoin jalkojani. "En haluaisi käyttää kaikkia voikukkia. Niitä tarvitaan viiniä varten."

Sandra risti silmänsä ja ojensi kielensä.

Neiti Virginia ei kiinnittänyt huomiota Sandran naamanvetoon.

"Ei se mitään", neiti Virginia sanoi, "minulla on vielä viime vuodelta jäljellä", ja hän alkoi poimia. Liityimme mukaan, ja kun me kolme työskentelimme yhdessä, minulla oli ennen pitkää pääIläni kaunis aurinkoinen kaulakoru. Kun pyörittelin, se pyöritteli myös.

Kun Sandra ja minä olimme tyytyväisiä koristeeseemme, meillä ei ollut kiire lähteä, ja vietimme iltapäivän kitkemällä rikkaruohoja ja siistimällä puutarhaa.

Kun oli melkein illallisaika, sanoimme, että meidän oli lähdettävä.

"Odottakaa tässä hetki", neiti Virginia sanoi. Hän palasi pesulappu, kulho täynnä vettä ja taskukirjansa kanssa. "Saanko?

Kun Sandra nyökkäsi, neiti Virginia kastoi liinan veteen ja nosti tahran Sandran mekosta. "Se kuivuu, kun kävelet kotiin." Hän käytti pesulappua käsiin ja kasvoihin.

"Kiitos", sanoimme.

"Ai niin, ja vielä yksi asia", hän kurotti taskukirjastaan ja ojensi meille kaksi kolikkoa.

Voisimme sittenkin ostaa ystävyysrannekkeet!

Epäröimättä tai neuvottelematta kieltäydyimme kiitollisina.

Neiti Virginia ei näyttänyt pahastuvan. "Nähdään ensi vuonna", hän sanoi ennen kuin sulki etuoven.

Vedimme tyhjiä vaunuja pitkin kuoppaista tietä pitäen varovasti kahvasta kiinni, jotta emme vahingoittaisi rannekorujamme.

"Ehkä ensi vuonna?" Sandra kysyi.

"Joo, ehkä ensi vuonna", vastasin. "Mennään nyt hakemaan se leipä."

Sandra kurkotti taskuunsa. Heilutteli kolikoita ympäriinsä. "Älä unohda banaanijäätelöä."

Saavuttuamme kulmakaupan eteen pudotimme kahvan ja ryntäsimme sisälle ajattelematta vanhaa rouva Macguirea.

EPILOGI

Palasin tälle kadulle teini-ikäisen poikani kanssa neljäkymmentäseitsemän vuotta myöhemmin, ja kuten voitte kuvitella, monet asiat olivat muuttuneet. Osa hyvään suuntaan ja osa ei.

Katu ei ollut enää umpikuja. Se oli täysin päällystetty ja leveä, joten siellä ei ollut enää ojia. Suurin osa taloista oli rakennettu uudelleen puu- ja alumiiniverhoiltuina. Muutamissa oli satelliittiantennit.

Nyt kun katu oli avattu, uusi tie, paljon taloja, matkapuhelinmasto ja vesivoimalaitos täyttivät tilan.

Neiti Virginian talo oli purettu ja tehty yksiköiksi. Takapuutarha on päällystetty parkkipaikaksi.

Vanha Lady Macguiren talo näyttää melko samanlaiselta, vaikka verhot on korvattu California Shuttersilla.

Sandra ja minä lähdimme eri teille, kun hänen perheensä muutti pohjoiseen. Hän palasi kotiin vuonna 1975, ja kävimme katsomassa elokuvan Jaws. Sen jälkeen menetimme yhteyden.

Punainen vaununi periytyi veljilleni ja siskoilleni, sitten serkuilleni. Jos se osaisi puhua, sillä olisi paljon ihania tarinoita kerrottavana.

Pelkkä mustaherukoiden mainitseminen vie minut yhä takaisin kesään -67.

KIRKKAIMMASTA TÄHDESTÄ

OLI MYÖHÄINEN ILTA, JA nuori pariskunta seisoi esteettömän yötaivaan peiton alla. Heidän takanaan tuoksuvien ikivihreiden muuri vartioi rajoja.

Täysikuun alla William ja Linda olivat maadoittuneet kädestä pitäen, vaikka heidän silmänsä ja henkensä olivat tähtien kuluttamia.

Keskiyön taivas ojensi kätensä avoinna heidän yläpuolellaan. Pimeän yön syleilyssä he tanssivat hitaasti pohjoisen pilkkijän valittua ohjelmistoa, samalla kun tähdet ja tulikärpäset tanssivat huomiosta.

Pariskunnasta tuntui, että he olivat ainoat elävät olennot, jotka olivat jäljellä maan päällä. Yhdessä he olivat maailman laidalla, katsellen kuunnellen, naimisissa taivaalle ja pilkkulinnun siivittyä pois, hiljaisuuden stimuloiville äänille.

Kunnes yksi yksinäinen tähti leimahti, aivan heidän edessään, ja kiinnitti huomiota itseensä. Se oli tähdenlento. Putoava. Polttamalla polun taivaan poikki. Sihisevä, näkymättömän sähkövirran sisällä, kiihtyvä, putoava.

"Kuule, kuulitko tuon?" William kysyi.

"Kyllä, se kuulosti enkeleiltä, jotka taputtivat siipiään", Linda vastasi.

He katsoivat, kun se eteni, muutti kurssia ja katosi sitten pilven taakse. Kokemus sen näkemisestä, sen jakamisesta sai pariskunnan tuntemaan, että he olivat osa jotakin suurempaa, jotakin tuonpuoleista.

Me kaikki synnyimme tähtipölystä. Olemme ikuisesti yhteydessä toisiimme, sekä elävät että kuolleet.

Kun tähti ei enää näkynyt, pariskunta istui alas yhdessä ja odotti, että jotain muuta tapahtuisi. Kumpikaan ei puhunut, sillä he pitivät muistoa sisällään, sekoittaen tunteita ja tuntemuksia. Kehystivät hetken ikuisesti mieleensä.

Linda ja William tiesivät yhden asian varmasti, luonto oli avain. Päivinä, jolloin kaikki tuntui mahdottomalta, jolloin elämä oli elämätöntä - henkinen yhteys elementteihin paransi heitä. Se antoi heille toivoa ja kohotti heidän sydäntään, mieltään ja kehoaan.

"Toivoitko jotain?" Linda kysyi, kun parvi Canada Geeze -lintuja torjui taivaalla.

"Ei, minulla on jo sinut", William vastasi kerätessään Lindan syliinsä. Nuori pariskunta jatkoi taivaan tuijottamista, kunnes hanhia ei enää näkynyt eikä kuulunut.

Linda ja William olivat kokeneet yhdessä niin paljon, ja silti molemmille riitti toinen toisistaan.

"Tiedätkö, voisin istua tässä ikuisesti kanssasi, William, ja antaa maailman mennä ohi. Minusta ei tunnu, että jäisin mistään paitsi, ja pidän siitä, kun maailma on hiljainen ja on melkein kuin olisimme jääneet saarellemme."

William halasi häntä yhä lähemmäs, ja Linda istui nyt mukavasti hänen sylissään.

Kun he liittyivät yhteen, sireeni soi kaukaisuudessa. Se murtautui hetkeksi heidän pieneen maailmaansa, kunnes William alkoi kuiskaavalla äänellä lausua Walt Whitmanin suosikkirunoaan:

"Kun kuulin oppineen tähtitieteilijän,Kun todisteet, luvut, olivat rivissä pylväissä edessäni,Kun minulle näytettiin taulukot ja diagrammit, jotta voisin laskea, jakaa ja mitata niitä,Kun sekoittaen kuulin tähtitieteilijän, kun hän luennoi luentosalissa suurten suosionosoitusten saattelemana,Kuinka pian selittämättömästi väsyin ja tulin kipeäksi,Kunnes noustessani ylös ja liu'uttaessani ulos vaelsin yksin mystisessä kosteassa yöilmassa ja aika ajoin katselin täydellisessä hiljaisuudessa tähtiä."

Sireeni kiljui kaukaisuudessa ja katkaisi hetken. Sitä seurasi toinen ja kolmas. Kaiku repi hiljaisuuden läpi, mutta vain hetkeksi, kuten tähti oli tehnyt. Yksi huusi, yksi paloi. Molemmat halusivat päästä jonnekin - nopeasti. Ensimmäinen oli ruma, karu ääni, ääni, joka merkitsi vaaraa ja kaaosta. Ihmiskaveri tarvitsi apua, välittömästi. Toinen, tähti, kaunis enkelin siipien räpyttely, kuolema. Loppu.

Sellaista on elämä ja sellaista on kuolema. Me kaikki päätymme samalla tavalla, vaikka kuinka huutaisimme tai kuinka kovasti yrittäisimme erottua, olla hyödyksi.

Pariskunta jäi istumaan, täysin hukkuneena hetkeen. He jakoivat jokaisen hengenvetonsa, kun yö levittäytyi heidän ympärillään. Sirkat sirkuttivat ja hyttyset surisivat. Puut huokailivat ja ilmaisivat närkästyksensä tuulelle, joka oli herättänyt ne ennenaikaisesti.

Linda muisteli päivää, jolloin hän tapasi Williamin ensimmäistä kertaa. In oli lukiossa ja he olivat kuusitoista vuotta. Linda oli uusi poika, sotilasperheestä, joka muutti koko ajan. Silti hänellä ei koskaan ollut vaikeuksia sopeutua joukkoon tai saada ystäviä, koska hän oli suloinen ja kaunis, ja ihmiset vetosivat häneen. Ensimmäisenä päivänä, kun hän näki Williamin jalkapallokentällä, hän tiesi, että William oli se oikea hänelle. Mies vilkaisi hänen suuntaansa, hymyili ja pyysi häntä joskus myöhemmin ulos. Melko pian he olivat yhdessä, lukion rakastavaiset. Kohtalona oli olla yhdessä ikuisesti.

William oli ainoa lapsi, ja hänen ensirakkautensa oli urheilu. Hän toivoi pääsevänsä valmistuttuaan ilmaiseksi johonkin parhaista yliopistoista jalkapallostipendillä. Kun hän ei harjoitellut, hän pelasi. Hän ei ollut oppinut, kaukana siitä, mutta hän ihaili vaativaa työtä ja hän oli erinomainen ihmistuntija. Eräänä päivänä hän huomasi Lindan, joka kamppaili avatakseen kaappinsa lukon. Hän tarjoutui auttamaan, mutta lukko aukesi heti, kun hän pyysi. Tuon päivän jälkeen hän halusi pyytää Lindaa ulos, mutta ei tehnyt sitä ennen kuin vasta sinä päivänä, kun he vaihtoivat katseita jalkapallokentällä. Kun tyttö hymyili hänelle, hän tiesi, että hän oli se oikea.

Valitettavasti heidän urapolkunsa veivät heitä eri suuntiin. Heidän molempien jäähyväiset olivat itkuiset. Molemmat lupasivat tulla kotiin joka viikonloppu ja pitää yhteyttä joka ikinen päivä. Aluksi he tekstasivat ja soittivat päivittäin, sitten se muuttui joka toinen päivä, sitten viikoittain. Se oli kuitenkin ihan ok, koska he tulivat edelleen joka viikonloppu kotiin nähdäkseen toisensa ja ollakseen yhdessä. Eroaminen toisistaan ja uudelleen yhteen palaaminen tekivät heistä vahvempia ja enemmän yhteenliittyneitä.

Sitten tapahtui jotain, eikä kumpikaan tiennyt varmasti, mitä se oli. Ehkä he olivat liian kiireisiä, tai ehkä erossa olemisesta tuli uusi normi.

Koska he kaipasivat toistensa seuraa, mutta eivät voineet saada sitä, he alkoivat tapailla muita ihmisiä. He sopivat tapaavansa muita ihmisiä, niin sanotusti testatakseen vesiä.

William seurusteli kerran tai kahdesti, mutta riippumatta siitä, ketä hän tapasi, hän saattoi ajatella vain Lindaa. Hän ihmetteli, mitä Linda teki ja kenen kanssa hän oli. Hän yritti olla välittämättä, kun ihmiset puhuivat Lindasta tai näkivät hänet treffeillä, mutta hän välitti - hän rakasti Lindaa - hän oli hänelle kaikki kaikessa - mutta jos Linda oli onnellinen, hän oli tarpeeksi mies pysyäkseen taka-alalla ja antaakseen Lindalle aikaa selvittää, mitä hän jo tiesi.

Linda tapaili myös, hän oli upea ja fiksu. Hän yritti työntää Williamin ja ajatukset hänestä pois mielestään. Hän kokeili kaikkea, tapaili miehiä, jotka olivat erilaisia kuin William, mutta aina jotain puuttui. Kun hän kuuli, että William tapaili muita naisia, hän ojensi leukaansa ja sanoi: "Jos hän pystyy siihen, niin minäkin pystyn siihen." Yksi hänen ystävistään, joka salaa halusi Williamia itselleen, torjui hänet, ja Linda jatkoi tapaamista miehen kanssa, jonka hän tiesi, ettei se ollut häntä varten. Itse asiassa kukaan miehistä ei pystynyt vastaamaan Williamiin, koska Linda rakasti häntä ja vain häntä. Hänen sydämensä ei voinut rakastaa ketään muuta.

Sitten hän meni kotiin, ja William oli myös kotona, ja he juoksivat toistensa luo aivan kuten näyttelijät tekivät elokuvissa ja vannoivat valmistuttuaan, etteivät enää koskaan olisi erossa toisistaan. Ja niin se tapahtui.

Viisitoista vuotta myöhemmin, yhä naimisissa. Yhä yhdessä.

Jopa silloin, kun he menettivät työpaikkansa. Työskentelyssä samassa yhtiössä oli etunsa, mutta ei silloin, kun talous meni huonosti ja se oli viimeinen sisään ensin, ulos. Linda irtisanottiin ensimmäisenä, ja hän yritti löytää uuden työpaikan, mutta kun vauva oli tulossa, he päättivät pysyä samassa yhtiössä: William työskenteli kokopäivätyössä ja sai täydet sairausvakuutusetuudet, ja Linda jäi kotiin, kunnes heidän poikansa oli tarpeeksi vanha päivähoitoon (jota yhtiöllä oli paikan päällä).

Sen sijaan, että talous olisi parantunut, se huononi, ja pian myös William oli työtön. Molemmat tekivät satunnaisia töitä, missä ja milloin vain pystyivät, ja jakoivat pojan hoitamisen keskenään, sillä lastenhoitajan palkkaaminen olisi ollut liian kallista, ja he tarvitsivat jokaisen pennin maksaakseen asuntolainansa.

Kun töitä ei löytynyt, he menettivät kotinsa. Kiinnitettiin asuntolaina, aivan kuten kaikki heidän ystävänsä, ja sitten he jäivät kodittomiksi. He asuivat autossaan muutaman kuukauden, kunnes velkojat jäljittivät heidät ja ottivat myös sen haltuunsa.

He pysyivät yhdessä, vahvoina. Pitäen kiinni toisistaan.

Kun he menettivät poikansa, se koetteli kaikkea. Ei sairausvakuutusta, ei kotia, ei osoitetta. Virus, flunssa, keuhkokuume, ja yhtenä yönä hän oli poissa.

Hänen menettämisensä oli viedä heidät melkein yli äyräitten. He horjahtivat ja horjuivat, kun epätoivon aallot vetivät heitä alas, ja itsehoitoalkoholin pullot vetivät heidät hetkeksi ylös, sitten heittivät heidät katuojaan ja melkein repivät heidät erilleen. Nyt heillä oli vain muistot pojasta ja valokuva, joka oli kehystetty muoviseen koloon tyynyn keskellä, jota he kantoivat repussaan vaihtovaatteiden, hygieniatarvikkeiden ja vessapaperirullan kanssa.

Sitten he löysivät yhteyden poikaansa luonnon kautta. He kävelivät, korkeammalle ja korkeammalle, tuntien hänen läsnäolonsa suhteessa taivaaseen. He eivät tarvinneet ravintoa tai kun tarvitsivat, löysivät jotain luonnosta. He uivat puroissa, söivät omenoita ja villimarjoja. Voikukkia ja villiparsaa. Lehtisipuleita ja sipuleita. Vesikrassia ja pohjoista villiriisiä. Kaikki herkut, joita he pystyivät etsimään ja valmistamaan ilman mitään käsillä olevaa. Ja vettä, he siemailivat aamukastetta puiden lehdistä, ja kun satoi, he avasivat suunsa taivaalle ja joivat tarpeekseen.

Ja he löysivät tämän paikan, korkealla kaupungin valojen yläpuolella. Kaukana houkutuksista ja äänisaasteista. Luonnon ympäröimänä, jossa he saattoivat olla täysin yhdessä. Paikassa, jossa heidän ei tarvinnut piiloutua kivulta, jossa luonto imi sen heidän puolestaan, heissä.

Missä laskeutuvan tähden yksinkertaisuus saattoi vangita heidät ja tuoda heidän poikansa takaisin heidän luokseen yhdessä hetkessä, yötähden kuolemassa.

"Meidän on parasta mennä nukkumaan, huomenna on suuri päivä", William sanoi ojentaessaan kätensä ja haukotellessaan.

"En kuitenkaan haluaisi nähdä tämän päättyvän."

Jänis hyppeli ruohikon poikki ja pysähtyi silloin tällöin haistelemaan ilmaa. Heidän vatsansa murisivat, mutta kumpikaan ei halunnut ottaa henkeä ruokailun vuoksi.

Linda kurottautui reppuun ja veti tyynyn esiin. Hän suuteli poikansa kuvaa, ja William teki samoin.

William taputti paikan itselleen ja sitten paikan Lindalle.

Linda pörrötti tyynyä. Hän ja asetti sen maahan, jossa hän lepuutti poskeaan poikansa valokuvan päällä. William teki samoin.

He käpertyivät lähelle toisiaan, kuin kaksi lusikkaa.

Koska William oli takapenkillä, hän avasi varovasti sanomalehden sivut, Tuulen puuska nollasi heidät ja teki läsnäolonsa tunnetuksi. William piti lehtiä lähellä rintaansa suojellen niitä kuin ne olisivat kultaa arvokkaampia.

Kun ilma oli taas tyyntynyt, William peitti Lindan ensimmäisellä ja toisella sivulla, ja sitten hän peitti kolmannen ja neljännen sivun päällekkäin.

He käpertyivät lähemmäksi toisiaan. Niin lähekkäin kuin kaksi ihmistä saattoi koskaan olla.

"Hyvää yötä, rakas", hän sanoi.

"Hyvää yötä, rakas", Linda vastasi.

Kun kuulin oppineen tähtitieteilijän Walt Whitman 1865

MARGARETIN ILMESTYS

K EVÄT OLI ILMASSA. SILTI Margaret ei saanut itseään irti murheestaan.

Kun tunteet valtasivat hänet, Margaret halasi itseään, koska kukaan muu ei tarjoutunut. Hänen ystävänsä sanoivat, että hän oli pelkuri. Hänen pitäisi puhua ääneen. Pyytää, ei vaatia sitä, mitä hän tarvitsi. He sanoivat, ettei hänen pitäisi odottaa mieheltään E.S.P.:tä.

Tällaisina hetkinä Margaret kääriytyi mielikuvitukselliseen karvaiseen palloon kuin karhuäiti. Sitten hän venytteli ja haukotteli, aivan kuin olisi heräämässä pitkästä talvihorroksesta.

Ota vielä yksi drinkki, he sanoivat, aivan kuin kännääminen parantaisi asioita.

Margaret kaipasi uutta alkua. Kausiluonteista uudelleensyntymistä, jossa hän voisi jälleen kerran löytää itsensä ytimen.

***

Kello viisi aamulla Toronton länsilähiössä lähellä Ontariojärveä linnut olivat palanneet talvilomaltaan. Muutamat jäivät tänne koko vuodeksi - näitä hän piti kaiken sään ystävinään. Ne olivat jo riisuneet Huckleberry Bushin paljaaksi. Tuodakseen ne takaisin Margaret täytti ruokintapöydät mustilla öljyisillä auringonkukansiemenillä.

Talvella lintujen äänien repertuaari vaihteli sinitiaisista kardinaaleihin, kyyhkysiin ja killideereihin. Margaret odotti hiljaisuudessa joka aamu, kun ne toivat uudet päivät. Virkistyneenä kehossaan ja mielessään hän sulki silmänsä ja nukkui taas. Kunnes erimieliset äänet herättivät hänet.

Se oli hänen teini-ikäisen poikansa ja hänen miehensä vastakkainasettelu. Vaikka he jakoivat saman veren, heidän hormoninsa kilpailivat herruudesta, ja he ottivat yhteen - varsinkin heti aamulla.

Margaret ja Michael Lindström menivät naimisiin kolmetoista vuotta sitten, ja heidän nyt kolmetoistavuotias poikansa syntyi pian sen jälkeen. Jotkut sanoivat, että pariskunnan oli pakko mennä naimisiin, mutta se ei ollut heidän asiansa.

He olivat tavanneet sokkotreffeillä ja ihastuneet heti. Michael oli johtava toimihenkilö kuljetusalalla. Margaret teki kahta työtä samalla kun hän opiskeli graafisen suunnittelun kandidaatin tutkintoa.

Michael teki pitkiä työpäiviä. Koska Margaret opiskeli ja teki kahta työtä, pari ei nähnyt toisiaan usein. Mutta kun he tapasivat, kipinät syttyivät. Rakkautta oli ilmassa. Täysin tuntemattomat ihmiset tulivat heidän luokseen ja kommentoivat, kuinka rakastuneilta he näyttivät, eikä aurinko koskaan jättänyt paahtamatta, kun he olivat kävelemässä käsi kädessä.

Margaretin ystävät olivat kateellisia, että hänellä oli vakituinen poikaystävä, ja he olivat huolissaan. Heidän kiireisten työaikataulujensa vuoksi heillä oli tuskin aikaa seurustella, saati sitten aloittaa täysimittainen suhde vanhemman miehen kanssa.

"Pidä vain hauskaa ilman odotuksia", Annabelle neuvoi, vaikka hänellä itselläänkin oli komplikaatioiden välttämiseksi avointen ovien politiikka, jonka ansiosta hän saattoi vaihtaa kumppania hetkessä.

"Mutta minä pidän hänestä. Siis todella pidän hänestä", Margaret vastasi.

"Jos sen on tarkoitus olla, se voi odottaa valmistumiseen asti", Lizzy, joka oli mukana yliopistopelissä pitkällä tähtäimellä, sanoi. Hän oli suorittamassa astrofysiikan kandidaatin tutkintoa, siirtymässä sitten luonnontieteiden maisterin tutkintoon ja oli vielä päättämässä, mitä tutkintoa hän opiskelisi valmistumisensa jälkeen. "Hän on vanha, mutta ei ikivanha, eikä todennäköisesti haikaile lähiaikoina."

Hän on kiltti, lempeä ja huomaavainen. Lisäksi hän on kutsunut minut työkeikalle tapaamaan kollegoitaan. Hän sanoo haluavansa esitellä minua." Hän hymyili.

"Sinulla on jo tarpeeksi tekemistä kahden työn ja tutkinnon suorittamisen kanssa", Annabelle tarjosi. "Puhumattakaan siitä, että olet aivan liian nuori sitoutumaan. Ellette te kaksi ole kiinnostuneita siitä." Hän pilkisti ja kilisteli lasejaan Lizzyn kanssa.

"Voisin kai sanoa ei", Margaret sanoi ja lisäsi lasiinsa lisää viiniä.

"Mitä et halua tehdä", Lizzy sanoi. "Minä sanon, että mene. Tapaa kaikki ne tylsät ihmiset, joiden kanssa hän työskentelee joka päivä. Se parantaa varmasti kaikki harhakuvitelmasi hänestä - jos mikään muu ei paranna."

Margaret huokaisi ja palasi opiskelemaan. Hän ei ollut niin vanha, eikä hän käyttäytynyt vanhana. Seitsemän vuoden ero ei ollut nykyään mitään.

Myöhemmin hän lähti Michaelin kanssa syömään, jossa hän tapasi muutamia hänen työkavereitaan. Hän oli lähempänä heidän ikäänsä kuin Michael, mutta hän tuli toimeen kaikkien kanssa, ja yllättäen hänellä oli hauskaa. Hän piti siitä, kun Michael esitteli hänet tyttöystäväkseen. Sanottuaan sen hän oli katsonut tyttöä kuin olisi odottanut tämän kiistävän sen, mutta sen sijaan tyttö tarttui hänen käteensä. Hän piti kovasti siitä, että oli osa miehen elämää.

Pian työkeikan jälkeen Michael kutsui Margaretin mukaansa ulkomaan työmatkalle. Margaret kieltäytyi, mutta sitten houkutus vierailla Seattlessa, Washingtonissa, sai hänet kyseenalaistamaan päätöksensä. Voisihan hän yhä opiskella, ja tauko arjesta olisi tervetullut. Jos hän lähtisi, palattuaan hän todella lukisi kirjoja.

"Kaikki kulut on maksettu", Michael pakotti. "Olen päivisin poissa... Sinulla on paljon aikaa opiskella uima-altaalla ja porealtaassa."

Michael pudisti päätään kieltävästi, mutta hän huomasi, että hän oli heikkenemässä.

"Ja me lennämme bisnesluokassa."

No, se riitti. Hän pakkasi laukkunsa, ja he lähtivät Seattleen, jossa hän opiskeli päivisin. Iltaisin he katselivat Marinersin peliä yhtenä iltana ja menivät Tractor Tavern Rock Clubiin toisena iltana. He kuulivat Bill Clintonin puheen Seattlen keskuksessa. He nousivat Space Needleen, katselivat Chihuly Gardenin nähtävyyksiä ja kävivät Popkulttuurimuseossa. Oli kuin he olisivat olleet häämatkalla; rakkautta oli ilmassa ja he siittivät Tommyn.

Margaret ja Michael eivät olleet puhuneet lapsista. Margaret ei tiennyt, miten lähestyä aihetta. Hän harkitsi abortin tekemistä, mutta hän ei halunnut satuttaa ihmistä, joka ei ollut valinnut syntymistään. Hän kutsui Michaelin illalliselle ja otti asian puheeksi.

"Haluan perheen, paljon lapsia", Michael sanoi.

Hän hymyili.

"En kuitenkaan näe itseäni naimisiin menevänä tyyppinä", hän piti tauon. "Jos kyseessä olisi kuitenkin lapsi, harkitsisin naimisiinmenoa. Kaikki lapset ansaitsevat parhaan mahdollisen alun."

"Luulen, että olen raskaana", hän pamautti.

Mies oli ensin hiljaa, sitten hän hyppäsi ylös ja halasi häntä. Hän sanoi, että heidän oli saatava varmuus. Hän varasi ajan lääkärille. Kun lääkäri vahvisti sen, minkä hän jo tiesi, he tarrautuivat toisiinsa itkien kuin idiootit. Vielä nytkin, kun hän ajatteli tuota päivää, hänen täytyi taistella kyyneleitä vastaan.

Hän jätti yliopiston kesken, kun aamupahoinvointi valtasi hänen elämänsä. Puuttuvat tunnit tuntuivat kasaantuvan. Kun oli selvää, että hän joutuisi uusimaan koko vuoden, Margaret otti sapattivapaata ja keskittyi kaikin voimin tulevaisuuteen. Tekemistä riitti ennen vauvan saapumista. He myivät hänen asuntonsa.

Ostivat talon lähiöstä ja viettivät pikaiset häät maistraatissa, jotta kaikki olisi virallista.

Pian tuore äiti vietti päivänsä tekemällä heidän kodistaan kodikkaan. Kun selvisi, että he saivat pojan, Margaret lähti täydellä vauhdilla luomaan ihanaa lastenhuonetta. He valitsivat urheiluteeman, baseballin, jääkiekon ja koripallon. Jopa jalkapallo. Kaikki urheilulajit, joita hän ja Michael nauttivat katsellessaan taulu-tv:stä.

Kun Michael oli töissä, Margaret valmisti joskus tarjottimelle ruokaa, kuten jäätelöä, selleriä, sieniä ja salsaa. Sitten hän istahti television eteen, laittoi vauvalle rauhoittavaa musiikkia ja luki hänelle. Margaret oli menettänyt käsityksensä siitä, kuinka monta kertaa hän oli lukenut pienokaiselleen Mitä odottaa, kun odotat. Hänelle se oli kuin vauvan raamattu, ja tiedon jakaminen vahvisti heidän yhteyttään entisestään.

Eräänä aurinkoisena iltapäivänä hän meni paikalliseen käytettyjen kirjojen kauppaan mukanaan luettelo suosikkikirjoista, joita hän oli rakastanut pikkutyttönä. Hän oli unohtanut kysyä Markilta, mitkä olivat hänen lempikirjojaan, mutta Mark ei ollut koskaan ollut mikään suuri lukija. Kesti kaksi matkaa tuoda kaikki kirjat sisälle. Hän istui nojatuolissa, kirjalaatikot edessään. Hän ei voinut uskoa, että oli löytänyt ne kaikki! Jopa Pokey Little Puppyn, joka oli ensimmäinen kirja, jota hän oli itse oppinut lukemaan. Niin, ja hän selaili Charlotte's Webin, Anne of Green Gablesin, Curious Georgen, Bobbsey Twinsin, Heidin ja koko Harry Potter -sarjan kopioita. Mark nauroi ja sanoi, että heidän olisi parasta investoida kirjahyllyyn. Hän teki vielä paremman, hän rakensi sellaisen itse ja sanoi, ettei hänen poikansa makuuhuoneessa olisi mitään tuollaista hömppähuonekalua.

Pian Tommy saapui, ja hän oli kaunein taideteos, jonka hän oli koskaan nähnyt. Toisinaan hän ei voinut uskoa, että hän ja Michael olivat luoneet hänet. Hänen sydämensä kasvoi, hän ei tiennyt koskaan voivansa rakastaa ketään enemmän kuin Michaelia: ja hän rakasti häntä paljon.

Michael halusi heti toisen lapsen, mutta toinen raskaus ei ollut luvassa. Tommyn synnytys oli ollut vaikea, ja lääkäri kehotti heitä olemaan yrittämättä uudelleen. Michael oli samaa mieltä siitä, ettei se ollut riskin arvoista, ja hän oli sinut sen kanssa, tai ainakin niin hän sanoi. Margaret ei uskonut häntä, vaikka hän oli aina aiemmin ollut rehellinen.

Alakerrassa kuului taas kovia ääniä, jotka vetivät Margaretin pois ajatuksistaan ja takaisin todellisuuteen. Tommy huusi ensin ja paiskasi kaapin kiinni, sitten Michael haukkui hänet, ja tilanne kärjistyi nopeasti. He ottivat yhteen mitä naurettavimmista aiheista. Kumpikaan ei ollut aamuihminen... eikä hänkään.

Vain yksi rauhallinen aamu oli kaikki, mitä hän tarvitsi saadakseen itsensä takaisin raiteilleen.

Margaret harkitsi ylösnousemista, mutta hylkäsi sitten ajatuksen. Hän odottaisi, kunnes he pyytäisivät hänen apuaan. He väistämättä pyytäisivät.

Tommy tupsahti hänen huoneeseensa. Sen sijaan, että hän olisi ollut hiljaa, hän huusi: "Nukutko sinä, äiti?" "Nukutko sinä, äiti?" Hän odotti sekunnin tai kaksi, että äiti heräisi.

"Kyllä", äiti vastasi aina hieroen väsyneitä silmiään, vaikka nukkuminen riehumisen aikana olisi mahdotonta.

Nyt, kun hän oli saanut hänen huomionsa, hän huusi: "En löydä urheilupaitaani, äiti".

Äiti hymyili, sillä hän laittoi ne aina täsmälleen samaan paikkaan, mutta ei maininnut sitä tällä kertaa. Mitä järkeä siinä oli? "Ne ovat kaapissasi, kulta."

"Ne ovat niinooo, EIVÄT ole!" hän sanoi, mitä seurasi polkaisu, perääntyminen ja oven paiskautuminen.

Hän alkoi laskea yksi Mississippi, kaksi Mississippiä, kolme Mississippiä.

"Löytyi! Kiitos, äiti! Se OLI tässä koko ajan."

Margaret asettui takaisin peiton alle ja vaipui taas uneen. Kunnes hänen miehensä Michael palasi heidän huoneeseensa. Hän noudatti tiukkoja sääntöjä. Ensin vessassa, sitten käsienpesu, hampaiden harjaus, hammaslangan käyttö, kielen kaapiminen, johon liittyi ajoittaisia ja hyvin kuuluvia nielaisuääniä (jotka saivat Margaretin usein peittämään korvansa tyynyllä.) Sen jälkeen vartin suihku, parranajo, lisää hampaiden harjausta, föönausta, ehostusta, partavettä. Kaikki ajoitettiin sekunnin tarkkuudella.

Kun hän oli valmis, hän heitti oven auki, ja kuuma höyry pakeni ennen häntä huoneeseen. Nainen katseli miehen kulkevan pitkin lattiaa kuin hän seuraisi pakenevaa aavetta. Miehen kölnin haju ja lämmin höyry saivat hänet uneliaaksi, ja pian hän nukahtaisi uudelleen.

"Margaret, oletko nähnyt eksynyttä kalvosinnappia?"

Hän nosti päänsä ylös. "Ei viime aikoina", hän vastasi, kun mies penkoi ylintä laatikkoa sulkematta sitä kokonaan. Sitten hän avasi keskimmäisen laatikon ja jätti sen osittain auki. Lopuksi hän veti alimman laatikon kokonaan ulos. Kaappi muistutti portaita, mutta se oli vaarallinen, sillä se saattoi helposti kaatua milloin tahansa. Hän kuvitteli Tommyn kävelevän ohi ja koko lipaston laskeutuvan hänen päälleen. Kauhu siitä, mitä saattoi tapahtua, repi hänet sisimpäänsä. Jos hänen täytyisi saada hänet pois alta... Olisiko hänellä voimia? Mitä jos... Hän hyppäsi sängystä ja sulki jokaisen laatikon.

"Aioin tehdä sen", Michael sanoi paiskaessaan oven perässään ulos tullessaan.

Koska hän oli jo ylhäällä, hän painautui suljetun oven takaosaa vasten, kunnes alakerrasta Tommy huusi: "Äiti, en löydä lounastani!".

"Se on lounaslaatikossasi, jääkaapin toisella hyllyllä, oikealla puolella."

"Ei ole", hän vastasi.

"Tullaan", Tommy sanoi tarttuen ovenkahvaan, mutta ennen kuin hän ehti avata oven, Tommy huusi: "Ai, nyt minä näen sen! Kiitos, äiti."

Palatessaan huoneeseensa hän mutisi "Ole hyvä", kun musta aukko sängyn alla kutsui. Hän voisi liukua suoraan sen alle, eikä mikään muu kuin pölypuput pitäisi hänelle seuraa. Siellä alla hän loisi ikioman supervoimansa - pimeyden suojakilven, joka torjui kovaääniset vihaiset äänet.

Lähestyvät äänet tekivät päätöksen, ja hän ryömi pimeään tilaan. Viihtyisässä ympäristössä hänen hengityksensä ja sydämenlyöntinsä hidastuivat. Hän sulki silmänsä, litteytti itsensä, sitten kurottautui kädellään ylöspäin, veti peiton lattialle ja veti sen koko vartalonsa alle ja päälle kuin olisi rakentanut linnoituksen.

Michael palasi heidän huoneeseensa. "Kulta?" hän kysyi.

Tommy pysähtyi ovella: "Ehkä hän on kylpyhuoneessa?"

Michael tarkisti asian ja vilkaisi sitten sänkyä.

"Eihän hän ole taas tuolla alla?" Tommy kuiskasi.

"Katsotaanpa", hän kuuli Michaelin vastaavan.

Molemmat laskivat itsensä maahan ja kurkistivat pimeyteen. He näkivät liikettä peiton alla. Michael katsoi poikaansa ja laittoi sitten sormensa huulilleen. Hän nyökkäsi, mielellään antaen isänsä puhua ensin.

"Kulta", Michael sanoi rauhoittavalla äänellä, "voisitko viedä housuni ja paitani pesulaan?". Hän avasi suunsa ja sulki sen sitten taas.

Margaret-parka ei voinut uskoa, että mies antoi hänelle tehtävälistan ja puhui hänelle kuin hän olisi piiloutunut sängyn alle joka ikinen päivä elämässään. Se ärsytti häntä suunnattomasti.

Hän ei ymmärtänyt vihjettä, vaan jatkoi: "Niin, ja unohdin kysyä sinulta viikonloppuna, että voinko kutsua muutaman ystäväni kylään. Tänä iltana. Pienelle juhlalle. Kahdeksan hengen juhlat, me mukaan lukien. Anteeksi, että ilmoitin taas niin lyhyellä varoitusajalla. Meinasin kysyä sinulta viikonloppuna."

Tommy lähti äitinsä luokse yksinäiseen koteloonsa. Sen sijaan hän limboili ulos. Hän suoristui ja pyyhki pölyt itsestään. He tuijottivat häntä, mutta eivät sanoneet mitään. "Menkää te kaksi nyt alas", hän sanoi pitäen yhä lämpimästä peitosta kiinni.

Michael vilkaisi kelloaan.

"Olen kunnossa, täysin kunnossa. Tulen ihan kohta." Hän laittoi peiton takaisin sängylle.

"Selvä", he vastasivat ja lähtivät.

Kun he olivat lähteneet, hän kurottautui sängyn yli. Hän sammutti sähköpeiton miehensä puolelta. Kun hän puki kotitakkansa ja tossunsa jalkaan, hän kuvitteli unohtaneensa sammuttaa miehen peiton. Palaako talo? Todennäköisesti. Ja se olisi hänen syytään. Kaikki oli aina hänen syytään.

Hän sulki kotitakkinsa ja korjasi hiuksiaan peilistä. Hänen oli puhuttava Michaelin kanssa illalliskutsuista. Kahdeksan ihmistä. Tänä iltana. Ainakaan se ei ollut niin paha kuin viimeksi, kun heitä oli ollut kaksitoista, tai edellisellä kerralla, kun heitä oli ollut kahdeksantoista. Silti hän oli pyytänyt miestä niin monta kertaa muissa tällaisissa tilaisuuksissa, että hän ilmoittaisi enemmän. Viimeksi kun hän oli saanut kaiken valmiiksi - no, melkein kaiken - hän ei ollut ehtinyt lakata kynsiään. Mikael huomautti tästä kiusallisesti vieraiden edessä, ja jopa heidän pojallaan oli tarpeeksi tunneälyä vaihtaakseen puheenaihetta, ennen kuin nainen purskahti itkuun.

Eteisessä hänen puputossunsa loivat kipinöitä kävellessään ja antoivat hänelle iskuja, kun hän poimi matkan varrella sukkia, alusvaatteita ja kalvosinnappeja. Palaset jäivät hänelle kuin jäljet, jotka johdattivat hänet alakertaan, jossa he odottivat.

Alakerrassa hän seisoi nyt olohuoneeseen johtavassa käytävässä. Kun hän astui sisään, hän näki ja kuuli miehensä rapsuttelevan paahtoleipää pitäen teekuppia pikkurilliä korkealla. Hänen vieressään oli Tommy, joka ahmi riisikeksejä ja jätti suunsa väliin. Maitopisarat ja murojen tähteet kerääntyivät hänen jalkojensa väliin ja pitter-patter-ääniä, kun ne osuivat mattoon.

Hän teki muistiinpanon, että heittäisi maton kuivausrumpuun, kun he olivat lähteneet, ja oli helpottunut siitä, että lattialla oleva kangas imi nestettä eikä tahri poikansa viimeiseksi jäänyttä puhdasta koulupaitaa. Hän lisäsi toisen muistiinpanon tilata pojalle uusia paitoja - poika kasvoi niin nopeasti, että oli vaikea pysyä kasvupyrähdysten perässä.

"Huomenta", Margaret sanoi juuri kun Fred Flintstone huusi: "Wilma!".

Hänen perheensä kuittasi hänen läsnäolonsa vilkaisemalla hänen suuntaansa, sitten he yhdessä purskahtivat nauruun, kun Barney ja Fred jatkoivat tavallisia tempauksiaan. Ainakin he tulivat toimeen keskenään. Flintstones oli yksi asia, josta he molemmat olivat samaa mieltä.

Kun tuli mainoskatko, hän sanoi: "Tästä illalliskutsusta, Michael". Hän hiljensi television äänenvoimakkuutta. Tommy protestoi ja söi sitten murojaan loppuun.

"Anteeksi siitä taas", hänen miehensä sanoi. "Puhuin pomoni kanssa viikonloppuna golfpelissä. En ole varma, miten se päätyi tänne, mutta seuraavaksi tajusin, että olin isännöimässä tätä hemmetin tilaisuutta. Ei tarvitse olla black tie tai mitään hienoa. Kolmen ruokalajin ja jälkiruoan pitäisi riittää."

"Keitä vieraat ovat? Millaisesta ruoasta he pitävät? Onko allergioita? Onko kasvissyöjiä?" Hän piti tauon. "Miksemme laittaisi grilliä käyntiin?"

"Ei, grilli-idea on hieno viikonlopputapaamiseen, mutta tämä on bisnesmielessä."

Hän huokaisi.

Hän jatkoi: "Pomoni ja hänen vaimonsa, Jim ja Dave markkinoinnista, Lucy ja hänen miehensä William lakimiehestä. Lucy taitaa olla kasvissyöjä tai vegaani. Lance taloushallinnosta ja hänen vaimonsa - en ole tavannut häntä aiemmin. Hän on uusi tiimissämme." Hän vilkaisi kelloaan ja hyppäsi.

Margaret tarttui hänen hihastaan kiinni. Hän työnsi puuttuvan kalvosinnapin sisään ja kiilasi sitten suoraan miehensä eteen suukon toivossa.

Michael epäröi hetken, ennen kuin antoi Margaretille suudelman, jota jotkut saattaisivat kutsua suudelmaksi - hän ei. Se oli pikemminkin nuolaisu, joka annettiin lennosta, kun hän lipui ohi. Pariskunnan huulet olivat tuskin koskettaneet toisiaan.

Ennen kuin Margaret ehti sanoa sanaakaan, Mark paiskasi oven takanaan.

Margaret kietoi kätensä jälleen ympärilleen. Hetken tai pari näytti siltä, että Tommy aikoi halata häntä. Tommy avasi kätensä, ja mies vastavuoroisesti ojensi kätensä hänen suuntaansa avoin kämmen ylöspäin. Tommy risti kätensä, kun hän siirtyi suoraan myyntipuheeseen 101.

"Katsos äiti, tänään on hampurilaispäivä - kaksi yhden hinnalla - ja tarvitsen rahaa. Rahat ovat hyväntekeväisyyteen, ja olen jo käyttänyt kaikki taskurahani tällä viikolla."

"Entä tekemäni lounas?"

"Ei hätää, syön sen välitunnilla."

Margaret taputti häntä päähän ja meni sitten keittiöön, jossa hänen käsilaukkunsa roikkui koukussa. Kun hän kurkotti sisälle, hän vilkaisi keittiönsä tilaa. Mikä sotku! Ja hänen oli saatava kaikki siistiksi illan illanistujaisia varten. Ei hätää!

Hänellä oli mukanaan vain kymmenen dollarin seteli, jonka hän laittoi miehen yhä odottavaan käteen. "Tuo minulle vaihtorahat", hän sanoi, kun mies lähti talosta ovea tiukasti paiskaamalla.

Takaisin olohuoneessa The Flintstones kääriytyi lauluun: "Teillä on hauskaa"! Margaret hyräili mukana, kun hän heitti maton olkapäänsä yli ja keräsi likaisen kupin ja lautasen, lasin ja kulhon.

Nyt keittiössä hän laittoi maton pesukoneeseen, aamiaisastiat astianpesukoneeseen ja kaatoi sitten itselleen kupin teetä haaleasta kattilasta. Hän palasi olohuoneeseen, joka oli vähemmän sotkuinen. Hän selaili kanavia ja törmäsi Judge Judyyn. Hän ei voinut olla ihailematta naista, joka hallitsi kaikkia ja kaikkea oikeussalissaan.

Hänen ystävänsä sanoivat, että hänen pitäisi nousta ylös ennen hänen perhettään, se vähentäisi kaaosta ja sotkua. Silloin hän olisi tilanteen johdossa. Toiset sanoivat, että hänen pitäisi hankkia työpaikka ja lähteä kotoa ennen heitä, jotta he oppisivat huolehtimaan itsestään. Hän oli kuitenkin niin väsynyt, niin ei oma itsensä näinä päivinä, puhumattakaan siitä, että hän ei ollut tehnyt töitä sitten poikansa syntymän. Kuka hänet nyt palkkaisi?

Margaret oli yhä tyytymättömämpi kohtaloonsa, kun hän oli luovuttanut elämänsä rakkaittensa tarpeiden hyväksi. Hän paheksui ainaista antamista, vaikka se oli hänen valintansa. Sitten hän kiipesi syyllisyyden ja itsesäälin junaan. Kävivätkö kaikki äidit läpi saman asian? Tämä tyhjyys? Tämä puskeminen ja vetäminen sisällään, joka luo tyhjiön. Tämä sisäinen tyhjyys, jonka hän antoi liikkua kuin kesämyrsky ja sataa kaiken päälle hänen elämässään. Hän oli hurrikaani, joka odotti tapahtuvan, ja tänään oli se päivä, jota hän oli pelännyt.

Hän kävi suihkussa ja pukeutui pysähtymättä aamiaiselle, mutta hän käytti aikaa heittää maton kuivausrumpuun ja halusi kiihkeästi ulos. Pois. Minne tahansa, pois.

Margaret ohjasi autonsa ostoskeskuksen suuntaan ja ajoi. Pysäköi. Matkalla sisälle nuori mies paimensi kärryjä. Tuulen avulla useat olivat lähdössä pakoon. Hän harkitsi sanovansa jotain helpottaakseen miehen taakkaa, mutta sen sijaan hän hymyili miehelle. Mies kutsui häntä henkeään pidätellen ämmäksi.

Kotiäiti jätti miehen huomiotta ja kiirehti sisälle. Hän ei voinut olla ihmettelemättä, miksi hänen empaattinen eleensä ei ollut saanut aikaan muuta kuin pahoinpitelyä. Ei se mitään, hän ajatteli ja siirsi huomionsa käsillä olevaan ongelmaan: illalliskutsujen valmisteluihin. Tärkeimmät asiat kuitenkin ensin: mitä hän aikoi pukea päälleen? Pitäisikö hänen hankkia itselleen uusi asu? Shoppailu oli aiemmin auttanut nostamaan hänen mielialaansa. Ehkä se auttaisi tänäänkin?

Margaret kulki muotikäytävää pitkin ja löysi näyteikkunasta mallinuken, jolla oli hieno puku, josta hän piti. Hän uskaltautui sisälle, jossa peilit kaikkialla hyökkäsivät hänen kimppuunsa. Hän perääntyi.

Liukuportaissa hän huomasi hius- ja kynsikylpylän. Hän vilkaisi kynsiään. Hän teki ne mieluummin itse kotona, kun hän tiesi, mitä hänellä olisi yllään - hän varaisi aikaa. Mutta hänen hiuksensa, se oli toinen asia.

Hän seisoi kampaamon ulkopuolella ja katseli, kuinka stylistit olivat kiireisiä. Salongissa näytti olevan hiljainen päivä, sillä vain yksi tuoli oli varattu. Hän harkitsi menevänsä sisään ja puhuvansa jollekin, mutta päätti olla tekemättä sitä, kun hän vilkaisi puhelintaan. Aika kului, ja hänellä oli jo aivan liikaa tekemistä.

Vilkkuva neonkyltti kiinnitti hänen huomionsa. Siinä luki: Matkusta unelmiesi kohteeseen. Myynti vain tänään!

Hän ei ollut enää Margaret, vaan Margarita Kuubassa. Hän kuvitteli olevansa Kuubassa laulamassa rumbaa. Sitten hän oli Australiassa, tanssimassa Outbackissa. Ei voi olla totta! Se oli aivan liian kaukana.

Nuori mies, joka oli noin puolet hänen iästään, huomasi hänet. "Tulen ihan kohta", hän sanoi. Hän palasi puhumaan puhelimeen.

Hän uskaltautui sisälle ja seisoi kömpelösti vastaanoton lähellä. Hän kuunteli nuoren miehen rauhallista ääntä. Joskus hän kuittasi hänen läsnäolonsa hymyllä. Muutaman hetken kuluttua mies lopetti puhumisen ja kätki kätensä puhelimen päälle.

"Ota itsellesi kuppi kahvia tai vettä odotellessasi. En viivy kauan. Ai niin, ja voit vapaasti selailla esitteitä ja lehtiä. Tulen ihan kohta."

Margaret kaatoi itselleen höyryävän kuuman kupin kahvia ja lisäsi sitten kermaa ja palan sokeria. Hän vilkaisi puhelimessa puhuvan nuoren miehen suuntaan, kun hän huomasi keksipaketin. Aivan kuin hän olisi pyytänyt miehen lupaa.

Mies kuppasi jälleen kätensä luurin päälle: "Kyllä, ota itsellesi keksi tai kaksi. Olet oikein tervetullut."

"Kiitos", hän kuiskasi ja otti keksin. Se oli suklaataivaallista.

Odotellessaan hän selaili joitakin lehtiä. Ensimmäinen oli Sveitsistä. Nyt hän oli Maggie, joka valmistautui hiihtämään Zermattissa, ja pitkä, vaalea ja komea hiihto-opettaja nimeltä Sven auttoi häntä suksien kanssa. Nyt he olivat lopettaneet hiihtämisen, ja Sven tarjosi tytölle kupin kuumaa kaakaota. Tyttö pyörtyi ja kurottautui siihen, sitten räpäytti silmiään pois.

Hän poimi toisen Havaijin esitteen ja kuvitteli itsensä Waikikin rannalle hula-ajelulle George Clooneyn kanssa. Sitten hän katsoi alas, tajusi, että hänellä oli bikinit yllään, ja huusi.

Margaret palasi todellisuuteen ja vilkaisi kohti nuorta miestä, joka oli yhä puhelimessa. Mies ei ollut huomannut hänen purkaustaan. Huh. Hän puraisi vielä kerran suklaakeksiä. Bikinit tai mikään muukaan uimapuku ei tullut kysymykseen.

Hän huomasi seinällä julisteen, jossa mainostettiin matkaa Britanniaan. Beefeaters. Pukeutui noihin hulluihin pitkiin hattuihin. Nyt hän oli Cathy, joka etsi Heathcliffiä Yorkshiren nummilta. Oli kylmä ja tuulinen päivä, mutta he kävelivät ja nauttivat raittiista ilmasta...

"Voinko auttaa?" nuori mies kysyi.

Heathcliff katosi. "Uh, uneksin vain", Margaret vastasi punoittaen posket.

Nuori mies napsautti näppäimistöään ja katseli näyttöä. Hän käänsi tietokoneen Margaretiin päin. "Nämä ovat tämän päivän vain yhden päivän viime hetken tarjoukset. Ne tulivat juuri!"

Kiinnostuneena hän siirtyi lähemmäksi.

"Jos olet kiinnostunut Englannista, et löydä tällaista hintaa enää koskaan."

"Olen aina halunnut käydä Englannissa."

"Tähän hintaan", nuori mies sanoi, "sisältyy vuokra-auto sekä hotellien ja aamiaismajoitusten yhdistelmä. Voisit matkustaa ympäriinsä ja sitten valita, missä haluat pysähtyä ja yöpyä."

"En tiedä ajamisesta siellä, eikö siellä ajeta toisella puolella?"

"Se on totta, mutta opit sen kyllä hetkessä."

***

Margaret palasi kotiin ja teki noutotilauksen. Hän valitsi ruokalistalta erilaisia ruokia jokaiseen tarpeeseen. Hän laittoi Chardonnayn, Rosen ja oluen jääkaappiin. Neljä punaista pulloa hän laittoi viinihyllyyn.

Hän sitoi esiliinan vyötärönsä ympärille ja ryhtyi sitten imuroimaan ja pyyhkimään pölyä. Hän asetti olohuoneen puhtaan maton uudelleen paikoilleen. Kun kaikki oli täydellistä, hän kattoi pöydän, jossa oli paikat seitsemälle. Michael ei halunnut ottaa riskiä, että Tommy aiheuttaisi kohtauksen. Ei hänen pomonsa ja työkavereidensa edessä. Hän valmisti tarjottimen ja asetti sen tiskipöydälle, jotta mies voisi viedä sen huoneeseensa.

Margaret meni huoneeseensa ja pakkasi matkalaukun ja käsimatkatavaralaukun. Hän tilasi Uberin viemään hänet lentokentälle.

Kolme tuntia myöhemmin hän nousi lentokoneeseen ja lensi pian kohti Yhdistynyttä kuningaskuntaa.

Kun hän katsoi ulos ikkunasta, hänet valtasi sekunnin murto-osan ajan syyllisyyden tunne. Hän taisteli sitä vastaan.

Hän oli jättänyt jääkaappiin lapun, jossa luki, että hän oli lähdössä pois.

Margaret ei ollut maininnut, minne hän oli menossa tai milloin hän palaisi.

Eikä myöskään sitä, että hän oli ostanut menolipun. He saisivat sen selville.

SATEENVARJO JA TUULI

OLI PERJANTAI 13. PÄIVÄ, ja tuuli piiskasi. Asiat, joiden ei ollut tarkoitus lentää, pomppivat ja kimpoilivat. Yli ja yli. Kuperkeikkoja ympäriinsä.

Tällaisena päivänä jotkut eläkeläiset olisivat saattaneet jäädä sänkyyn, mutta minä en. Miksi uskaltaisin lähteä ulos näin kauheana päivänä? Tästä syystä ja vain tästä syystä - tarvitsin vahvan kupin kahvia.

Niinpä leikin dodgemia, kyykistyin ja sukelsin saadakseni itseni ulos talosta ja autooni. Sitten suuntasin kohti lähintä autokauppaa. En ollut ainoa, joka uskaltautui tuntemattomaan parantamaan kofeiiniriippuvuuttaan.

Jono liikkui eteenpäin, etenevästi. Tein tilaukseni Extra Strong Vanilla Latte -juomasta ja ryömin sitten autolla kohti ikkunaa maksaakseni. Kurottauduin etsimään lompakkoani ja huomasin, että olin jättänyt sen kotiin.

Ikkunalla oleva nainen ojensi kätensä ja veti sen takaisin sisään välttääkseen pienen oksan, joka osui ikkunaani ja kimposi sitten hänen ikkunaansa.

"Vaihtorahaa", sanoin, kun nainen ojensi taas kätensä. Pengoin yhä hansikaslokeroa ja kuppilokeroita. Laskemisen jälkeen minulla oli seitsemänkymmentäkahdeksan senttiä. Istuimeni alla oli toinen dollari. Jatkoin etsimistä, kun takanani olevat autot odottivat ja suoraan takanani oleva kaveri torveili, muut seurasivat perässä.

"Tämä riittää", nainen sanoi ottaessaan kolikot ja ojentaessaan minulle kahvin.

Hymyilin suurinta hymyäni ja sanoin: "Kiitos." Suljin ikkunan ja ajoin pois, aina niin kiitollisena. Kahvi tuoksui taivaalliselta, mutta pidättäydyin ottamasta kulausta ensimmäiseen punaiseen valoon asti.

Odottaessani, siemaillessani ja maistellessani, sateenvarjo, jota ei ole vielä varattu, halkaisi tuulilasin puukahvallaan ennen kuin se kimposi pois ja pysähtyi läheiseen puun oksaan.

En edes tajunnut, että java poltti minua, ennen kuin valo vaihtui. Pysähdyin turvallisesti ja astuin ulos autosta. Mikään ei voita kuumaa kahvia, joka valuu jalkaa pitkin sukkiin ja kenkiin. Ravistin jalkaani kuin hiljattain kylvyssä käynyt koira.

Näin sen tulevan, mutta oli liian myöhäistä.

Se kirottu sateenvarjo. Taas se kirottu sateenvarjo.

***

Heräsin, yhä parkkipaikalla puinen sateenvarjonvarsi kaulani ympärillä. Olin pudonnut kovaa, mutta onnistuin tarttumaan auton oveen matkalla alas, mikä oli toisaalta hyvä asia ja toisaalta huono, koska se peitti ahdinkoni.

Betonipinta alapuolellani tuntui kylmältä ja sienimäiseltä. Yritin nousta ylös, ja tuuli tarttui sateenvarjoon, joka jatkoi matkaansa kuin tuuliajolla kulkeva pörriäinen.

En ollut vielä pystyssä, mutta laukaisin itseni ylöspäin työntäen painoni auton ovea vasten. Oven lukon äkillinen naksahdus ei lupaillut minulle hyvää □ olin jättänyt avaimet virtalukkoon. Etsin puhelintani ja tajusin nopeasti, että se oli kotona käsilaukkuni kanssa.

Nojasin autoa vasten kädet ristissä siinä toivossa, että saisin hyvän samarialaisen paikalle.

Kaukaa huomasin sateenvarjon, kun se teki tiensä muualle. Hups. Vastaantuleva auto, joka yritti väistää pyörivää dervisiisiä, törmäsi toisen auton takaosaan. Joku soittaisi nyt poliisille. Vilkuttaisin heille, että he auttaisivat minuakin. Kaikki hyvin.

Ennen pitkää kirottu sateenvarjo oli taas liikkeellä ja syöksyi täydellä vauhdilla kohti minua. Olinko minä sateenvarjomagneetti? Tällä kertaa se lensi korkealle ja pyörähti. Se oli kaunotar kaukaisuudessa. Se avautui taivaalle koko mustuudessaan. Se oli lumoava, niin korkealle se nousi, ja tiedättehän vanhan sanonnan: "Mikä nousee, se nousee", no, se osoittautui todeksi, kun se pirun kapistus syöksyi maahan ja saattoi tyrmätä minut lopullisesti. Kuten partiolaisen motto, olin valmistautunut, ja sen sijaan, että olisin odottanut sen osuvan päähäni, ojensin käteni ja tartuin sen kahvasta.

Pidin kiinni henkeni edestä, toivoen, etten joutuisi Mary Poppinsiksi. Jalkani lähtivätkin maasta, mutta vain sekunniksi tai pariksi, ennen kuin kuulin sireenit ja kenkien kolahduksen jalkakäytävään.

Nuori nainen sulki kätensä minun käteni kahvaan. Vakautimme itsemme, kun lisää askelia kulki kaduilla, kun sen omistaja napsautti nappia ja sulki kokoontaitettavan kuomun.

***

Oudon aamun jälkeen menin kotiin ja nostin jalat ylös, enkä suostunut liikkumaan, ennen kuin tuuli hellitti. Pidin kiinni suunnitelmastani, kunnes poikani pyysi minua hakemaan hänet hieman puoli kahdeksan jälkeen puoli kahdeksalta ystävänsä luota kaupungin toiselta puolelta. Vanhempien oli tarkoitus tuoda hänet kotiin, mutta he olivat hermostuneita kuskeja, joten kutsuin heidät paikalle.

Tuulilasissani oleva härkätahra oli jatkuva muistutus siitä, miten päiväni oli tähän mennessä sujunut. Odotin yhä vakuutusyhtiöltä tietoa omavastuuosuudesta. He tutkivat "luonnonmullistusta".

Otin yhteyttä poliisiin, joka sanoi varmistavansa sateenvarjon olemassaolon, mutta ei sitä, että se liittyi tuulilasiini. Kun he näkivät minut, pidin siitä kiinni.

Tunsin itseni erittäin vihaiseksi henkilölle, joka ei ollut pitänyt kiinni kangaskatostaan, ja minulla oli puolet mielessäni kirjoittaa neuvostolle ja pyytää sateenvarjolisenssisopimusta. Sitten voisin saada heidät maksamaan omavastuuosuuteni, tai vielä parempi, haastaa heidät oikeuteen.

Käynnistin auton ja peruutin ulos ajotieltä tietoisena lentävistä esineistä, kun vihreä pullo kiinnitti huomioni. Se pyöri ja pyöri ympyrää, kuin mielikuvitusihmiset pelaisivat pullonpyöritysleikkiä. Se ei suurimman osan ajasta poistunut maasta ja näytti pitkulaiselta vihreältä avaruusalukselta, kun se lähti lentoon, nousi yhä korkeammalle ja korkeammalle, sitten syöksyi maahan, pyörähti ja nousi uudelleen. Jatkoin matkaa, sattumalta samaan suuntaan kuin pullo oli menossa.

Kun näin miehen ja naisen kävelevän toisiaan kohti pullon vaarallisen kuperkeikan aikana, avasin ikkunan ja huusin heille. Kun he eivät reagoineet, soitin torvea. Pullo, joka oli nyt korkealla ilmassa, alkoi pudota vapaasti heitä kohti.

Pullo putosi alas ja osui täydellä voimalla naisen päähän. Vihreä astia kimposi ja osui miehen päähän. Välinpitämätön vihreä esine nousi ja putosi useita kertoja ennen kuin se pysähtyi puun runkoa vasten.

Laitoin nelisuuntaiset vilkut päälle ja sammutin moottorin, ennen kuin astuin jälleen kerran ulos autoni turvasta vaaralliseen tuuleen.

Sekä mies että nainen olivat tajuissaan, mutta he eivät kuitenkaan liikkuneet tai yrittäneet nousta ylös. Otin ensin naisen ja sitten miehen pulssin ja arvioin tilannetta muistellen vuosien takaista ensiapukoulutustani. Soitin hätänumeroon. Keskuspäivystäjä kysyi muutaman kysymyksen, mutta takanamme oleva halkeilu sai ihmiset istumaan ylös.

Katsoimme, kun tuuli jatkoi pauhuaansa ja lennätti pullon lentoon. Majesteettinen itkupaju kumartui hakemaan sitä takaisin, mutta liian myöhään. Tuuli katkaisi sen paksun rungon kahtia, ja puun osuessa maahan kaiku heilutti maata allamme.

"Tule nyt!" Huusin.

Tuuli napsahti kannoillamme, ja me lähdimme pakoon.

***

Kun olimme päässeet autoni turvapaikkaan ja turvavyöt kiinni, painoin kaasua. Kun pulloa ei enää näkynyt, ajoimme hakemaan poikaani.

Hengähdettyämme hetken, esittelimme itsemme.

Brent Welch oli pitkä ja erittäin komea mies, jolla oli tummat hiukset ja siniset silmät. Hänellä oli kuoppa leuassaan kuin Cary Grantilla. Hän oli osakas paikallisessa lakiasiaintoimistossa, hyvin puhelias, huomattavan ihanat käytöstavat, ja hän oli sinkku.

Eileen Mannyllä, joka oli myös sinkku, oli pitkät vaaleat hiukset ja hän käytti liikaa meikkiä. Hän oli varautunut ja pehmeäpuheinen kosmetiikka-alan edustaja, joten hänen "kasvonsa olivat hänen palettinsa".

Esittelin itseni. "Nimeni on Alice Mitchell. Olen hiljattain leskeksi jäänyt ja eläkkeellä oleva lukion opettaja."

Nyt kun olimme tutustuneet, he kiittivät minua pelastamisestani. Sitten he kysyivät tuulilasissa olevasta halkeamasta juuri kun Jasper kiipesi autoon ja kiinnittyi turvavöihin.

Esittäytymisen jälkeen jatkoin sateenvarjotarinan kertomista. Matkustajani kiljuivat naurusta.

"Mikä on niin hauskaa?" Kysyin.

"Se ei olisi voinut tapahtua kenellekään muulle", Jasper vastasi.

Lähdimme kotiin ja jätimme Markin ja Eileenin matkan varrelle.

Kun vihdoin pääsimme perille, tajusin, että tästä enemmän kuin tapahtumarikkaasta perjantaista 13. päivä oli vielä kaksi tuntia jäljellä. Kiipesin sänkyyn, vedin peiton päälleni ja yritin nukkua.

Minulla ei ollut aavistustakaan, mitä oli vielä edessä.

***

Seuraavana aamuna, lauantaina 14. päivä, herääminen kesti muutaman minuutin. Oli kuin ovikello olisi soinut unessani, kunnes poikani Jasper koputti makuuhuoneeni oveen.

"Äiti, se on sinulle □ poliisit."

Heitin peitot taaksepäin, vedin yöpaitani pääni yli, vaihdoin sen lenkkipukuun ja harjailin hiuksiani sormella ennen kuin astuin ulos.

Poikani, jolla ei ole juurikaan etikettiä näissä asioissa, vaikka hänet oli kasvatettu erinomaisiin tapoihin, oli jättänyt poliisit seisomaan kuistille.

Kun työnsin pääni ulos, puoliksi sisään ja puoliksi ulos, tuuli voimistui ja melkein veti oven käsistäni.

Upseerien ulkonäkö oli epäsiisti, mitä ennen vanhaan kutsuttiin "tuulenpuuskaiseksi ja mielenkiintoiseksi". Runsas upseeripari oli niin komea, että se olisi voinut toimia kuutamolla strippareina Thunder from Down Underista. Kutsuin heidät sisään.

"Ei kiitos, rouva", sanoi vaaleahiuksinen mies, joka hattunsa riisuttuaan näytti siltä toiselta kaverilta, joka ei ollut 'Ponch' C.H.I.P.S:stä.

"Jon", sanoin ääneen tarkoituksetta (C.H.I.P.S.:n vaalean miehen nimi oli juuri tullut mieleeni).

"Nimi on Marshall", vaalea sanoi. "Parini on konstaapeli Ramsey."

"Hauska tutustua. Ja miten voin auttaa?"

Blondi sanoi: "Saimme teiltä eilen ilmoituksen hylätystä hätäpuhelusta, voisitteko selittää, mitä tapahtui?" "Kyllä."

"Huomasin miehen ja naisen kävelevän toisiaan kohti odottaessaan punaisen valon vaihtumista. Huomasin pullon."

"Kesken lennon?" Ramsey kysyi.

Nyökkäsin. "Kyllä, pullo nousi ylös ja tuli sitten taas alas. Yritin herättää heidän huomionsa, mutta ennen kuin huomasinkaan, pullo osui ensin naiseen ja sitten mieheen. Molemmat kaatuivat jalkakäytävälle, kovaa."

"Missä kunnossa he olivat, kun tavoitit heidät, ja kauanko sinulta kesti, ennen kuin pääsit perille?" Jon, siis Marshall, kysyi.

"Parkkeerasin muutamassa sekunnissa ja menin heti heidän luokseen."

Ramsey oli se muistiinpanomies, hän kirjoitti ylös kaiken, mitä sanoin.

Marshall osoitti minua puhelimellaan; hän nauhoitti kaiken, mitä sanoin.

Arvelin sen olevan ok, vaikka en kyseenalaistanut sitä silloin.

"He olivat tajuissaan, hengittivät ja heidän pulssinsa oli voimakas. Kun olin varmistanut tämän, soitin hätänumeroon."

"Mitä sitten tapahtui?"

"Valtava puu kaatui ja me pakenimme autolleni."

"Pyysikö kumpikaan heistä päästä lääkäriin tai hätäkeskukseen?"
"Ei."

"Ei, he olivat täysin hereillä. Me nauroimme ja juttelimme. Heidän talonsa olivat paluumatkalla, jätimme heidät kyydistä, eikä siitä ollut mitään vaivaa."

Me pysyimme hiljaa.

***

"Mistä tässä on kyse?" Kysyin tuntien tuulen leikkaavan verryttelypukuani.

"Oletko tavannut kumpaakaan heistä aiemmin?" Marshall kysyi. "Eiväthän heidän talonsa ole kaukana sinusta."

"En." Seisoin hiljaa ja yritin tajuta, mihin he olivat kysymyksillään menossa. Mitä väliä sillä oli, olinko nähnyt kumpaakaan heistä aiemmin? Sisällä poikani laittoi television päälle ja ääni pauhasi. Suljin oven takanani ja astuin ulos.

"Millainen pullo se oli?" Ramsey kysyi.

"Se oli vihreä pullo."

Kaksi poliisia vaihtoi katseita.

"Pitääkö paikkansa, että teillä oli eilen toinenkin välikohtaus, johon liittyi sateenvarjo?" Marshall kysyi.

"Kyllä, se oli kauhea perjantai 13. päivä."

"Asia on niin", Ramsey sanoi. "Welch ja Manny kuolivat."

***

Heräsin pyörtymisestäni, kun kolme huolestunutta naamaa katsoi minua. Kaksi kuului konstaapelit Ramseylle ja Marshallille. Heillä oli käsissään Reader's Digest -lehtiä, joita he heiluttivat minulle kuin faneja. Toinen kuului Jasperille, jolla oli kädessään vesilasi, josta hän ajoittain roiskutti pisaroita otsalleni.

"Oletko kunnossa, äiti?"

En ollut sataprosenttisen varma. Yritin silti nousta istumaan välttääkseni lisää Reader's Digestin ja veden hyökkäyksiä.

"Sait pienen shokin", Ramsey sanoi, juuri kun kaksi ambulanssin hoitajaa tuli luokseni. Toinen tarkisti pulssini, toinen napsautti verenpainemittarin kiinni ja alkoi pumpata. Molemmat sanoivat: "Kaikki hyvin."

Yritin saattaa heidät ovelle, mutta he sanoivat, ettei se ollut tarpeen.

Ramsey istui minua vastapäätä.

Perhoset vatsassani lepattivat, ja tunsin itseni yhä hieman herkäksi, kun kysymykset lentävistä pulloista, jotka tappoivat ihmisiä, leijuivat päässäni.

Luulin ajattelevani vain viimeistä ajatusta, kunnes Ramsey vastasi: "Emme tiedä vielä kuolinsyytä. Oikeuslääkäri tutkii ruumiita."

"Huomasimme, että tuulilasissasi on iso halkeama", Marshall sanoi. "Törmäsikö kumpikaan heistä siihen?"

"Ei, sateenvarjo aiheutti sen."

"Luulen, että meillä on tarpeeksi tietoa", konstaapelit sanoivat.

Jasper saattoi heidät ulos.

Menin keittiöön, keitin itselleni vahvan kupin teetä ja avasin paketin suklaakeksejä. Ulkona kuulin tuulen puhaltavan lehtiä ympäriinsä. Avasin takaoven ja pyysin luontoäitiä lopettamaan.

Odotetusti se ei välittänyt pyynnöstäni.

***

Sunnuntai oli hiljainen päivä. Pysyttelin omissa oloissani, ja Jasper kohteli minua kuin äitienpäivänä aamiaisella, lounaalla ja illallisella sängyssä. Olin yhä shokissa, ja hyväksyin iloisesti invalidin roolin yhdeksi ja ainoaksi päiväksi.

Maanantaiaamuna suuntasin heti aamusta lasinvaihtoliikkeeseen. Minun ei tarvinnut tehdä muuta kuin maksaa omavastuuosuus, ja he korjaisivat sen paikan päällä.

Puhelimeni soi, ja se oli konstaapeli Ramsey. Hän pyysi minua tulemaan asemalle ja tuomaan autosi."

Selitin, missä olin ja miksi. Hän sanoi, että autoani tutkitaan. Hän sanoi, että olisin ilman autoa pari päivää.

Sanoin, että tulen mahdollisimman pian, ja poistuin paikalta.

Myöhemmin odotin punaisissa valoissa, kun huomasin nuoren pariskunnan kävelevän käsi kädessä. Hänen toisessa kädessään oli kahvikuppi. Nainen joi vihreästä pullosta. Yhtenä hetkenä he olivat onnellisia, seuraavana hetkenä nainen pudotti miehen käden kuin kuuman perunan. Mies puolestaan pudotti kuuman kahvinsa, joka valui hänen housuilleen ja kengilleen.

Sekunnin silmänräpäyksessä hän osui naisen pullon pohjaan ja se lensi ilmaan. Valoissa odottavat meistä näkivät sen nousevan ylös. Se oli kuin raketti, joka nousi suoraan taivaan tuuliin.

Se laskeutui alas juuri kun nuori pari katsoi ylös.

Se osui ensin naisen päähän, kimposi miehen niskasta ja vieri jalkakäytävää pitkin kadulle.

Nousin autostani hetkessä ja soitin matkalla hätänumeroon. Muut seurasivat minua ja nousivat autoista. Tukimme koko risteyksen.

Tyttö oli tajuton, ja mies oli täysin hereillä.

"Ambulanssi on tulossa", sanoin.

Kuulimme sireenit. Näimme poliisiautot.

"Mitä ihmettä te täällä teette?" Ramsey kysyi.

"Voi pojat", vastasin.

***

Selitin tilanteen. Tällä kertaa todistajia oli paljon.

Kun ambulanssi oli laittanut pariskunnan sisälle ja huutanut pois, poliisit käskivät kaikkia poistumaan alueelta minua lukuun ottamatta. He olivat jo puhuneet useimpien todistajien kanssa.

"Pidätättekö minut?"

He vaihtoivat katseita.

"Pitääkö ajoneuvoni vielä takavarikoida?" Esittelin itseni, olin nähnyt paljon poliisiohjelmia.

"Voit lähteä kotiin", Ramsey sanoi.

"Tiedämme, missä asut", Marshall sanoi virnistäen. "Kunhan et vain lähde kaupungista, okei?"

Nauroin ja jatkoin matkaa.

***

Kotimatkalla ei sattunut välikohtauksia.

Laitoin paistetun kanan uuniin, kuorin perunat ja paloittelin vihanneksia, samalla kun ajattelin ilmassa olevia vihreitä pulloja.

Menin toimistooni ja kirjoitin hakukoneeseen 'lentävät pullot'. Se linkitti minut YouTubessa olevaan kaveriin, joka laittoi karkkia pullon sisälle ja murskasi sen sitten maahan. Mitään ei tapahtunut. Jatkoin katselua kiinnostuneena. Kun hän seuraavan kerran murskasi pullon, se osui kameramiehen kasvoihin ja lähti ilmaan kuin raketti.

Sitten törmäsin Myth Bustersin kokeisiin, jotka vahvistivat, että täysi pullo voi murskata kallon. Tyhjät pullot eivät sitä vastoin voineet □ tämä myytti oli todella murtunut kahden viimeaikaisen kuolemantapauksen myötä.

Sammutin tietokoneen. En halunnut ajatella tätä enää.

Jasper tuli sisään. "Onko kaikki hyvin, äiti?"

Kerroin hänelle viimeisimmästä tapauksesta ja kokeiluista YouTubessa.

"Kai sinä vitsailet?"

Ravistin päätäni ja menin keittiöön sekoittamaan perunoita.

"Kaiken kukkuraksi paikalle kutsutut poliisit olivat Ramsey ja Marshall. He varmaan pitävät minua jonkinlaisena kirouksena."

"Tämä on pikkukaupungin äiti, me kaikki olemme toistemme asialla. Nauhoittiko kukaan tapausta puhelimellaan?"

Vauvojen suusta. Jos olisivat, se olisi saattanut tulla nettiin. "Miten löydän sen? Mitä avainsanoja meidän pitäisi käyttää?"

Menimme takaisin toimistooni, ja totta tosiaan, siellä se oli.

"Sinun täytyy kertoa poliiseille."

Konstaapeli Ramsey vastasi heti. Jasper lähetti hänelle suoran linkin samalla, kun minä kerroin hänelle yksityiskohdat.

Perunat olivat melkein valmiita, joten kaadoin veden pois ja lisäsin suolaa ja pippuria.

Jasper ja minä istuimme illalliselle television äänet taustalla. Siellä kerrottiin tuoreimmat tiedot pullon alle jääneestä pariskunnasta. Laskimme ruokailuvälineet ja siirryimme lähemmäs. Kuuluttaja sanoi, että tytön tila oli kriittinen, mutta onneksi pojan tila oli vakaa.

Meillä ei ollut enää nälkä.

***

En nukkunut paljoa, pyörin jatkuvasti.

Lopulta annoin periksi ja keitin itselleni kupin teetä.

Seisoin, pidin sitä kädessäni ja katselin ikkunasta ulos tuulta, joka yhä puhalsi ja pyöritteli asioita ympärilläni. Vapisin.

Elämässäni hyvät ja kauheat asiat tapahtuivat aina kolmena.

Menin toimistooni ja napsautin tietoja yliluonnollisista tapahtumista, mukaan lukien aavistukset. Kaikki merkit olivat siellä. Maailmankaikkeus yritti kertoa minulle jotain.

Mutta mitä?

Merkit viittasivat siihen, että kyseessä saattoi olla vihainen henki, joku, joka oli murhattu tai tapettu ennen aikojaan. Joku, joka roikkui täällä ja haki kostoa. En nähnyt mitään yhteyttä uhreihin. Olivathan he täysin tuntemattomia.

Aloin kirjoittaa raivokkaasti. Luetteloiden tekeminen auttoi minua aina selvittämään asioita.

Sarakkeeseen numero yksi laitoin itseni. Sinkku. Leskeksi jäänyt. Eläkkeellä. Yksi poika. Naimisissa kolmekymmentäviisi vuotta. Aviomies kuoli paksusuolen syöpään. Neljäs vaihe. Molemmat vanhempani olivat kuolleet. Olin ainoa lapsi. Perheemme oli aina asunut paikallisesti. Sukumme juontaa juurensa tälle alueelle.

Listalle numero kaksi laitoin Brent Welchin. Hän oli kolmekymmentäkolmen vuoden ikäinen ja asianajaja. Googlasin hänen kuolinilmoituksensa. Hän oli naimaton. Ei ollut koskaan ollut naimisissa. Asui yksin. Hänen sukujuurensa ulottui kauas tällekin alueelle. Miten emme olleet tavanneet aiemmin? Hänen sukulaisensa olivat olleet mukana tekemässä yhteisöstämme asuinkelpoista paikkaa jo pioneerien aikaan. Hänen äitinsä ja isänsä olivat molemmat kuolleet. Hän oli ainoa lapsi.

Meillä oli muutama yhteinen asia. Se sai minut nousemaan ylös.

Seuraavaan sarakkeeseen laitoin Eileen Mannyn. Hän oli kolmekymmentäyhdeksän vuotta vanha. Hänellä oli kaksoissisko Esther, joka asui paikkakunnalla. Se siitä teoriasta. Heillä oli paikalliset juuret, mutta ne eivät ulottuneet yhtä kauas kuin Brentin ja minun. Eileen oli naimisissa, mutta hänen miehensä oli kuollut. Eileenin vanhemmat olivat molemmat elossa, mutta he olivat muuttaneet pois. Eileenin tytär kävi samaa koulua kuin Jasper. Outoa, ettemme olleet tavanneet aiemmin.

Luetteloissani oli vain vähän tietoa, eikä niistä ollut mitään apua.

Nukkuneena menin takaisin sänkyyn, jossa hyödyttömien tietojen listat pyörivät päässäni.

***

Satoi erittäin kovaa, mutta pilvet eivät olleet tavanomaisilla paikoillaan. Sen sijaan ne olivat alapuolellani. Se satoi, maasta ylöspäin. Toinen merkki ilmastonmuutoksesta ja kaupunkien saastumisesta?

Leijuin itseni ulkopuolella, kun taas jalkani pysyivät tukevasti Tender Tootsiesin sisällä. Jalkani olivat piilossa kuusikymmentäluvun tyyliin kukkivan monivärisen hameen alla.

Se puhalsi tuulessa paljastaen ne, kun hame levisi ulos ja sitten takaisin sisään. Vyötärölläni oli erittäin paksusta, ruskeasta nahasta valmistettu vyö. Se oli liian kireä, se rajoitti minua.

Olinko kuollut?

Nipistin itseäni. En siis ole kuollut.

Minulla oli ylläni valkoinen pusero, jossa oli korkea röyhelökaulus, ja kaulakoru, helmiä, mustaa, rukousnauha. Juoksutin viileitä helmiä sormieni läpi yrittäessäni lukea sen kaiken, mutta en muistanut, mitä tehdä sillä.

Tuuli nosti minut ylös, kantoi minua. Puhalsi minua eteen- ja taaksepäin.

Pitkät hiukseni kiemurtelivat selkääni pitkin tiukassa letissä.

Seisoin sitten maalla, pilvien yläpuolella. Siellä ei ollut paljon tilaa liikkua pelkäämättä putoavani -

"Äiti! Herää! Herää, ole kiltti."

Se oli Jasper. Olin palannut.

Kiljuin, kun vihreä tulipallo poltti hiukseni ja sulatti rukousnauhan. Se valui rintaani pitkin ja sormieni läpi.

***

Istahdin ylös ja katsoin sormiani odottaen näkeväni vihreitä roiskeita tihkuvan läpi, mutta ne olivat puhtaat kuin pilli. Se oli ollut pelkkää pahaa unta.

Poikani huusi yhä minua. Juoksin olohuoneeseen ja avasin ja suljin silmäni pari kertaa vakuuttaakseni itseni siitä, että näin sen, mitä näin. Mikä sotku!

Vihreä olio oli syöksynyt taloni katon läpi. Matkalla alas lopulliseen leposijaansa (kellariin) se oli murskannut ja tuhonnut kaiken tieltään samalla kun se oli ruiskuttanut neonvihreää ainetta ympäri kotiani kuin koira merkitsemässä reviiriään. Vihreän sävy olisi saattanut olla kiva lisä, ellei sitä olisi ollut niin paljon ja ellei sitä olisi roiskunut ympäriinsä sattumanvaraisesti.

"Mitä ihmettä?"

"Etkö kuullut sitä?" Jasper kysyi. "Se oli kuin äänipamaus."

Kävelin lähemmäs reikää. En ollut kuullut mitään. Olin nukkunut, nähnyt unta. Nyt olin hereillä ja sanaton. Ristin käteni ja katsoin alas. Siitä nousi höyryä. Ojensin kämmeneni ja vaikka se oli kerrosta alempana, tunsin lämmön nousevan. Yritin puhua, mutta sanoja ei löytynyt.

Jasper katseli, odotti, että sanoisin jotain.

Se ei näyttänyt juuri miltään, se oli upotettu kellarin lattiaan. Se ei ollut pyöreä, neliön tai munan muotoinen. Sillä oli monia kasvoja, se oli kolmiulotteinen, pallomainen, melkein euklidinen, kiinteä dodekaedri.

"Eikö meidän pitäisi soittaa jollekulle?" Jasper kysyi nojatessaan reunan yli vierelleni.

"En ole varma, kenelle meidän pitäisi soittaa. Me emme ole loukkaantuneet, vaan talo on. Se ei ole aave, joten Aaveidenmetsästysryhmä ei auttaisi. En ole varma, tekeekö Neil deGrasse Tyson tai joku tiedelehti kotikäyntejä."

Jasper nauroi. "Kunpa Stephen Hawking olisi vielä elossa."

"Luulen, että tämä on enemmänkin Stephen Kingin juttu", sanoin.

Olimme shokissa, mutta pidimme sen kasassa huumorilla.

"Meidän on mentävä sinne alas ja katsottava tarkemmin."

"En tiedä, äiti; se vehje säteilee lämpöä. Tuntuu kuin saisin auringonpolttaman, kunhan vain seison tässä."

Hän oli oikeassa, mutta en ollut huomannut sitä, koska kuumat aallot olivat minun iässäni normaalia.

"Entä poliisi?" Jasper kysyi, otti puhelimensa esiin ja otti muutaman kuvan.

"En tiedä, miten he voisivat auttaa, mutta ainakin he ovat ajomatkan päässä." Pelkäsin ajatusta puhua konstaapelien Ramseyn ja Marshallin kanssa.

"Otin tämän", Jasper näytti minulle, "kun se tuli katon läpi."

Kuva alaspäin suuntautuvasta kapineesta näytti sen taittuvan ja avautuvan juuri ennen törmäystä.

"Se on vääristynyt", Jasper sanoi. "Se liikkui todella nopeasti."

Soitin poliisilaitokselle, ja konstaapeli Ramseyllä oli vapaapäivä, joten pyysin konstaapeli Marshallia. Kun olin selittänyt, hän kysyi: "Onko tämä vitsi?"

Koska olin lähettänyt kuvan jo aiemmin, lähetin hänelle kuvan nyt. Todiste. Odotin.

Konstaapeli Marshall kysyi, oliko kukaan loukkaantunut, ja vahvistin, että kyseessä oli vain talo. Selitin, että aiomme mennä alakertaan katsomaan tarkemmin. Hän ehdotti, että odottaisimme häntä ja katsoisimme yhdessä.

Kun olin katkaissut puhelun, Jasper ja minä menimme keittiöön, ja minä laitoin vedenkeittimen päälle.

"Miksi kaikista maailman taloista juuri meidän?" hän kysyi.

"Ajattelin juuri samaa, poika." Ajattelin myös vakuutusyhtiötä ja sitä, mitä he aikoivat sanoa. Ensin rikkoutunut tuulilasi ja nyt purettu talo. Kaadoin vettä pikakahviin, ja istuimme alas.

"Jos se olisi tehty jadesta, olisimme haisevan rikkaita", Jasper sanoi.

"Niin, kiinalaiset kutsuvat jadea taivaan jalokiveksi."

Siemailimme ja kävelimme katsellen alaspäin, lämpö valui siitä. Nousi. Mietin, voisiko se olla tarpeeksi kuuma sytyttääkseen muun talon tuleen. Päätin soittaa palokunnan.

***

Pian sen jälkeen ovikellomme alkoi soida odottamattomia vieraita. Se ei ollut poliisi tai palokunta. Ne olivat naapureitamme. He kuulivat kolarin, kokoontuivat ja tulivat tutkimaan asiaa (ja katsomaan, oliko meillä kaikki hyvin).

He tunkeutuivat sisään ja näkivät, että Jasper ja minä olimme kunnossa.

"Täällä on kyllä kuuma", Artois kadun toiselta puolelta sanoi. Hän oli kuuluisa siitä, että hän totesi hemmetin itsestäänselvyydet.

"Mitä nyt?" hänen vaimonsa kysyi kurkistellen reikään.

"Arvauksesi on yhtä hyvä kuin minun", sanoin.

"Poliisit ovat täällä", Jasper sanoi ja meni päästämään heidät sisään.

"Palatkaa koteihinne", konstaapeli Marshall vaati, mutta kukaan ei liikkunut.

Palomiehet saapuivat letkut valmiina. He seurasivat kuumuutta ja suihkuttivat esinettä ylhäältä päin. Sen sijaan, että se olisi viilentynyt, se sihisi ja sylki. Lisää höyryä tuli ulos. Se kuumeni niin, että vaatteemme sulivat pois.

"Perääntykää! Perääntykää!" Konstaapeli Marshall vaati. Suojavaatteisiin pukeutuneet kaverit eivät tunteneet kuumuutta niin kuin me. Muutamassa sekunnissa he lopettivat vesihyökkäyksen.

Juuri silloin vakuutusyhtiön edustaja saapui paikalle: "Vau!" hän sanoi.

Se oli viimeinen asia, jonka kuulin.

***

Heräsin sängyssä peitot kaulaani asti vedettynä ja olin varma, että olin juuri nähnyt pahaa unta vihreästä oliosta, joka syöksyi katon läpi. Menin ulos tutkimaan.

Näin olohuoneessa jättimäisen kauhalaitteen, jota laskettiin reikään tarkoituksenaan nostaa vihreä kraatteri pois talostani. Se kuulosti hyvältä suunnitelmalta.

Sen suu avautui, iso, isompi, sitten niin iso kuin se pystyi menemään. Se meni jutun alle leuat valmiina ja puristi kiinni.

"Kaikki järjestelmät käyntiin!" joku huusi.

Laite vääntyi ja narisi. Se lauloi ulos ja antoi sitten periksi huokaisten ja leuka murtuneena. Metallihampaat taipuivat ja vääntyivät, kun se, mikä oli jäänyt kiinni nostolaitteeseen, vedettiin takaisin ylös.

"Mitä nyt?" Kysyin.

"Rouva", konstaapeli Marshall sanoi, "miksette varaisi poikanne kanssa hotellia muutamaksi päiväksi? Teillä saattaa olla jopa vakuutus, joka kattaa sen."

"Jumalan teko", sanoin.

"Lankoni on vakuutusmies, ja kysyin häneltä asiasta. Hän sanoi, että useimmat vakuutukset kattavat meteorit, joten jos saamme selville, onko tämä otus meteoriitti, kaikki on vakuutettu."

"Ja kuka päättää, mikä se on tai ei ole?"

"Olemme ottaneet yhteyttä erääseen henkilöön, joka voi ehkä neuvoa meitä tai ohjata meidät oikeaan suuntaan."

Istahdin lempituoliini □ poikkeuksetta pieni palani rauhaa kaaoksessa.

****

Kun kukaan ei katsonut, menin alakertaan katsomaan asiaa tarkemmin. Lähestyessäni näytti siltä, että ääni, hyräily tai surina voimistui mitä lähemmäksi pääsin lämmön lisääntymisen lisäksi. Siellä oli myös haju, joka sai minut laittamaan käteni nenäni eteen.

Kun seisoin sen vieressä, minuun iski tunne, kuin kaikki olisi kääntynyt ylösalaisin. Itse asiassa, kun katsoin ylös, olohuoneessa seisovat vieraat peilautuivat alapuolelle, aivan kuin heidän ruumiinsa olisi ollut yläkerrassa ja heidän varjonsa alakerrassa leijuisi lattian läpi kanssani. Se oli outo tunne, kuin olisin ollut siellä alhaalla, mutta en yksin.

Varjon kaltaiset asiat olivat peilikuvia, joissa oli vihreää valoa, energiaa, joka johti kohteeseen. Tutkin yläkerran vieraita ja heidän vastineensa alhaalla; kun he liikkuivat, myös heidän varjon kaltainen energiansa liikkui.

Kävin yhden säteen ympäri ja lähemmäs kaatunutta massaa, ja lämpö väheni. Jos seurasin kaavaa varjoenergioiden avulla, pääsin lähemmäs pudonnutta esinettä.

Tutkiessani sitä tarkemmin, minua veti puoleensa raot esineen pinnalla. Ne olivat silmien muotoisia, mutta niissä ei ollut pupillia, silmäluomia eikä ripsiä. Kierrettyäni sitä minua huimasi.

Vakauttaakseni itseäni nojasin käteni seinään. Seuraavaksi seinä oli siirtynyt ja olin taloni ulkopuolella. Kellarini seinästä oli tullut kääntöportti.

Ruohoa lukuun ottamatta mikään takana ei näyttänyt siltä kuin sen pitäisi. Vajasta oli kadonnut polkupyöräteline ja poikani pyörä. Toinen asia, naapuritalot olivat kaikki poissa.

Lähdin kävelemään ja toivoin, että minulla olisi taloon kiinnitetty köysi, josta voisin roikkua kiinni siltä varalta, että eksyisin,

Katsoin ylös, eikä aurinkoa eikä taivasta näkynyt. Se, mikä oli korvannut ne, oli vain vihreää yläpuolella ja kaikkialla ympärillä, lukuun ottamatta puita. Puut olivat oksattomia, pelkkiä runkoja, jotka kuroutuivat taivaaseen.

Nipistin itseäni varmistaakseni, että olin hereillä. Olin hereillä.

Käännyin ympäri ja katselin taloani. Lähestyvä esine oli näkyvissä, puoliksi sisällä ja puoliksi ulkona.

Hetken aikaa halusin kääntyä takaisin, kunnes jokin tunne valtasi minut. Minun teki mieli laulaa, ja niin tein. Tom Jonesin kappaleen The Green, Green Grass of Home.

Heilahdin ja tanssin itseni kanssa, oli kuin leijuisin pilvessä. Sitten mielessä oli käsi, mieheni Lutherin käsi.

Heitin käteni hänen kaulansa ympärille, ja hän teki saman minun kaulani ympärille.

Me suutelimme ja tanssimme.

Kun laulu loppui, hän kumartui, antoi minulle suukon ja katosi.

Pyyhin kyyneleen pois.

***

Tunsin itseni nyt yksinäisemmäksi kuin hänen kuolinpäivänään, kiedoin käteni ympärilleni ja siirryin kohti taloa.

Kun palasin takaisin sisälle, minua veti puoleensa esine, joka näytti liikkuvan ja hyräilevän. Jotain muuta, se kääntyi vastapäivään.

Yläkerrasta kuulin huudon, jota seurasi rysähdys. Ruumis putosi reiän läpi, yhdistyi varjoenergiaansa ja tuli sitten lepäämään esineen pinnalle. Miehen liha sihisi ja sylki, kunnes jäljelle jäi vain X:n muoto, jossa miehen kädet ja jalat olivat levinneet.

Vatsani vatsa vavahti, kun suuntasin ylöspäin.

***

Tyhjät kasvot kertoivat kaiken.

Menin Jasperin luo ja kysyin, kuka mies oli. Hän selitti, että se oli paikallisen sanomalehden kameramies. Hän oli yrittänyt saada parhaan kuvan, mutta kumartui liian kauas.

"Kaikki ulos!" Marshall vaati. Tällä kertaa hän ei hyväksynyt kieltävää vastausta.

Jasper ja minä saimme taas oman kotimme, ainakin sen, mitä siitä oli jäljellä.

***

Konstaapeli Marshall ja kaksi muuta konstaapelia olivat asemissa taloni edessä.

Kaksi muuta konstaapelia saapui ja asettui takapihalle.

He eristivät alueen teipillä. Pakottivat uteliaat naapurit ylittämään kadun.

Jasper ja minä vedimme verhot taakse ja kurkkasimme ulos juuri kun mustien ajoneuvojen kulkue pysähtyi. Ovet avautuivat yhtä aikaa kuin Men in Black -elokuvassa. Mustat puvut. Sädehiilarit.

"Voi ei", konstaapeli Marshall sanoi. "Luulen, että asiantuntija, johon otimme yhteyttä, on saattanut tuoda viranomaiset paikalle."

"Voi pojat, niinpä hän onkin", sanoin.

"Vau", Jasper huudahti, kun hän iski silmänsä seurueen ainoaan naiseen.

Hän oli pukeutunut punaiseen kaksiosaiseen pukuun, jossa oli räätälöity takki ja polven yläpuolinen hame. Takin alla hänellä oli valkoinen pusero, jossa oli avokaulus, ja kaulakoru, jossa oli timanttisydän. Ulkonäön kruunasivat seitsemän tuuman punaiset korkokengät ja yhteensopiva käsilaukku.

Miehet pidättäytyivät, kun nainen nousi portaita ylös.

Hän oli selvästi lauman johtaja.

Jasper ja minä menimme sisäänkäynnille Marshallin ja kahden muun poliisin rinnalle. Muodostimme puolikkaan hevosenkengän.

Nainen näytti henkilöllisyystodistuksensa. Hän oli kotimaan turvallisuudesta, ja hänellä oli toinenkin agentti mukanaan. Kaksi oli FBI:stä, kaksi CIA:sta ja kaksi ulkomaalaisten suojelusta. Kaksi salaisesta palvelusta.

"Missä se on?" nainen vaati. Hänen nimensä oli Charlotte Cassidy. Hän riisui tummat aurinkolasit, ja hänen korpilahkeiset hiuksensa tekivät välittömästi kontrastia hänen sinisten silmiensä kanssa. Hänen kädessään oli esine, joka tikitti. "Se ei ole niin iso kuin kuvittelin sen olevan." Hän lähestyi reikää laite ojennettuna, ja se hiljeni.

"Säteilyilmaisin?" Jasper kuiskasi.

Kohautin olkapäitäni.

CIA:n mies, Frank Dune, laittoi jatkuvasti aurinkolasit päähänsä ja otti ne taas pois, vaikka hän oli sisällä. Se oli hyvin ärsyttävää. Hänen parinsa Jake Flatts kyynärpäätä ja käski häntä lopettamaan. "Rouva, mitä te tiedätte tästä esineestä?"

"Se putosi kattoni läpi. Se on naurettavan kuuma. Se humisee, joskus surisee. He yrittivät saada sitä trukilla pois täältä, se rikkoi sen." Siirryin lähemmäs ja viittasin selittääkseni kuolleen miehen jättämästä X:n muotoisesta muodosta.

"Se on poissa", Jasper sanoi.

"Mikä on poissa?" Charlotte kysyi.

Konstaapeli Marshall soitti mukaan. "Valokuvaaja putosi sisään ja suli sen päälle. Hänen kehostaan oli jäänyt X:n muotoinen jälki, mutta sitä ei enää näy."

"Ehkä sitä ei koskaan ollutkaan siellä?" Charlotte kysyi.

"Se oli ehdottomasti siellä", sanoin. "Meillä on paljon todistajia."

"Jessus!", sanoi yksi Ulkomaalaisten suojeluosaston (T.D.F.T.P.O.A.) miehistä. Hänen nimensä oli Alex Greene, ja hän oli innoissaan siitä, että voisi mennä katsomaan sitä.

Charlotte otti ohjat käsiinsä ja ehdotti, että ryhmä hajaantuisi. Hän osoitti, kenen pitäisi jäädä yläkertaan ja kenen pitäisi mennä hänen kanssaan alakertaan. Minä kuuluin jälkimmäiseen ryhmään.

Alex Greene ja hänen parinsa Jessie Filtch olivat selvästi pahoillaan siitä, että heidät oli jätetty ulkopuolelle, mutta Charlotte katsoi parhaaksi, että hän ja hänen ryhmänsä pääsisivät vaaraan ensin ennen kuin päästävät muut irti.

***

Kun saavuin alimmalle portaalle, kävelin hitaasti, jotta pystyin ajattelemaan matkalla □ joskus vanhuudella on etunsa □ mietin, pitäisikö minun kertoa heille tanssista mieheni kanssa. Tajusin, että minun pitäisi, vaikka se ei oikeastaan kuulunut heille.

Huomasin heti muutoksen kohteessa. Kahdessa silmää muistuttavassa kolossa oli kaksi oikeaa silmää. Väri ei kuitenkaan ollut ihmisen, sillä taustalla oli vihreitä pilkkuja ja pupillin paikalla oli jotain tulipunaista. Haukoin henkeä ja siirryin eteenpäin.

Kun olin toipunut, odotin, että vieraat hämmästyisivät tai ainakin kiinnostuisivat yläkerran väestä lähtevistä varjoista. Kummallista kyllä, he eivät näyttäneet huomaavan.

Charlotte oli kiireinen heilutellessaan enää tikittävää tikkuriaan. Hän tuli lähemmäs minua. "Mikä sinua tarkalleen ottaen huolestuttaa tässä kapineessa? Se vaikuttaa minusta täysin vaarattomalta."

P. G. Willow (lyhyesti Pingviini) □ kansallisen turvallisuuden edustaja - pelasti minut sanomasta jotain, mitä olisin katunut. "Olkaa vähän herkempi, jooko? Tämän naisen taloon on tunkeuduttu ja se on murskattu palasiksi." Hän piti tauon: "Oletteko ajatelleet, että se voisi kuoriutua?"

"Se ei ole edes munan muotoinen", Charlotte vastasi pilkattuaan.

"Muna sellaisena kuin me sen tunnemme", Pingviini vastasi.

Charlotte pyöräytti silmiään.

"Minua huolestuttaa", sanoin yrittäen olla kuulostamatta liian vihaiselta, vaikka tunsin itseni vihaiseksi, "ei niinkään tämä otus, vaan se, että te kaikki kuljette kotini läpi. Miksi olette täällä? Mikseivät täällä ole Ulkomaalaisten suojelusta vastaavan osaston tyypit FBI:n, CIA:n ja kotimaan turvallisuuden sijaan?"

"On hyvin kuuma", Charlotten tiskimies Homeland Securitystä tarjosi. Hänen nimensä oli Brad Hitt, ja hän oli hyvä toteamaan verisen itsestäänselvyyden, kuten naapurini oli ollut.

Kiertelin ympäriinsä yrittäen kiinnittää huomiota varjoihin. Kävelin sisään ja ulos niistä. Ei mitään.

Olinko ainoa, joka näki ne?

"Mitä nuo aukot pinnassa ovat?" Hitt kysyi.

Siirryin lähemmäs ja kysyin, mitkä ne olivat. Ihmettelin, mitä hän näki ja mitä ei. Hän sanoi, että satoja tai tuhansia tyhjän näköisiä rakoja. Sitten hän ojensi kätensä ja olisi koskettanut sitä, ellen olisi pysäyttänyt häntä ajoissa.

"Yritätkö tappaa itsesi?"

Charlotte sivalsi: "Luulen, että olemme nähneet tarpeeksi. Sitä on jäähdytettävä. Soita palokunnalle. Kun he ovat jäähdyttäneet sen, voimme vierittää sen pois täältä. Helppo nakki."

Kerroin hänelle, mitä tapahtui, kun palokunta yritti sitä.

Charlotte puhui suoraan puhelimeensa: "Kyseinen esine kuumenee, kun siihen kaadetaan vettä. Toistan, se pikemminkin kuumenee kuin jäähtyy, kun sen päälle kaadetaan kylmää vettä." Hän ylitti huoneen. Me kaikki seurasimme häntä.

"Hetkinen", Hitt sanoi. Me kaikki odotimme. "Ei se mitään", hän sanoi.

Charlotte ja hänen seurueensa poistuivat annettuaan meille tarkat ohjeet:

#1. Kukaan uusi ei saa tulla taloon.

#2. Mitään ei saa julkaista sosiaalisessa mediassa tai missään muualla ilman hänen lupaansa.

Sitten he olivat poissa, kahta lukuun ottamatta.

***

Jäljelle jäivät Alex Greene ja hänen kumppaninsa Jessie Filtch. Kaksi miestä ulkomaalaisten suojeluyksiköstä.

"Äiti, voinko puhua kanssasi?"

Suo anteeksi ja menimme toimistooni.

"Äiti, minusta nämä kaksi tyyppiä ovat idiootteja."

"Jasper, mitä sinä sanot."

"Minusta meidän pitäisi soittaa jollekin asiantuntijalle. Kuten Sam ja Dean Supernaturalissa. He tietäisivät, mitä tehdä."

Ravistin päätäni. "Äh Jasper, he ovat kuvitteellisia hahmoja."

"Tiedän, äiti, mutta sellaisia tyyppejä täytyy olla oikeassa elämässä."

"Mikset surffaisi netissä ja katso, mitä keksit?"

Jätin Jasperin toimistooni ja menin etsimään Alexia ja Jessietä. Heillä oli päällään outoja suojavarusteita, joihin kuului univormuja ja naamareita, ja aseiden kanssa, joita heillä oli mukanaan, he näyttivät aivan Ghostbustereilta.

Odotin näyttäväni tietä, mutta sen sijaan seurasin poikia. He raahasivat mukanaan niin paljon ylimääräistä tavaraa, putkia ja vempaimia. Yksi pojista tikitti.

Pojat työskentelivät hyvin yhdessä, oudolla osmoosilla. Yksi tiesi, mitä toinen ajatteli, ennen kuin hän kommunikoi. He siirtyivät lähelle esinettä ja laittoivat suojakäsineet kätensä sen päälle. Heidän pukunsa hoitivat homman □ aluksi. He vaihtoivat katseita ja näyttivät toisilleen peukkua.

Siirryin hieman lähemmäs, havaitsin oudon hajun. Jokin paloi. Ensin syttyi Jessien hanska ja sitten Alexin. He juoksivat lavuaarin luo ja repivät hajonneet hanskansa pois toisella kädellä. Heidän kätensä olivat palaneet, mutta se ei ollut niin paha kuin olisi voinut olla.

"Vau!" Jessie sanoi vedettyään naamarinsa pois. "Tuo paskiainen on kuumempi kuin helvetti."

Tämä totuuden purkaus sai minut nauramaan, kun Alex veti naamarinsa pois. "Huomasitko sen jutun?

Miehet katsoivat toisiaan ja sitten minua. En ollut varma, mihin he viittasivat, joten pysyin hiljaa.

"Joo, Jessie sanoi. "Silmät."

Olin yllättynyt, että he näkivät ne, ja sanoin niin.

"Hetkinen", Alex sanoi. "Väitätkö, että näet ne ilman silmävarusteita?"

Nyökkäsin.

"Mitä muuta voitte nähdä?" Jessie kysyi.

Epäröin ja sanoin, että tulen pian takaisin. He laittoivat huput takaisin päähänsä, ja menin yläkertaan demonstroimaan varjoenergiaa. Odotin odottaen kuulevani heiltä jotain, kuten ilonhuudon, mutta en kuullut mitään."

"Ai, sinä palasit", he sanoivat.

"Huomasitko mitään?"

"Saanko käyttää kylpyhuonettanne?" Alex sanoi ja meni yläkertaan.

Jessie laittoi hupun päähänsä, ja kun Alex palasi, he vaihtoivat katseita.

"Näetkö sinä siis varjot?"

"Laitamme kädet sen läpi", Jessie myönsi. "Ja saimme myös luettua sen."

Siirryin lähemmäs. "No älä pidä minua jännityksessä."

"Se on ionisoidun ilman hehkua, Rydbergin atomeja, siksi vihreä sävy", Alex sanoi. "Sitä on vaikea selittää, koska sitä esiintyy yleensä vain avaruudessa tai paikoissa kuten revontulet. Se on äärimmäisen harvinaista, tarkoitan, että se on ennenkuulumatonta jonkun kellarissa."

Minulla oli suu auki. Suljin sen.

"Alumiinipohjainen", Jessie selitti. "Ei myrkyllistä tai vaarallista. Uskomme, että esine on täällä vahingossa, kaukaa, kaukaa. Ottaen huomioon sen pelkän koon ja muodon, puhumattakaan sen painosta, sen lähettäminen takaisin ei tule olemaan helppoa. Itse asiassa meillä ei luultavasti ole siihen tarvittavaa teknologiaa."

"Tarvitsen juotavaa", sanoin.

Kun olin menossa yläkertaan, Jessie kysyi: "Entä se seinä?"

"Olettaen, että hän näkee sen", Alex sanoi.

Teeskennellen, etten ollut kuullut heitä, jatkoin. Sitten heitin takaisin viskipaukun.

"Äiti?"

"Olen keittiössä, kultaseni."

"Löysin kaksi tyyppiä, kuten Sam ja Dean. He ajavat nyt tänne, noin neljänkymmenenviiden minuutin päähän, GPS:nsä avulla. Toivottavasti et pahastu, mutta tarjosin heille juoksevaa laskua. Jopa sata dollaria heidän kulujensa kattamiseksi."

Hymyilin. "Sopii hyvin."

"Heillä on verkkosivut ja paljon todistuksia ja kokemusta yliluonnollisista, okkulttisista ja muukalaismaisista asioista."

"Hyvä homma Jasper. Ilmoita minulle, kun he saapuvat. Sillä välin pidän alakerran kaksi vierasta kiireisinä."

"Oletko kunnossa, äiti? Näytät vähän väsyneeltä?"

"Olen väsynyt, mutta samalla innoissani.

"Niin minäkin!"

***

Palasin kellariin ja varmistin, että näen sen.

"Oletko käynyt sen läpi? Toiselle puolelle?" Jessie kysyi.

"Menin sinne ja nojasin seinään näin." Osoitin ja menin jälleen kerran suoraan läpi. Pojat olivat jo pukeutuneet ja seurasivat perässä.

"Millainen ilma on?" Jessie kysyi.

"Se on raikas ja kaunis."

He ottivat maskinsa pois.

"Milloin huomasitte ensimmäisen kerran tyhjyyden?" Alex kysyi.

"En oikeastaan, kumarruin siihen vain vahingossa."

"Se näyttää hyvin oudolta kaiken tämän vihreän taivaan kanssa", Alex sanoi. Hän kosketti ruohoa ja sanoi sen tuntuneen keinotekoiselta.

He kävelivät vastakkaiseen suuntaan kuin minne olin mennyt aiemmin. Seurasin tiiviisti perässä. Kävelimme jonkin aikaa, kuuntelimme tarkasti hiljaisuutta. "Miksi te pojat kutsuitte sitä tyhjyydeksi?"

"Hän vain vitsaili", Jessie sanoi. "Tyhjiö on se, miksi tällaista kutsutaan pelimaailmassa tai virtuaalitodellisuudessa. Emme ole vielä varmoja, mitä tämä on, mutta meistä tuntuu, että tämä maailma on se maailma, josta esineesi on peräisin."

"Itse asiassa", Alex lisäsi. "Tuo esine olisi naamioitunut täällä kuin kameleontti."

Kuulin kovan vihellyksen. Mielenkiintoista huomata, että kuulin ääniä taloni sisältä tässä toisessa paikassa. Alex ja Jessie eivät reagoineet ääneen, kun kuljin takaisin sisäänkäynnille ja kävelin suoraan sisään. Pojat olivat kannoillani, mutta he eivät tulleet sisään. Ojensin käteni tyhjyyteen (paremman sanan puutteessa) ja vedin sen sitten takaisin. Se oli täynnä hyytelömäistä vihreää ainetta. Menin uudelleen sisään molemmilla käsilläni ja kurotin epätoivoisesti Jessietä ja Alexia. Huusin heidän nimensä seinän läpi ja yritin jopa työntää itseni takaisin seinän läpi, mutta en onnistunut.

Jasper kuiskasi äänekkäästi.

"Tuo heidät tänne alas Jasper, luulen, että tarvitsemme heidän apuaan □ NYT."

***

Meidän Sam ja Dean olivat kaksi nuorta poikaa, tuskin Jasperia vanhempia. He olivat lastattuina varusteilla, kun he kulkivat portaita alaspäin. Kahdesta pisimmällä oli vaaleat hiukset ja hänen nimensä oli Bert (lyhenne sanoista Albert) ja toisen nuorukaisen, jolla oli armeijatyylinen hiustenleikkaus, nimi oli Leo (lyhenne sanoista Galileo).

Kun olimme vaihtaneet muutaman kohteliaisuuden, selitin kadonneista agenteista ja tyhjyydestä.

Leo puhui mikrofoniin, joka hänellä oli puhelimessaan. Hän kuvaili esinettä ja sen kokoa ja mittoja. Hän pyysi minua selittämään, miten tyhjiö toimii.

Bert käveli vihreän esineen luo katsomaan sitä lähemmin. Hän ojensi kätensä ja kosketti esinettä ennen kuin ehdin pysäyttää hänet. "Se on ihan siisti", hän sanoi. "Tarkoitan lämpötilan suhteen. Ottaen huomioon Jasperin kuvauksen siitä aiemmin, sanoisin, että jokin on mennyt oikosulkuun."

Kosketin sitä itse; se tuntui poikkeuksellisen sileältä ja viileältä. Etsin silmäparia, tuloksetta. Ihmettelin varjoja ja pyysin Jasperia juoksemaan portaita ylös, jotta voisin tarkistaa asian. Ei mitään. Bert ja Leo katselivat minua tarkkaavaisesti.

"Luulen, että sillä, joka tämän omistaa, täytyy olla vetosäde."

"Pitäisi sanoa, että sillä oli vetosäde", Bert sanoi. "Koska se näyttää toimineen huonosti."

"Voinko tulla alas nyt?" Jasper kysyi.

Pyysin anteeksi, että olin unohtanut hänet.

"Kaverit toisella puolella, mitkä ovat heidän nimensä?" Leo kysyi.

Huusimme heitä. Ei mitään.

"Niin, se vetosädejuttu", sanoin, "se lakkasi toimimasta, joten miten me korjaamme sen? Ja jos korjaamme sen, pystyvätkö he kelauttamaan sen takaisin?"

"Jos saisimme tyhjiön auki, niin voisimme työntää esineen läpi", Leo sanoi.

"Ja saada kaverit takaisin", Jasper lisäsi.

Minulla olisi edelleen valtava reikä katossani, mutta ainakin silloin saisin sen korjattua.

Yhdessä me neljä seisoimme esineen toisella puolella. "Lasken kolmeen", Bert sanoi, ja työnsimme sitä kaikin voimin.

"Se oli fiksu idea", Bert sanoi, kun emme saaneet sitä siirrettyä pätkääkään. Hän epäröi hetken ja kysyi sitten: "Kun olitte toisella puolella, aistitteko mitään vaaraa?" Hän kysyi.

Mietin asiaa. En ollut ja sanoin niin. "Yksi asia", myönsin. "Jasper, tämä tulee sinulle shokkina. Olin toivonut voivani kertoa sinulle kahden kesken."

Selitin tanssimisesta mieheni kanssa. Huolestuneena kysyin Jasperilta, mitä mieltä hän oli asiasta. Hän sanoi toivovansa vain, että olisi ollut siellä kanssani.

"Kysyikö hän minusta?"

Toivoin, että hän olisi kysynyt, mutta hän ei ollut kysynyt. Kaikki tapahtui niin nopeasti.

"Anna kun selvitän yhden asian", Alex keskeytti. "Se ei ollut miehesi. Se oli miehesi ilmentymä. Yliluonnolliset olennot voivat lukea ajatuksia, jotkut voivat loihtia henkiä ja jopa jäljitellä eläviä."

"Mutta hän tuntui todelliselta, jopa tuoksui todelliselta."

"Juuri niin he haluavat sinun ajattelevan", Leo sanoi.

Ulkona kuulin autonrenkaiden pysähtyvän kitisevästi.

"He ovat palanneet", sanoin, kun kuljimme kohti ulko-ovea.

"Hitto", Leo ja Bert sanoivat. "Meillä on oikeus olla täällä. Emme ole menossa minnekään."

Avasin oven.

Seisoimme tukevasti paikallamme voimakkaan määrätietoisesti ja päättäväisesti, että meitä ei siirrettäisi.

***

Tällä kertaa Charlotte ei johtanut laumaa. Sen sijaan se oli presidentti.

Hän oli kaikkia muita pidempi ja pukeutunut paksuun päällystakkiin, jota korostivat nahkahansikkaat. Hänen henkivartijansa pysyttelivät lähellä, puhuivat mikrofoneihin ja osoittivat näkyvää lämpöä.

"Herra presidentti", sanoin kumartaen. Hän ojensi hanskattoman kätensä. Esittelin hänet Jasperille, sitten Bertille ja Leolle. "Tervetuloa kotiini, herra presidentti."

Hän kumarsi päätään, astui sisään ja kysyi: "No, mistä he menivät läpi?"

Mistä hän tiesi? Oliko he kuunnelleet taloani? Olin ärsyyntynyt ja sanoin niin.

Charlotte tuli eteen puhelin ojennettuna ja painoi play-painiketta. Hänen puhelimessaan oli viesti Jessielta ja Alexilta.

"Pyhä lehmä!" Bert huudahti.

"Miksi emme tulleet ajatelleeksi tuota?" Leo kysyi.

"Ette kai te nyt ajattelisi?" Charlotte sanoi sopimattomalla ylimielisyydellä, josta presidentin kohotetut kulmakarvat osoittivat, ettei hän ollut tyytyväinen.

"Seuratkaa minua", sanoin ja johdatin heidät kellariin.

"Hetkinen", presidentti sanoi. "Miten tämä vehje ei enää anna lämpöä?" Hän kääntyi Charlotten puoleen. "Luulin, että sanoit sen olevan tulikuuma."

Charlotte tajusi, että presidentti oli oikeassa, ja pyysi päivitystä.

"Se näyttää tapahtuneen, kun kaverit menivät tyhjyyteen", tarjosin.

"Soita heille uudelleen", presidentti määräsi, Charlotte yritti, mutta he eivät vastanneet.

Bert sanoi presidentille: "Mietimme juuri, voisimmeko rullata sen pois täältä nyt, kun se on viileä. Jos saamme aukon auki ja saamme pojat sisään ja sen ulos, sitä voitaisiin pitää hyvän tahdon vaihtona."

"Kenelle?" presidentti kysyi.

"Sen, joka sen tänne lähetti", Leo sanoi.

"Kertokaa lisää", presidentti sanoi, ja pian myös Charlotte ja hänen seurueensa olivat kokoontuneet kuuntelemaan.

"Me uskomme", Leo sanoi, "että sille, jolle tämä kapine kuuluu, on täytynyt olla vetosäde. Uskomme, että vetosäde ei toiminut oikein □ mutta joka tapauksessa meidän on saatava nuo kaksi kaveria ulos, ennen kuin se kytkeytyy uudelleen päälle."

Presidentti puristi Leon ja Bertin kättä. Hän kääntyi Charlotten puoleen. "Palkkaa nämä kaksi."

Pojat olivat imarreltuina mutta kieltäytyivät tarjouksesta ja selittivät sitten aiempia kokemuksiaan yliluonnollisista, okkulttisista ja muukalaismaisista asioista. He kertoivat presidentille, että heillä oli yli viisi miljoonaa katselukertaa YouTubessa ja miljoonia seuraajia sosiaalisessa mediassa.

"No niin, se on hyvin vaikuttavaa", presidentti sanoi. Hänen kätensä livahti taskuunsa, ja hän veti esiin kaksi käyntikorttia ja antoi ne pojille. He puolestaan antoivat hänelle käyntikorttinsa.

"Mennään nyt asiaan", presidentti sanoi. "Miten saamme miehemme takaisin ja pronto."

Nojasin seinää vasten, kuten olin tehnyt aiemminkin, ja toivoin pääseväni läpi, mutta tällä kertaa se ei onnistunut.

***

Onnistuimme liikuttamaan vihreää esinettä aina vain hieman, jotta se olisi paikallaan, jos tyhjiö avautuisi.

"Nyt voimme vain odottaa", presidentti sanoi. Sitten hän kutsui Charlotten luokseen, kiitti meitä siitä, että olimme erinomaisia kansalaisia, ja teki sitten esityksen lähtemisestä.

"Saanko pyytää palvelusta?" Bert sanoi.

"Totta kai", presidentti sanoi.

"Voimmeko ottaa selfien nettisivuamme varten?"

Presidentti sanoi: "Ei ongelmaa", ja he tekivät useita.

Menimme yläkertaan ja odotimme merkkiä. Mitä tahansa merkkiä.

***

Päivä muuttui yöksi.

Ulkona tuuli vihelsi ja kolisi kattotiiliä kuin se olisi juossut kilpaa itseään vastaan. Suljin silmäni, tärisin, katsoin ylös katon raosta ja huomasin valonsäteen tähtikirkkaassa yössä.

Henkäisin, ja pian kaikki seisoivat vieressäni ja katsoivat ylöspäin.

"Vau!" Leo huudahti. "Se taitaa olla vetosäde."

"Sädesäteestä puheen ollen, Scotty!" Bert sanoi.

Vetosäde laskeutui alas, kiemurteli reiän läpi kellariin, jossa se tarttui vihreään esineeseen. Vetosäde oli myös vihreä, mutta se kimmelteli ja tärisi, kun se kurottautui ja tarttui esineeseen.

Kun se oli saanut tukevan otteen, se näytti pysähtyvän ja käynnisti sitten moottorit. Ääni oli korviahuumaava, ja me kaikki peitimme korvamme, kun se nosti esineen ensin irti seinästä ja sitten hitaasti mutta tasaisesti taivaalle.

Emme voineet irrottaa silmiämme siitä. Olisimme voineet olla vaarassa ◻ silti emme voineet katsoa pois. Se nousi korkeammalle ja korkeammalle ja yötaivaalle. Menimme ulos nähdäksemme enemmän siitä, mitä toisessa päässä oli, mutta kaikista näkökulmista ei näkynyt mitään muuta kuin vihreän viivan säde, joka kantoi esinettä poispäin.

Kun se oli kokonaan kadonnut, niin korkealla, että sitä ei voinut nähdä paljain silmin, jäimme yhdessä seisomaan hiljaa, kunnes sanoin: "Okei, esine on kadonnut, mutta mitä teemme Alexille ja Jessielle?". He ovat yhä loukussa tyhjiössä."

"Taidamme tarvita B-suunnitelman", Leo sanoi.

"Jätämme sen teidän huoleksenne", Charlotte sanoi painaessaan puhelimensa pikavalintaa ja kertoi presidentille ja julisti sitten tapauksen loppuun käsitellyksi. "Täällä ei ole turvallisuusongelmia eikä avaruusolentoja." Hän ja hänen seurueensa pakkasivat tavaransa ja suuntasivat ajoneuvoihinsa.

"Hetkinen!" Huusin. "Etkö edes välitä miehistäsi?"

"Sivullisia vahinkoja", Charlotte sanoi paiskaessaan autonsa oven kiinni. He ajoivat pois.

"Se taitaa olla meistä kiinni", sanoin.

Bert ja Leo katsoivat toisiaan.

Bert sanoi: "Olen pahoillani, mutta emme tiedä, mitä tehdä tai miten saada heidät takaisin. Mekin lähdemme nyt nukkumaan. Soitamme aamulla, jos keksimme jotain."

Jasper ja minä emme olleet huvittuneita. Nyt kun esine oli poissa, kaikki olivat lähdössä. Hylkäsivät meidät.

Jasper meni huoneeseensa, ja minä pukeuduin pyjamaani ja ajattelin jatkuvasti kadonneita miehiä. Yritin harhauttaa itseäni lukemalla salapoliisiromaania, mutta mysteeri aivan oman kattoni alla vaati huomioni. Kahden tunnin heittelehtimisen jälkeen nousin ylös keittääkseni itselleni kupin teetä.

Olisin laittanut kotitakkini päälle, jos olisin tiennyt, että vieraita oli tulossa.

***

Teetä siemaillessani ja miettiessäni, miten voisin ratkaista dilemman, katselin tähtiä, kun kyynel valui pitkin poskeani. Kaksi miestä oli kadonnut jonnekin tyhjyyteen, vailla perhettä, ystäviä ja maata. He olivat olleet urheita kansalaisia. He ansaitsivat parempaa.

Nappasin suklaakeksin ja olin juuri syömässä sitä, kun huomasin hohtavan vihreän tähden. Vihreä tähti? Hieroin silmiäni, mutta se oli yhä siellä ja vilkutti minulle. Menin ulos katsomaan yötaivasta.

Se ei ollut tähti.

Se liikkui, putosi nopeasti minun suuntaani ja kasvoi yhä suuremmaksi.

"Voi ei!" Huusin kenellekään. Sitten kutsuin Jasperia, ja hän tuli ulos juosten. Osoitin ylöspäin ja harkitsin samalla nopeaa siirtymistä, jos meidän olisi päästävä sen tieltä.

Kun ero niiden ja meidän välillä pieneni, emme voineet hillitä jännitystämme ja hyppäsimme riemusta, kun otus pysähtyi ja siinä ne olivat.

Kaksi mustaa sateenvarjoa pamahti auki, Alex ja Jessie tarttuivat kumpikin toiseen, ja niiden laskeutuminen meitä kohti alkoi. Heijastavasta materiaalista valmistetut puvut yllään Alex ja Jessie putosivat varovasti meitä kohti.

Laskeuduttuaan pehmeästi kaksikko kurottautui pukujensa sisään ja veti esiin kaksi vihreää pulloa. Käännettyään korkin auki he vetivät sisällön alas. He kiipesivät ulos puvuistaan paljastaen vaatteet, joissa he olivat lähteneet. He sujauttivat pullot takaisin sisään ja kiinnittivät ne sateenvarjoihin.

Vetosäde kiinnittyi sateenvarjoihin ja pukuihin. Vilkutimme, kun esineet vedettiin taivaalle, ja katselimme, kunnes emme enää nähneet niitä.

"Tervetuloa takaisin!" Jasper ja minä huudahdimme.

"Voisin murhata kupillisen teetä!" Alex sanoi.

"Minä ottaisin mieluummin viskipaukun", Jessie sanoi.

"Keitä he olivat?" Minä kysyin. "Vai pitäisikö sanoa, MITÄ he olivat?"

"Kaikki sopivaan aikaan", kaksi palannutta sankariamme sanoi yhteen ääneen. "Mutta ensin meidän on saatava keksejä ja juomia."

He sopeutuivat takaisin olemiseen, sillä aikaa kun minä laitoin ruokaa. Istuimme yhdessä ruokapöydän ääressä siemaillen. Odotellen. Heillä ei ollut mitään sanottavaa. Ei kysymyksiä meille, vaikka massiivinen vihreä esine ei enää ollutkaan kotonani.

Kärsivällisyyteni alkoi loppua, joten pyysin heitä kertomaan, mitä tapahtui.

"Se oli lyhyt loma", Alex sanoi.

"Niin, palkallinen loma", Jessie sanoi.

Nousin ylös. "Mitä tarkoitat? Missä te olitte? Kenellä sinä olit? Olitko vangittuna? Millaisia he olivat? Miten sait heidät suostuteltua lähettämään sinut takaisin?" Istuin taas alas.

Jasper jatkoi: "Ja mikä se vihreä olio oli? Miksi se oli täällä? Saiko joku turpiinsa sen pudottamisesta?"

Miehet katsoivat toisiaan tyhjin ilmein. Heillä ei ollut aavistustakaan, mistä puhuimme. Puhutaan tietämättömistä.

"Äiti, luulen, että avaruusolennot pyyhkivät heidän mielensä."

"Samaa mieltä. Puhutaan puhtaasta pöydästä."

Emme voineet sanoa tai tehdä muuta kuin mennä nukkumaan. Jessie makasi sohvalla, Alex La-Z-Boy-tuolissa.

Alex hyppäsi ylös. "Ai niin, ennen kuin unohdan."

Jessie hyppäsi myös. "Niin, meillä on sinulle jotain."

Jasper ja minä katsoimme toisiamme, aivan kuin heitä olisi tökitty tai järkyttänyt.

Jessie veti taskustaan vihreänä hohtavan kotelon. Se aaltoili, kun otin sen käteeni, ja tuntui hyvin viileältä. Avasin sen ja haukoin henkeä. Sisällä oli mieheni Pyhän Kristuksen mitali. Se, jonka olin antanut hänelle ensimmäisenä hääpäivänämme.

Alex ojensi samanlaisen esineen Jasperille. Sen sisällä oli hänen isänsä kello. Jasper laittoi sen suoraan ranteeseensa. "Sanoiko hän mitään minusta?"

Alex sanoi: "Hän näkee teidät joka ikinen päivä, teidät molemmat. On totta, mitä sanotaan, että ne, joita rakastamme, eivät ole koskaan kaukana meistä."

Sekä Alex että Jessie hyppäsivät tällä kertaa yhteen ääneen. "Meidän on mentävä."

"Mitä nyt?" Minä kysyin. "Oletteko te kunnossa?"

"Kyllä", he sanoivat yhdessä. "Meillä on jotain toimitettavana presidentille. Nyt."

Auto pysähtyi ulkopuolelle ja he lähtivät.

***

"Meidän on toimitettava se hänelle itse", Jessie ja Alex vaativat.

Oli keskellä yötä, mutta presidentti suostui tapaamaan heidät.

Kun he astuivat sisään Oval Officeen, presidentti istui istumassa ja oli pukeutunut silkkiseen kylpytakkiinsa.

"Mitä teillä kahdella on minulle?" presidentti kysyi.

Yhdessä Jessie ja Alex esittivät esineen hänelle. Se oli poikkeuksellisen suuri vihreä nappi. Siinä oli seuraavat sanat: "PUSH ME. JUST DO IT."

"Mitä tapahtuu?" presidentti kysyi.

"Emme tiedä."

"Minun täytyy kysyä joltakulta, yhdeltä neuvonantajistani. En voi vain..."

"Mutta sinä olet presidentti", Jessie sanoi.

"Niin, voit tehdä mitä tahansa, etkö vain?"

Presidentti laittoi vihreän napin pöydälleen punaisen napin viereen. Yhdessä ne näyttivät aika jouluiselta.

Jessie ja Alex sanoivat: "Ulos. Ulos. Ulos."

"Okei pojat, okei", presidentti sanoi. "Mennään."

Kun presidentti oli ulkona, hän ei malttanut odottaa, että hän painaisi sitä, ja niin hän tekikin.

Taivas muuttui sinisestä vihreäksi, kun vetosäde kattoi maan rannikolta rannikolle ja nosti esiin jokaisen AR-15:n.

EPILOGI

Kaukana, kaukana, planeetalla, jolla oli vihreä taivas ja vihreä maa, mutta jossa puut olivat pelkkiä runkoja, avaruusolennot käyttivät keräämänsä maalliset materiaalit uudelleen.

AR-15:t muotoiltiin oksiksi.

Pullot ripustettiin oksille, ja ne vihelsivät tuulessa.

Sateenvarjot suojasivat sateelta ja auringolta.

Aina kun avaruusolennot tarvitsivat lisää AR-15-aseita, ne sytyttivät napin, ja presidentit painoivat sitä aina.

DARRYL JA MINÄ

Samana päivänä, kun sain tietää olevani raskaana, mieheni kuoli.

Olen sota-alueella. En ole yksin. Vauvani on kanssani, sisälläni.

Ristin käteni vauvani ylle suojellakseni lasta, kun kävelen kadulla pommien räjähtäessä ympärillämme. Yritän etsiä meille suojaa, mutta pommit tulevat yhä lähemmäs ja lähemmäs.

Olen eksyksissä, mutta en pelkää. Lapseni potkaisee kättäni rauhoitukseksi. Olemme yhdessä, kun muu maailma räjähtää kappaleiksi.

Pysähdyn ja katson itseäni keskellä katua olevasta peilistä. Minulla on ylläni kirkkaanpunainen mekko, siihen sopivat punaiset kengät ja mustat sukat. Pörrötän hiuksiani sormella, kurkistan käsilaukustani huulirasvaa. Teen suukonjäljen lasiin, heitän pääni taaksepäin ja otan selfien. Lähetän sen Instagramiin. Tai yritän. En ole varma, onko minulla tarpeeksi patukoita.

Kuulen sireenin huutavan. Se tulee minun suuntaani. Se suuntaa kohti peiliä. Ojennan käteni tarttuakseni siihen, mutta käsi tarttuu käteeni. Huudan. Sireeni huutaa.

"Mene sisälle. Oletko hullu? Sisään!" ambulanssikuski sanoo kielellä, jota en osaa tai ymmärrä. Onneksi on tekstitys.

Epäröin ennen kuin kiipeän sisään. Minun on löydettävä Darryl. Darryl on täällä jossain, ja vauvamme tarvitsee isäänsä. Darryl etsii minua, ja me etsimme häntä. Lapsemme on magneetti. Tutka. GPS.

Heitän pääni taaksepäin ja huudan hänen nimeään kovaa ja selvästi: "Darryl!" "Darryl!" Kuuntelen ja huudan uudelleen. Huudan hänen nimeään ja kuuntelen. Ambulanssikuski sanoo, että olen hullu, ja heittää autonsa peruutusvaihteen päälle.

Ambulanssi osuu peiliin ja pommi räjähtää. Palasia lentää kaikkialle.

Lasinpaloissa on hirveän paljon verta.

Herään ja huudan.

***

Näin samaa unta joka yö Darrylin kuoleman jälkeen. Koin yhä uudelleen, miten se tapahtui, vaikka en ollut paikalla. Se oli rutiinioperaatio osana YK:n rauhanturvajoukkoja.

Se on selviytymismekanismi, tämä uneksiminen, sen eläminen. Yritän löytää rakastamani miehen, kun hautasimme hänet. Hautajaiset olivat kauniit. Olin niin ylpeä Darrylista. Hän antoi henkensä asian puolesta, ja ymmärrän sen. Ihailen hänen omistautumistaan, koska se teki hänestä paremman ihmisen.

Hänen arkkunsa päälle ripustettiin lippu. Heitin kaksi kourallista multaa maahan ja kaaduin polvilleni nyyhkyttäen. Äitini ja muut, myös ystäväni, yrittivät auttaa, mutta huusin heidät pois. Halusin olla yksin Darrylin kanssa. Halusin kertoa hänelle vauvasta.

Meidän vauvastamme.

En aikonut lähteä, ennen kuin saisin mahdollisuuden hyvästellä hänet. Makasin avoimen haudan vieressä vatsallani ja lepuutin pääräni käsivarsilleni. Kerroin hänelle, kuinka paljon rakastin häntä, ja hyvästelin hänet, ennen kuin puhalsin hänelle suukon ja nousin jaloilleni.

Äiti oli vierelläni ja niin oli silloin myös Moni. Kumpikin tarttui toiseen käsivarteeni ja veti minut taas yhteen. Kuljimme kohti autoa.

Matkalla kotiin tunsin Darrylin läsnäolon. Hänen kätensä kietoutuivat ympärilleni. Karvat nousivat kyynärvarsiini, pystyin haistamaan hänet. Tunsin hänet.

Sitten hän oli poissa.

Kotona oven sisäpuolella minua odotti pitkulainen laatikko, jonka keskellä oli rusetti. Halusin kysyä, mitä se siellä teki, mutta huoneen suru pyyhkäisi minut pois. Leijuin ihmiseltä ihmiselle, otin vastaan heidän "olen pahoillani" ja "kyllä se ajan myötä paranee" -kliseensä. Tavallista hautajaisten jälkeistä paskaa.

Kun he lähtivät, tunsin itseni tyhjäksi.

Äiti peitti minut sänkyyn, kuten hänellä oli tapana tehdä, kun olin pieni tyttö.

Kun hän oli sulkenut oven takanaan, nostin puristetut nyrkkini taivaalle, että hän oli ottanut Darrylin.

Sitten lankesin polvilleni kiitollisena siitä, että vauvamme kasvoi sisälläni.

***

Herään tuijottaen tyhjää tilaa vieressäni ja pyyhin kuolaa pois suuni kulmista. Ovikello soi. Heitän peiton takaisin ja astun lattialle. Ennen kuin ehdin edes ulos huoneestamme, huoneäitini lentää kimppuuni kädet levällään.

Minun on pyydettävä häneltä avain takaisin.

"Olin niin huolissani", hän sanoo, halaa, puristaa ja saa minut tuntemaan itseni taas pikkutytöksi. Hän astuu taaksepäin ja katsoo kasvojani.

Työnnän hiukseni vasemman korvani taakse ja yritän hymyillä. Osoitan itseni keittiön suuntaan, ja sinne päästyäni täytän kahvipannun vedellä. Avaan astianpesukoneen pitääkseni itseni kiireisenä sillä aikaa, kun kahvinkeitin sylkee takanani. Äiti sulkee astianpesukoneen oven, painaa tarvittavia nappeja ja istuttaa minut selkä edellä tuoliin, jossa hän ei anna minulle muuta vaihtoehtoa kuin istua.

Hän istuu Darrylin paikalle, enkä minä istu kenenkään paikalle. Kun hän tajuaa sen, hän siirtyy toiselle, ei kenenkään tuolille. Hän hyppää ylös ennen minua ja kaataa kahvia. Minä lisään omaani kermaa ja sokeria ja siemailen. Yksi kulaus riittää. Juoksen kylpyhuoneeseen. Unohdin, että kahvi laukaisee aamupahoinvoinnin muutamalla ystävälläni.

Kun palaan keittiöön, äiti on keittänyt kupin kofeiinitonta kamomillateetä. Sen on tarkoitus rauhoittaa minua.

Istun ja siemailen katkeraa, kuumaa juomaa ja katselen, kun äiti liikkuu keittiössäni kuin henkilö, jolla on tehtävä. "Teen sinulle paahtoleipää", hän sanoo, kun se ponnahtaa esiin melkein käskystä. Äiti käyttää veistä kuoren mössöämiseen, jälleen yksi flashback siitä, kun olin pieni tyttö. Sitten hän levittää voita ja kääntyy katsomaan minua.

Äiti lisää mansikkahilloa ja menee jääkaappiin. Hän ottaa sieltä juustolohkon, jonka hän silppuaa paahtoleivän päälle. Hän asettaa sen takaisin leivänpaahtimen päälle (hillo- ja juustopuoli ylöspäin.) Hän painaa nappia alas, jotta paahtoleipä kuumenee muutaman sekunnin ajan.

Tämäkin on rituaali lapsuudestani, ja olen kiitollinen, että hän on täällä.

Äiti leikkaa paahtoleivän kolmioiksi, enkä voi uskoa, miten ihanalta se maistuu, kun haukkaan sitä. Syön molemmat viipaleet ja hörpin sitten lisää teetä, sillä se ei maistu enää niin katkeralta, koska äiti on laittanut siihen muutaman ruiskun hunajaa. Hän luulee, etten huomannut... Tartun äidin käteen ja kiitän häntä vielä kerran.

Vauvalla ei ole enää nälkä.

Vauvan äiti ei ole enää mukavasti turta.

Vauvan isoäiti ei enää tunne itseään hyödyttömäksi.

Äiti siivoaa, höpöttää sitä sun tätä... Kuuntelen arvostamatta hänen pyrkimyksiään harhauttaa. Annan hänen luulla, että hänen harhautustaktiikkansa toimii. Rehellisesti sanottuna en pysy hänen ajatustensa ja tahtonsa perässä.   Tuntuu kuin kuuntelisin häntä veden alta.

Hän nauraa. Minä hyppään. Palaan takaisin sieltä, minne mieleni matkusti. Menin jonnekin hetkessä. Tunsin itseni menevän.

Olin pieni tyttö, joka piileskeli portaiden alla. Sitten menin portaita ylös ja komeroon, jossa oli hyvin pimeää. Isäni paidan hihat liikkuivat. Juoksin ulos ja paljastin piilopaikkani. Jäin kiinni.

"Muistan sen ajan", äiti sanoo ja tuo minut takaisin nykyhetkeen. On kuin hän kertoisi tarinan ensimmäistä kertaa. "Sinulla oli tapana piilottaa kuoret, kun olit pieni tyttö. Ennen kuin aloin murskata niitä veitsellä, löysimme niitä taskuista ja istutusastioista. Ah, ne istutusastioissa. Ne imeytyivät veteen ja tappoivat osan kasveista, ennen kuin tajusimme, mitä teit."

"Tapoin kasvit", matkin.

Hän tulee luokseni, polvistuu ja kysyy: "Oletko kunnossa, kulta?" "Olen."

Melkein nauran hänen naurettavalle kysymykselleen, mutta nappaan itseni kiinni, ennen kuin sanon: "Ei, en vittu ole kunnossa." Darryl. Jeesus Darryl. Työnnän tuolin taaksepäin, luoden tilaa äidin ja minun väliin, ja nousen ylös. Olen kuin zombi. Minun ei kuitenkaan tarvitse syödä ihmislihaa. Haluan Darrylin. Hymyilen, kun toistan päässäni tarve syödä tarve syödä tarve syödä tarve syödä uudelleen.

Nyt kun olen pystyssä, minun pitäisi liikkua. Jalkani haluaisivat mennä jonnekin, minne tahansa, ja silti huomaan tekeväni juuri päinvastoin. Istun taas alas. Äiti tekee samoin. Hän siemailee kahvikuppiaan, joka on luultavasti jo jäätynyt.

Nousen ylös ja sanon: "Minua väsyttää", vaikka olen juuri herännyt, tiedän sen. Hän tietää sen. Silti en vittu välitä. Kävelen takaisin huoneeseemme, minun huoneeseeni, äiti seuraa perässä. Kun hän saa meidät kiinni, hän laittaa oikean kätensä lantiolleni kuin hänen pitäisi opastaa minua. Ihan kuin voisin eksyä matkalla.

Oven luona käännyn häntä kohti. Hänen silmissään on kyyneleitä, mutta ne eivät valu yli. Hän tietää, miltä tuntuu menettää aviomies, koska hän menetti isän, mutta se ei ole sama asia. Heillä oli koko elämä yhdessä. Heillä oli toisiaan kolmekymmentäseitsemän vuotta ennen kuin isä kuoli. Me olimme naimisissa vain kaksi ja puoli vuotta. Darryl ei koskaan näe poikaansa tai tytärtään. Haluaisin sanoa tämän, mutta en halua.

Luulen, että hän tietää, mitä ajattelen, vaikken olekaan varma. Se on sitä äiti-tytär-osmoosijuttua. Hän suutelee minua otsalle, kun hän peittää minut sänkyyn. Hän menee ulos ja sulkee oven takanaan.

Nousen taas sängystä, menen peilin luo ja katson itseäni. Neljässäkymmenessä kahdeksassa tunnissa olen vanhentunut kymmenen vuotta. Vaikka olen nukkunut suurimman osan siitä, silmäpussit silmieni alla ovat valtavat. Näyttää siltä, että olen itkenyt koko ajan, mutta totuus on, että kyyneleet ovat jo loppu. Kasvoni eivät enää näytä minulta. Olen vieras, jopa itselleni.

Juoksutan vähän vettä ja roiskin sitä kasvoilleni ennen kuin liotan lämpimän veden kasvoliinaan, Darrylin kasvoliinaan. Pidän sitä päälleni hengittääkseni häntä sisään.

Etsin hänen kylpypyyhkeensä, riisun vaatteeni ja kiedon sen ympärilleni. Se ympäröi minut ja lämmittää minua kuin olisin hänen sylissään. Istun näin ikuisuudelta tuntuvan ajan. Kuin hän pitäisi minua sylissään. Kyyneleitä ei virtaa. Ei ole enää kyyneleitä itkettäväksi. On kuin Darryl olisi kietoutunut ympärillemme. Pitäen meidät yhdessä, meidät kolme, Darryl, vauva ja minä.

Äidin koputus ovelle vetää minut takaisin nykyhetkeen. Minun on täytynyt nukahtaa. Nousen ylös liian nopeasti, kun ovi lentää auki. Darrylin pyyhe osuu lattialle.

Äiti ja naapuri kävelevät huoneeseen, ja minä nappaan Darrylin pyyhkeen ajoissa ja peitän alastomuuteni. Alan kikattaa enkä voi lopettaa.

Äiti ja näyttävät huolestuneilta. Naapurin silmät pullistuvat ulos hänen päästään. Pian he soittavat valkoisiin sovitettuihin takkeihin pukeutuneille miehille, jotka tulevat hakemaan minut, jos en ryhdistäydy.

***

On hääpäiväni, ja kävelen alttarille isäni käsivarrella suuressa kirkossa. Tiedän, että näen unta, koska isä ei ole koskaan saattanut minua alttarille. Hän oli jo kuollut, kun Darryl ja minä menimme naimisiin, emmekä menneet naimisiin kirkossa. Elton Johnin "Your Song" on meidän laulumme. Se oli Darrylin ja minun laulumme. Itse asiassa pidimme enemmän Ewan McGregorin versiosta, koska rakastimme Moulin Rougea.

Isä ja minä tervehdimme matkan varrella tapaamiamme ihmisiä. Eleanor-mummi, joka on ollut kuolleena siitä asti, kun olin pieni tyttö, antaa minulle suukon. Otan kukan kimpustani. Vauvan henkäys, hänen lempikukkansa. Annan sen hänelle.

Hän hymyilee, ja kyynel valuu hänen poskelleen.

Vastapäätä käytävää on serkkuni Ruth. Hän ja minä olimme lapsena hyvin läheisiä. Nyt näemme toisiamme harvoin. Luulen, että hän ajattelee täsmälleen samaa kuin minä, kun kuljen hänen ohitseen. Muistiinpano itselleni: kutsun hänet pian päivälliselle.

Tuolla on Darrylin kaksi nuorempaa veljeä, Dale ja Donny. Heidän vanhemmillaan oli jonkinlainen juttu D-kirjaimesta. Muistiinpano itselleni: en jatka kyseistä perinnettä.

Näen toisen isoäitini, äitini äidin äidin. Hän ei päässyt häihimme. Hän ja äiti pitävät toisiaan kädestä, ja irrottaudun isästä muutamaksi sekunniksi ja menen halaamaan heitä molempia. Polveni notkistuvat hieman, kun isoäiti ojentaa kätensä, ottaa käteni käteensä ja pudottaa siihen jotain. Suljen vaistomaisesti sormeni sen ympärille; vaikka en näe, mikä se on, tunnen, että se on avain. Isä vetää käteni käsivarteensa, ja palaamme takaisin oikeille raiteille ja lähdemme kulkemaan käytävää pitkin.

Morsiusneitoni Trish ja Moni (lyhenne sanoista Monique) ovat nyt lähellä minua. He näyttävät upeilta antiikkivalkoisissa puvuissaan, mutta hetkinen, minä olin se, joka pukeutui antiikkivalkoiseen.

Isä kääntää minut, irrottaa käteni käsivarrestaan ja kietoo sen Darrylin käden ympärille. Käännyn katsomaan tulevaa aviomiestäni, mutta se ei ole Darryl. No, se oli kerran Darryl, mutta nyt se ei ole enää. Hän on kuollut. Hän on mätänevä ruumis.

Huudan, kun vihreä lima valuu hänen huuliltaan, kun hän yrittää hymyillä. En ole ainoa, joka huutaa.

Kaikki huutavat.

Kaikki huutaa - jopa koneet.

Avaan käteni.

Nielen avaimen.

Lasinsiruja pirstoutuu kaikkialle.

***

Avaan silmäni. En ole kotona vaan sairaalassa. Kuulen tikitystä, sydämen lyöntejä. Piippausta. Kuiskausta. Suljen taas silmäni. Teeskentelen nukkuvani.

"Ei muutosta."

"Ei voi luovuttaa."

"Entä vauva?"

Vauva. Nuo kaksi sanaa tuovat minut takaisin todellisuuteen, ja yritän nousta istumaan, mutta huomaan, etten pysty siihen.

Kun en pysty liikuttamaan käsiäni tai jalkojani, huudan. Puristan vatsaani, vauvaani, meidän pikkuista, ja huomaan, että vauvakuoppa on nyt isompi. Kuinka kauan olen nukkunut?

"Äiti?"

"Voi, kultaseni! Kultaseni", hän sanoo. "Kyllä sinä pärjäät", hän huokailee, mutta en usko häntä. En sanaakaan.

"Kuinka kauan olen ollut täällä?" Kysyn, ja pääni on kuin kaikukammio, kun sanat kaikuvat kallossani.

Hän halaa minua ja pitelee minua sen sijaan, että vastaisi. Kun irrottaudun, hän pitää päätäni kädessään ja katsoo silmiini kuin yrittäisi löytää minut.

Yritän olla räpäyttämättä silmiäni, mutta en voi pysähtyä. Etkö inhoa sitä, kun niin tapahtuu? Heti kun yrität olla tekemättä jotain, kehosi pettää sinut ja saa sinut tekemään sen vielä enemmän.

Hän ei sano mitään. Hän luulee, etten kestä totuutta. Se ääni päässäni on Jack Nicholsonin ääni elokuvassa A Few Good Men. Darryl rakasti sitä elokuvaa. Katsoimme sen niin monta kertaa, etten enää laskenut.

"Haluan tietää", kuulen itseni sanovan, mutta koska hän katsoo minua, en ole varma, sanoinko sen ääneen vai mielessäni. Yritän uudestaan, tällä kertaa hieman kovempaa, ja hän reagoi.

"Anna minun", hän sanoo ja lähtee, palaa hetken päästä jonkun kanssa, jota en tunnista. He kaksi liikkuvat huoneessa kuin he olisivat peittämässä näyttämöä teatterinäytelmää varten. He kuiskaavat, katsovat minua ja kuiskaavat lisää.

Kuinka töykeää.

Odotan kuin näkymätön ja yritän olla räjähtämättä.

Tuntematon pistää neulan käsivarteeni, ja lähden pois ajattelemalla, että sairaalahenkilökunta katuasuissa pitäisi kieltää.

Näen taas unta, että kävelen kadulla etsien Darrylia, kun pommit räjähtävät.

***

Kuoppa minussa on nyt vieläkin suurempi. Itse asiassa huomattavasti suurempi. Kun vauva liikkuu, näen hänestä palasia ihoni läpi. Raajoja, jotka jättävät jälkiä, kuten kääntävät minut nurinpäin, kun lapsemme työntyy vatsani seinämiä vasten.

En ole enää sairaalassa. Olen kotona, istumassa lastenhuoneessa, keinumassa hoitotuolissa, joka ei keinu sanan tavallisessa merkityksessä. Sen sijaan se liukuu.

Nukkuva lammas, jonka pään ympärillä on zzzs, seisoo seinillä odottamassa laskemista. Aloitan laskemisen, sitten hymyilen ja katson pinnasänkyä. Aika pysähtyy, sen on pakko pysähtyä, koska mitään ei tapahdu täällä, tänään, nyt.

Nostan itseni ylös tuolista, puoliksi hereillä ja puoliksi unessa. Kosketan kännykkää, ja se alkaa soittaa Frere Jacques. Laulan mukana, kun nostan huovan, jossa on lammas.

Taittelen huovan yhä pienemmäksi, kunnes siitä tulee pieni neliö. Sitten laitan sen takaisin pinnasänkyyn ja vilkaisen itseäni nurkassa olevasta peilistä.

Osa peilistä näkyy ja osa ei, koska jokin peittää sen. Siirryn lähemmäs, nostan pölysuojan pois ja paljastan aarteen, joka on ollut perheessäni vuosikymmeniä. Perintökalleus, joka on periytynyt äitini äidin äidin äidin äidiltä.

Kehys on viileän tuntuinen, kun liikutan sormiani sitä pitkin. Se on puinen ja siihen on kaiverrettu kietoutuneet käsiparit. Sormenjäljet tuntuvat vielä viileämmiltä. Siirrän vartaloani lähemmäs, kunnes vauvan kuopukseni työntyy lasia vasten. Se ei kosketa sitä. Se menee sen läpi. Kun työnnyn yhä lähemmäs, vauvakuopukseni katoaa siihen.

Otan askeleen taaksepäin, ja kuopukseni irtoaa imevällä äänellä. Vauvani potkii ja potkii uudelleen, kun siirryn pois peilin luota ja palaan takaisin tuolille, josta olin aloittanut. Istuessani kännykkä käynnistyy uudelleen, ja alamme liukua sen tahdissa.

Vauva rauhoittuu, ja me nukumme.

***

"Herää Cath", Darryl sanoo.

Pyörähdän häntä kohti ja käpistelen hänen päälleen. Vauva pomppii välillämme. Emme pääse yhtä lähelle toisiamme kuin ennen, mutta olemme lähempänä monella muulla tasolla.

Herätyskello soi, ja minä halaan Darrylin tyynyyn, en häntä. Vauva potkii, ja nousen sängystä ja vaellan käytävää pitkin, puolivahingossa kylpyhuoneeseen, jossa käyn vessassa. Laitan veden päälle, seison suihkussa ja annan veden valua päälleni.

Vauvani rakastaa vettä, ja pysymme siinä, kunnes kuuma vesi loppuu ja muuttuu kylmäksi. Nälkäisenä heitän nyt kotitakkini päälle ja lähden alakertaan, kun äiti kävelee etuovesta sisään. Hänen on täytynyt soittaa kelloa, kun olin suihkussa. Muistiinpano itselleni: pyydän äitiä antamaan avaimen takaisin.

"Toin lahjoja", hän sanoo. Hän kaataa pöydälle kokonaisen laatikollisen jäisiä donitseja, jotka ovat vielä lämpimiä ja tuoksuvat taivaalliselta. Tungen yhden suuhuni ja hän yhden omaansa. Halailemme toisiamme ja syömme toisen donitsin ennen kuin päätämme keittää teetä.

Vauvani potkaisee kiitoksen ja äiti tuntee sen itse. "Voi", sanon, kun vauva tekee läsnäolostaan vielä enemmän tiettäväksi tekemällä sisälläni jotakin, joka tuntuu kuperkeikalta.

"Oletko kunnossa?" Äiti kysyy.

"Hän on onnellinen", sanon.

Äiti huomaa, että sanoin "hän". Hän ei mainitse sitä. Sen sijaan hän kertoo minulle viimeisimmät juorut.

Kuuntelen kohteliaisuudesta, en siksi, että olisin kiinnostunut paikallisista tapahtumista. Ennen, siis ennen kuin tapasin Darrylin, osallistuin juorujunaan. Joskus olin jopa konduktööri ilman hattua. Joskus olin vaunu. Niin tai näin, olin aina junassa. Annoin juoruilijoiden kuljettaa minua mukana.

"Oletko nähnyt lastenhuonetta?" Kysyn tyhjästä, kun hän on kesken juorupuheen.

Hän katsoo minua kuin tuntematonta. "Oletko varmasti kunnossa?" hän kysyy, ja hänen otsallaan on vaakasuoran kysymysmerkin muotoinen otsa rypyssä.

Tajuan sanoneeni jotain outoa, ehkä jopa tyhmää. En tiedä, mitä se on. "Olen kunnossa", sanon ja yritän vakuuttaa hänelle, että olen.

Nousen ylös ja toivon, että hän tekee samoin, mutta hän ei tee niin. Sen sijaan hän ottaa toisen donitsin laatikosta ja puree siitä.

Vauvani potkaisee minua kovaa. Aivan kuin hän haluaisi toisen donitsin. Minun on pissattava ja sanottava niin. Äiti seuraa minua käytävää pitkin.

"Tavataan lastenhuoneessa", sanon.

"Selvä", äiti vastaa.

Kun tulen hänen luokseen lastenhuoneeseen, äiti seisoo peilin edessä. Liityn hänen seuraansa, seison hänen vierellään ja astun yhä lähemmäs lasia. Testaan, meneekö vauva läpi, kuten eilen, mutta ei mene. Ei aaltoile. Ei yhteyttä. Näinkö minä unta?

Kun käännyn poispäin, kännykkä alkaa soittaa Frere Jacquesia aivan itsestään.

"Kelasin sen takaisin, Cath", hän sanoo, "me teimme hienoa työtä sisustuksessa, eikö niin? Olen niin tyytyväinen."

En muista sisustaneeni enkä halua myöntää sitä. Miten olisin voinut unohtaa sellaisen asian?

"Iso-iso-iso-iso-isoäitisi olisi niin tyytyväinen. Olen iloinen, että peili kuuluu nyt sinulle."

Maailma alkaa pyöriä ja hämärtyä. Siirryn eteenpäin ja melkein kaadun. Äiti saa minut kiinni ja taittaa minut tuoliin, jossa liukastelen edestakaisin edestakaisin.

"Eikö peili kuulu oikeutetusti sinulle?" Kysyn.

"On, mutta minua ei haittaa. Se sopii täydellisesti tähän huoneeseen."

Peiliä ajatellen vaipun uneen. Äiti on lähtenyt. Täällä on pimeää, lukuun ottamatta valoa, joka välkkyy nurkassa vähän matkan päässä peilistä.

Vauva potkii. Hän on levoton. Nousen ylös ja kävelen peilin luo. Kun lähestymme, valo kirkastuu. Vauva potkii ja liikkuu. Vedän peiton pois ja katson vauvan kuopukseni heijastusta, joka tulee lähemmäs ja lähemmäs. Vauva potkaisee kenttäpalloa.

Vauvan kuopukseni törmää peiliin. Vauva potkaisee uudelleen ja sulkee kuopuksen ja lasin välisen raon. Kun ne yhdistyvät, vauvakuopukseni katoaa siihen. Vetovoima vetää meitä sisään.

Seison nyt nenä lasia vasten. Painan itseäni yhä syvemmälle, kunnes koko kasvoni on sisällä. Pääni seuraa perässä. Vauvani vierii pois heijastukseen.

Voimakas tuulenpuuska nousee jostain takanamme ja työntää meidät edelleen sisään. Nyt olen tarpeeksi paljon sisällä huomatakseen eron ilmassa. Syksy. Lehdet. Siellä, missä olimme, oli kevät ja täällä syksy. Miten se voi olla mahdollista?

Voin haistaa ja tuntea viileän ilman, joka suhisee ympärillämme ja toivottaa meidät tervetulleeksi. Tuulenvire kuiskii ihollani kuin kosketus.

Vauvani työntyy eteenpäin ja taaksepäin etsien lohtua toiselta puolelta. Lohtua lasimaailman sisällä. Hyväilen vauvani kuoppaa saadakseni varmuutta, ja vauvani työntyy takaisin ja tekee saman minulle.

Siellä on upeaa. Olen keskellä metsää. Ei, olen rannalla, jossa on hiekkaa, puhdasta valkoista hiekkaa ja rantaan törmääviä aaltoja.

Ei, olen lähellä vuoria, korkeita vuoria, joiden ympärillä kiemurtelevat polut. Se on monia maailmoja, jotka ovat kaikki käärittyjä yhteen. Kuulen lintujen laulua. Siellä on korppeja, variksia, sinitiaisia, flamingoja, kookaburroja, whinchatteja, varpuslintuja, pilkkulintuja ja lokkeja. Maistan meren suolan kielelläni.

Huudan: "Hei", ja ääneni kaikuu ympäriinsä ja ympäriinsä ja ympäriinsä. Vauvani tanssii kaiun tahdissa, kutittaa ja saa minut kikattamaan. Tunnen rauhaa, puhdasta ja suloista. Iloinen. Kotona.

Toisella puolella, takanani, jokin vetää minut takaisin. En halua mennä. Vauvani ei halua mennä, mutta jokin tarttuu minuun. Se repii meidät pois sieltä. Takaisin.

"Mitä helvettiä sinä teet?" joku huutaa. Heidän äänensä on horjuva, vaisu.

Kuulen sanat, mutta ääni kuulostaa kuin se olisi pilven sisällä.

***

Heti kun olemme takaisin, haluamme lähteä taas. Haluamme olla siellä, olla olemassa siellä. Vain siellä eikä missään muualla.

Se on Moni ja hän on hyvin vihainen minulle. "Mitä oikein ajattelit?"

En sano mitään, kun katson takaisin peiliin.

"Älä leiki viatonta minulle", Moni sanoo. "Sinä olit matkalla. Siis toisessa ulottuvuudessa, etkö ollutkin?"

"Matkustamassa?" Minä matkin. Mietin hetken, kuinka hullulta olen varmaan näyttänyt ja sanon: "Katselin peilikuvaani, meidän peilikuvamme. Vauva ja minä."

"Suurin osa sinusta oli poissa!" Moni huutaa. "POISSA!"

Nauran ja yritän teeskennellä, ettei Moni ollut nähnyt sitä, mitä hän oli nähnyt. Yritin saada hänet tuntemaan itsensä hulluksi. Minun sijastani. Minä olin ollut siellä. Olin nähnyt toisen maailman. Poiketen huoneen poikki, poispäin peilistä, käännyn takaisin ja kävelen peilin luo. Teen nyrkin ja painan sen suoraan lasia vasten, toivoen, ettei mitään tapahtuisi, mutta niin ei käynytkään.

Moni seuraa minua ja tekee samoin. Sitten seisomme kasvotusten ja purskahdamme nauruun. Näytimme varmaan hulluilta. Hulluilta. Naurettavilta.

Vauva potkii.

Ennen pitkää olemme alakerrassa. Moni sanoo, että äitini piti lähteä ja siksi hän tuli käymään.

"En tarvitse lapsenvahtia."

"Darrylin kuolemasta on kulunut puoli vuotta", Moni sanoo, "ja me kaikki olemme huolissamme sinusta ja vauvasta."

"Vauva ja minä voimme hyvin", sanon. "Ikävöimme häntä edelleen joka päivä, mutta se alkaa helpottaa." Se oli valhe.

"Tiedän, mitä meidän pitäisi tehdä huomenna", Moni sanoo. "Mennään rannalle."

Se kuulostaa hauskalta, ja suostun siihen. En tosin aio pukeutua uimapukuun.

***

Saavumme rannalle piknik-korin kanssa, joka on täynnä lounasta ja kaikenlaisia herkkuja. Potkaisemme kengät jalasta ja annamme hiekan liplattaa varpaidemme välissä, vaikka ulkona on kaikkea muuta kuin lämmintä.

"Darryl ja minä rakastimme tulla tänne kesäisin."

"Hän on kanssamme täällä nyt ja aina", Moni sanoo.

Moni on oikeassa, mutta se ei estä minua kaipaamasta häntä. Haluan muutakin kuin hänen muistojaan. Haluan hänet tänne syliinsä ympärilleni.

"Kaipaan hänen käsiään, hänen syliään, hänen hengitystään. Kaipaan kaikkea hänessä joka ikinen päivä."

Moni laittaa kätensä olkapääni ympärille.

"Vaikeinta on", jatkan, "ettei Darryl koskaan tunne lastamme eikä lapsemme tunne Darrylia."

"Et tiedä, mitä tulevaisuus tuo tullessaan", Moni sanoo.

Tiedän, mihin hän on menossa tällä. Hän ehdottaa, että tapaisin jonkun toisen. Ajatus ei ole harkitsemisen arvoinen. Kannoin Darrylin lasta, herran tähden.

"En halua ketään muuta. Kukaan ei voi koskaan korvata Darrylia tai sitä, mitä meillä oli yhdessä. Sitä paitsi sydämeni on liian särkynyt. En tule koskaan rakastamaan ketään muuta. Sydämeni kuuluu Darrylille ja vain Darrylille."

"Älä sano noin. Et tiedä, mitä tulevaisuus voi tuoda sinulle. Rakkaus voi tapahtua useammin kuin kerran. Katso äitiäni. Isä kuoli, hän meni naimisiin isäpuoleni kanssa ja löysi rakkauden toisella kerralla. Se ei ole sama asia. Se ei voi koskaan olla sama kuin ensirakkaus, mutta se voi silti olla rakkautta. Se voi olla tarpeeksi. Sinun täytyy olla avoin sille. He ovat onnellisia, ja niin voit sinäkin olla aikanaan, Moni sanoo.

Sitten aloitan spurtin, niin paljon kuin kahdeksan kuukauden ikäinen raskaana oleva nainen voi spurtata, ja kävelen veteen. Lämpötila on kylmä mutta virkistävä, ja pidän viileyden tunteesta ihollani.

Moni työntyy viereeni.

"Tämä vauva rakastaa vettä."

Moni laittaa kätensä vatsalleni, ja vauva potkii. "Niinpä niin", Moni sanoo.

Seisomme polviin asti vedessä ja annamme aaltojen huuhtoa päällemme. Vauva rakastaa sitä ja tekee muutaman voltin.

"Aiotko kertoa siitä minulle?" Moni kysyy.

"En ole varma, mitä tarkoitat", sanon.

"Tarkoitan siitä peilijutusta, mitä olit tekemässä. Olitko matkoilla? Maailmalla hyppimässä?"

Mietin asiaa ja päätän, että hän on oikeassa. Tarkoitan, että peilin kautta vauvani ja minä olimme tavallaan matkustaneet toiseen paikkaan. Toiseen ulottuvuuteen. Päässäni soi Twilight Zonen musiikki.

"Ja mitä sinä tiedät siitä?" Kysyn.

"Katson elokuvia, luen kirjoja. Jopa Liisa Ihmemaassa -kirjassa matkustetaan Kun kävelin sisään, suurin osa sinusta oli poissa, ja se näkyi selvästi peilistä. Sinä olit peilissä. Mitä sinä siis näit? Vai näitkö mitään?"

"En ole varma, haluanko puhua siitä", sanon, koska se on salaisuus. Haluan pitää sen toistaiseksi lähellä rintaani. Tuntuu siltä, että jos myönnän sen ääneen, se saattaisi hävitä. Tiesin, että se kuulosti hölmöltä, mutta kaikki oli ollut niin outoa ja se oli tapahtunut minulle vain kerran. Kahdesti vauvalle, mutta kerran minulle. Haluan olla siellä ja tehdä sen uudelleen ennen kuin puhun siitä kenellekään muulle.

"Lupaa minulle yksi asia", Moni sanoo, kun katselemme auringonlaskua kotimatkalla. "Lupaa minulle, ettet mene sinne yksin. Siis ilman, että joku on tällä puolella vetämässä sinua takaisin."

Nyökkään eräänlaisena lupauksena, mutta en ole varma, aionko pitää sen.

"Haluaisin jäädä luoksesi yöksi, pitämään sinulle seuraa", Moni sanoo.

Sanon, että sopii, koska olen liian väsynyt tekemään muuta kuin nukkumaan, raikkaan meri-ilman uuvuttamana. Vauvani ei edes liiku sisälläni.

Vedän pyjaman päälleni ja nukahdan saman tien. Näen unta Darrylista, etsin häntä, etsin korkealta ja matalalta ja kaikkialta.

Kävelen ja kävelen, jalkoihini tulee rakkuloita ja verta, mutta Darrylia ei vieläkään näy. Toisinaan törmään johonkin tai johonkin, kuten variksenpelättimeen pellolla. Kysyn, onko hän nähnyt Darrylia, ja kuten Ozin velhossa, hän osoittaa joka suuntaan. Hän on suuri apu.

Kysyn myös eräältä oudolta, partaiselta naiselta, joka työskentelee sirkuksessa, onko hän nähnyt Darrylia. Hän nauraa ja nauraa ja nauraa.

Hän ei ole missään, joten herään ja käynnistän läppärini. Vietän illan katsellen meistä otettuja valokuvia. Elämästämme.

Kun olimme yhdessä, ympärillämme näkyi rakkaus. Tiedän, että se kuulostaa typerältä kliseeltä, mutta se oli läsnä, varsinkin kun Darryl katsoi minua tai kun minä katsoin häntä. Rakastimme toisiamme rakkaudella, jota ei enää koskaan olisi maailmassa, jossa olisimme erillämme.

Kun etsin menneisyyttä yksin, minusta tuntuu, että hän, vauva ja minä olemme yhdessä katselemassa valokuvia. Vauva on sylissäni. Darryl on takanani ja katsoo olkani yli, kun käännän sivua sivulta toiselle.

Aurinko nousee ja tuo uuden päivän, kun lopetan.

Uupuneena menen takaisin nukkumaan.

***

"Cath. Cath! CATH!"

Mitä ihmettä? Lopeta. Haluan jatkaa unia.

"CATH!!"

Tajuan kuulevani Darrylin äänen. Mitä? Ravistan itseni hereille. Kuuntelen ja kuulen sen uudelleen.

"Cath."

"Darryl?"

Heitän peiton takaisin ja avaan makuuhuoneen oven. Nyt kun olen vastannut, hän kuiskaa nimeni yhä uudelleen ja uudelleen.

Löydän itseni vauvan huoneesta, jossa seison paikallani ja kuuntelen. Vapisen kuin tuulahdus olisi puhaltanut lävitseni. Sitten nappaan peiton pinnasängystä ja kiedon sen hartioideni ympärille. Vauva on hiljaa, aivan kuin hän ei olisi vielä herännyt.

"Cath."

Katson ikkunaan. Tuuli saa sen naksahtamaan ja kolisemaan ja työntää sen sitten auki. Viileä syksy kietoo kätensä ympärilleni, pitelee minua ja samalla työntää.

"Cath."

Käännyn kohti sitä, mistä ääni kuuluu. Peiliin. Vauvani herää ja potkaisee minua, kovaa. Seison varuillani ja kävelen kohti peiliä. Käsien puinen kehys liikkuu, vääntyy, siirtyy. Kehyksen sisällä oleva lasi kimmeltää ja värisee. On kuin pilvi olisi tullut lastenhuoneen sisälle ja kulkisi lasissa ja sen läpi. Astun lähemmäs. Nostan käteni ja asetan kämmeneni lasin pintaa vasten.

*PEILI, JOKA HEIJASTAA MINUA
TARPEETTOMASTI.

Lukioaikana lukemani runo tunkeutuu ajatuksiini. Se ponnahtaa päähäni, kun käteni murtautuu pinnan läpi ja katoaa lasin sisälle.

Kauempana, yhä sillanrakentajana. Siinä se on. Toinen käsi painaa minun kättäni. Darrylin käsi. Darrylin käsi?

Darrylin käsi? - Kyllä. Vahvistuu, kun pilvi peilistä hälvenee. Kosketamme toisiamme kämmen kämmeneltä toiselle.

Pelästyneenä astun taaksepäin ja vedän myös käteni takaisin. Vauva potkaisee ja kosketan kämmentäni sitä vasten. Pilvi siirtyy takaisin, kun lohdutan vauvaa ja Darryl katoaa.

Haluan murskata sen.

Haluan olla siinä.

Olinko kuvitellut koko jutun? Olinko hullu?

Minä olen hullu.

"Cath. Tule takaisin. Ole kiltti."

Hyväilen vauvamme toisella kädellä, ja sitten käsi siirtyy yli, kyljellemme ja pitää kädestäni kiinni. Se on Darrylin käsi. Hän on täällä, lohduttamassa lastamme. Jotenkin. Jollain tavalla. Rakkaani.

"Darryl."

Hänen toinen kätensä, se, jossa on hänen vihkisormuksensa, kulkee peilin läpi meidän puolellemme. Kaadumme häneen, hänen syliinsä, peiliin.

"Voi Cath."

Hänen kätensä saavat minut vapisemaan, kun hän ajaa niillä vauvaa pitkin. Vauva kääntyy häntä kohti, ja olemme puoliksi sisällä ja puoliksi ulkona.

"Hän on kaunis", Darryl sanoo. "Kuten hänen äitinsä."

"Emme tiedä, onko hän mies vai nainen", sanon ja katson hänen sinisiin silmiinsä.

"Hän on ehdottomasti mies", Darryl sanoo. "Hän on vahva ja terve."

Vastauksena isänsä ääneen vauva potkii ja pyörii.

"Pysy paikoillasi", sanon kiilaten itseni kauemmas peiliin. Vauva on suurimmaksi osaksi läpi, mutta minä en ole lasin läpi. Voin aina tarvittaessa vetäytyä takaisin. En ole varma, miksi olen huolissani. Onhan kyseessä Darryl. Kuinka olenkaan kaivannut häntä. Silti osa minusta on ankkuroitunut toiselle puolelle.

"Darryl, tässä on poikasi. Poika, tässä on isäsi", sanon, kun kyyneleet valuvat poskilleni kuin vesiputoukset. Ei pieniä, siroja naiskyyneleitä, vaan isoja, lihavia, meheviä sadekuurojen kyyneleitä. Minä nyyhkytän.

Darryl suutelee minua huulille. Hän maistuu syksyiseltä, mutta samalla lämpimältä ja viileältä. Sitten hän kumartuu ja suutelee lastamme.

"Poika, sinun täytyy huolehtia äidistäsi minun puolestani okei olen niin ylpeä sinusta ja siitä, mitä sinusta tulee jonain päivänä. Minä rakastan sinua. Rakastan teitä molempia."

Työnnän meitä, tuumaa meitä hieman eteenpäin. Harkitsen meneväni loppuun asti, mutta jokin tunne pidättelee minua. Haluan olla siellä. Haluan mennä läpi ja olla Darrylin kanssa, missä hän sitten onkin. Haluan, että me kolme olemme yhdessä, ikuisesti. Määrätietoisesti yritän ponnistaa ja ponnistaa. Haluan, että pääsemme läpi.

"Älä", Darryl rukoilee. "Älä edes yritä. Meillä on nyt. Nautitaan siitä, kun vielä voimme. Se on armoton."

"Minä haluan sinut. Haluan, että me kolme olemme yhdessä. Aina."

"Meillä on vain se, mitä se antaa meille", Darryl sanoo. "Aika on häilyvä ystävä tai vihollinen. Emme koskaan tiedä, mitä tulee ja mitä menee."

"Olet runoilija, enkä edes tiennyt sitä", sanon kikattaen.

Kova tuuli puhaltaa läpi ja Darryl astuu taaksepäin. Pois.

"Mene nyt", hän kehottaa.

"Ei! Minne sinä menet, Darryl?" Minä huudan. "Tule takaisin. Älä jätä minua. Älä jätä meitä taas."

"Yritän tulla takaisin, nähdä sinut taas niin pian kuin voin. Jos pystyn. Mene nyt. Jotenkin. Muista minut aina. Aion vaalia sinua aina. Usko minuun, ja silloin se ehkä antaa meidän yrittää tavata vielä kerran."

Tuuli puhaltaa valtavaa pilveä. Se estää meitä näkemästä Darrylia. Pilvi oli ennen valkoinen ja kuohkea, mutta nyt se on musta ja täynnä vihaa.

Vedän meidät takaisin.

Samalla polveni taipuvat.

Putoan lattialle ja nyyhkytän.

Tuntuu kuin olisin menettänyt Darrylin uudelleen.

Tällä kertaa itken kuitenkin kahden puolesta. Suren kahden puolesta.

***

"Cath, oletko kunnossa?"

Herään ja muistan, mutta se on vain äitini. Hän yrittää nostaa minua lattialta, mutta olen liian painava.

"Soitin ambulanssin", hän sanoo, kun yritän vetää itseäni ylös enkä pysty.

"Haluan mennä sänkyyn", sanon taistellen takaisin itkua vastaan.

Ambulanssi saapuu, ja he tulevat juosten portaita ylös. He testaavat elintoimintoni ja vauvan elintoiminnot, ja kun he varmistavat, että olemme kunnossa, he auttavat minut sänkyyn.

Äiti leijuu ja saadakseni hänet tuntemaan olonsa paremmaksi sanon: "Hän on kunnossa, ja minä olen kunnossa."

Hän pysähtyy paikalleen. "En tajunnut, että kysyit vielä vauvan sukupuolta."

"Öh, en ole", sanon, "Minulla on sellainen tunne, että hän on poika." "En ole kysynyt", sanon.

Valhe tuntuu tehoavan. Teeskentelen olevani väsyneempi kuin oikeasti olen. Vauvakin näyttää nukkuvan. Kun äiti on suudellut minua otsalle, hän menee ulos ja sulkee oven takanaan.

Makaan hereillä tuntikausia, ajattelen Darrylia ja mietin, milloin voimme taas nähdä ja koskettaa toisiamme.

***

Joka päivä Darrylin luona käydessämme haluan palata sinne.

Kirjoitan tarkalleen, mitä tapahtuu. Kirjanpito on järkevää. Se on ainoa tapa varmistaa, että raskausaivoni säilyttävät muistoni koskemattomina. Kaiken ylös kirjoittaminen, pakkomielteenomaisuus, on mahdollistanut sen, että voimme elää saman päivän yhä uudelleen ja uudelleen. Se on kuin oma versiomme Groundhog Day -elokuvasta, mutta tällä kertaa minä olen Bill Murray.

Darryl oli sanonut, että se oli "anteeksiantamatonta". Tarkoittiko hän aikaa?

Kysyn Monilta, mitä hän ajattelee. Hänkin pitää sitä aika outona.

Alamme työskennellä yhdessä ja tutkia yliluonnollisia tapahtumia. Kohteemme on tapahtumat, jotka liittyvät verkossa oleviin peileihin.

Löydämme kiehtovia artikkeleita rinnakkaisuniversumeista. Joissakin viitataan peileihin sisäänkäynteinä. Tutkimuksissa puhutaan sellaisista asioista kuin virtuaalitodellisuudet ja ulottuvuushalkeamat. Siinä keskustellaan myös ulottuvuusovista ja okkultismista. Fiktiivisiä romaaneja lukuun ottamatta emme kuitenkaan löydä mitään todellisia todisteita, vaikka löydämmekin muutamia väitteitä.

Löydämme muutamia luetteloita asioista, joita ei pitäisi koskaan tehdä peilien kanssa, kuten:

Älä koskaan katso peiliin kynttilänvalossa, se saattaa näyttää sinulle hyvin kummitusmaisen version kodistasi.

Jos tuijotat peiliin kahden korkean, valkoisen kynttilän välissä, saatat nähdä kuolleen rakkaasi hengen. Heidän sielunsa voi olla jumissa peilissäsi.

Tuo sai sydämeni hyppäämään ulos suustani.

Oliko Darrylin sielu juuttunut sinne? Se ei vaikuttanut pahalta tai pelottavalta paikalta, mutta hän oli maininnut anteeksiantamattomuuden.

Vapisen ja siirryn seuraavaan kohtaan.

Peitä kummituspeili aina ukkosen aikana. Salama vapauttaa aaveet.

Kerron Monille, että kun tulin huoneeseen, peili oli osittain peitetty. Halaan itseäni ja tärisen taas.

"Ensinnäkin", Moni sanoo, "äitisi on todennäköisesti laittanut sen sinne pitääkseen sen poissa lattialta. Se ei ole mitään. Sattumaa." Hän katsoo minua. "Oletko varma, että haluat jatkaa tätä?"

Nyökkään ja luen seuraavan.

On huono enne saada kuolleen ihmisen kotoa peili lahjaksi.

"Voi luoja!" Huudan ja työnnän nyrkkini suuhuni. En halua säikäyttää lasta, mutta peili on ollut suvussamme kuolemantapauksen jälkeen vuosisatojen ajan. Ei lahjaksi rusetilla varustettuna, vaan lahjana ja perintökaluna.

En ole varma, kenellä peili oli ennen kuin se tuli perheeseemme. Minun täytyy ottaa siitä selvää lisää.

Selitän tämän Monille, joka itsekin vähän värisee ennen kuin lukee seuraavan.

Jos joku näkee peilikuvansa peilistä huoneessa, jossa joku on hiljattain kuollut, hän kuolee pian.

"Huh, ollaan ihan ok ykkösellä", Moni sanoo ja katsoo sitten minuun vahvistaakseen asian, minkä teen nyökkäämällä.

Luen seuraavan.

Jos aave vaeltaa kotonasi yöllä, peili voi vangita sen.

Se on karmivaa. Kumpikaan meistä ei sano siitä mitään.

Vauva liikkuu.

Selaan artikkelia eteenpäin. Siitä on tieteellistä näyttöä. Siinä mainitaan kvanttipeilit ja multiversumpeilit portteina muihin maailmoihin.

"Meidän on tiedettävä lisää. Minun on saatava tietää lisää tästä peilistä ja siitä, miten se on tullut perheelleni. Mistä se alkoi? Kuka antoi sen meille ja milloin?" Sanon vapisten.

"Miten me aiomme tehdä sen?" Moni kysyy, ja me molemmat istumme pohtimassa asiaa, yksin mutta yhdessä, jonkin aikaa.

Päivät ja viikot kuluvat eteenpäin. Moni ja minä jatkamme etsimistä aina kun meillä on aikaa.

Jäljitämme käsitettä matkustaminen peilien kautta. Se juontaa juurensa muinaisiin sivilisaatioihin.

Tutkimme peiliämme ylhäältä alaspäin, toivoen löytävämme valmistajan jäljen. Ei onnistu.

Vauvan laskettu aika on viikon kuluttua - plus miinus muutama päivä kumminkin - ja minä ja Moni istumme yhdessä keittiössäni. Huomaan siitä, miten hän aloittaa ja lopettaa koko ajan, että hänellä on jotain tärkeää mielessä.

"Saatat pitää sitä vähän hulluna."

"Kerro minulle", sanon.

Vauva potkii. Hyväilen hänen jalkaansa.

"Varoitan sinua", Moni sanoo. "Se on tuolla ulkona."

"Jatka vain."

"Okei, tästä se lähtee. Netistä löysin naisen, joka on meedio ja meedio. Hänellä on poikkeuksellisen hyvä, jopa erinomainen maine. Hän tuo tuloksia niissä tapauksissa, joihin hän valitsee ryhtyvänsä."

Nojaan lähemmäs.

"Maria-täti tekee harrastuksena korttilukuja. Hän luki tuosta naisesta, josta puhun. Hän löysi hänestä vain hyvää."

"Meedio vai?" Sanon. En ymmärrä meedion hölynpölyä. Vaikka tiedänkin siitä kaverista, joka oli televisiossa, John jostakin. Edwardsista. Sanon hänen nimensä ääneen.

"Niin", Moni sanoo.

"Tarkoitatko, että meedion nainen ottaa yhteyttä Darryliin?" Moni nyökkää.

"Mutta pystyin ottamaan yhteyttä häneen itse. En tiedä, mitä hän voisi tehdä auttaakseen, koska olemme jo käyneet siellä yksin."

"Meidän pitäisi kokeilla. Me tarvitsemme häntä. Emme Darrylin takia, vaan peilin takia", Moni sanoo. "Jos se on matkapeili. Sinä sanot, että se on, koska olet matkustanut siinä. Meidän täytyy tietää siitä enemmän. Hän voisi testata sitä. Meediot tekevät testejä, tarkoitan."

"Ai", sanon ja olen nyt kiinnostuneempi kuin aiemmin. Nojaan hieman lähemmäs.

"Selitin hänelle vähän siitä, mitä tapahtui menemättä kuitenkaan liian pitkälle yksityiskohtiin. Hänen nimensä on Anna August ja hän haluaa ehdottomasti tavata sinut ja nähdä huoneen ja peilin. Minäkin haluaisin olla täällä, moraalisena tukena. Siis jos haluat minun olevan."

"Sinun on oltava täällä kanssani", sanon ja vauva potkaisee ilmoittaakseen äänensä. Menen vedenjäähdyttimen luo ja kaadan itselleni lasillisen viileää nestettä. "Paljonko hän pyytää vierailusta?" Kysyn muutaman kulauksen jälkeen.

"Viisisataa."

Istun alas ja painan viileän lasin otsaani vasten.

"Tiedän, että se on paljon pyydetty", Moni jatkaa, "ja haluaisin tarjota sen lahjaksi."

"Se on suloista sinulta", sanon. "Mutta jos sinä ja minä tekisimme sen puoliksi, puolet olisi lahja sinulta, niin se olisi ihanaa. Miten hän kerää sen? Siis etukäteen?"

Moni selittää, miten se toimisi. Meidän on lähetettävä kymmenen prosentin käsiraha heti hyvän tahdon osoituksena. Anna lähettäisi meille kuitin, sopisi päivämäärän ja ajan henkilökohtaiselle vierailulle. Sovittuna ajankohtana loppuerä maksettaisiin saapumisen yhteydessä.

"Saapumisen yhteydessä?" Minä sanon. Tuntuu hieman röyhkeältä pyytää rahaa etukäteen, mutta toisaalta, kuka tiesi selvänäkijöiden protokollaa?

Moni hakee itselleen jääkaapista lasillisen appelsiinimehua ja juo pitkään. "Heidän nettisivujensa mukaan toimitus tapahtuu asiakkaan kotiin tultaessa, joka olet siis sinä."

"Ai, hän ei siis lupaa mitään vastineeksi?"

"Öh, ei", Moni vahvistaa. "Mutta minusta tuntuu, että tämä on normi meedioiden maailmassa. Kun hän suostuu hoitamaan tapauksesi, hän sitoutuu siihen täysin. Hän haluaa varmistaa, että myös hänen asiakkaansa ovat. Hän saa valita, ketä hän haluaa auttaa. Kertomalla uusille asiakkailleen, että hän haluaa ennakkomaksun ja loppusumman etukäteen, hän pystyy karsimaan pois sekopäät."

Nauran ja mietin, pitäisikö hän minua hulluna, vaikka maksaisin ennakkoon. "Onko hän, onko Anna paikallinen?"

"Ei, hän on ulkopaikkakuntalainen, mutta hän tiesi, missä asut. Siis ennen kuin kerroin hänelle osoitteesi. Hän sanoi, että hän on tuntenut outoja häiriöitä tällä alueella viime kuukausien aikana.

Itse asiassa se oli ollut niin voimakasta, että hän harkitsi tutkivansa sitä itse."

Tämä kuulostaa samaan aikaan mielenkiintoiselta ja kaukaa haetulta. "Tarkoitatko, että hänellä oli aavistus?"

"Sitä minäkin ihmettelin, mutta hän sanoi ei. Tosin hänellä on niitä usein. Tässä tapauksessa hän tunsi psyykkisen häiriön. Jokin ryntäsi hänen ylitseen. Se sai hänen hiuksensa nousemaan pystyyn. Sellaista."

Pelottavan elokuvan katsominen saa minut kokemaan sen, mutta en sano sitä. Sen sijaan suostun lähettämään käsirahan ja maksamaan hänelle koko summan saapuessani. "Meidän on otettava lisää selvää, eikä meillä ole paljon vaihtoehtoja."

"On paljon muitakin vaihtoehtoja", Moni sanoo, "mutta Annalla on katu-uskottavuutta. Teen sen mahdollisimman pian."

***

Toukokuun kolmantena päivänä kello 15.00 kotiini saapuu tunnettu meedio ja meedio Anna August. Moni ja minä piiloudumme verhojen taakse. Katselemme, kun hän astuu autostaan pihatielleni. Olemme molemmat hyvin uteliaita ja haluamme tarkistaa hänet ennen kuin tapaamme hänet kasvotusten.

Viimeisten parin viikon aikana meillä on ollut pakkomielle Annaan. Samaan aikaan minusta on tullut peilin pakkomielle, koska Anna käski minua pysymään siitä kaukana. En ollut puhunut hänelle, mutta hän vaati Monia välittämään kiireellisen viestin minulle.

Viesti oli, että jos menisin sinne uudestaan, hän saisi tietää. Järjestelymme peruuntuisi. Lisäksi, että täysi maksu vaadittaisiin silti.

Hänelle olisi helppoa rahaa, jos en välittäisi varoituksesta. Hänelle maksettaisiin ilman, että hän olisi edes astunut kynnykseni yli. Hänen sanansa pelästyttivät minua niin paljon, että lukitsin lastenhuoneen oven. Kaiken varalta.

Anna on noin kuusikymppinen ja komea nainen. Hän ei ole kaunis, hän on komea. Tätä ei ole tarkoitettu loukkaukseksi. Se on se, miltä hän näyttää meistä molemmista. Hän on hyvin pitkä, lähes kaksimetrinen, ja koska hän pitää hiuksiaan ponnarissa. Se lisää hänen pituuttaan entisestään.

Hänellä on korkeakauluksinen, verenpunainen päällystakki, jossa on mustat sydämenmuotoiset napit. Jaloissaan paksut mustat kiilakengät. Hänen kasvoillaan on vain ripaus ripsiväriä ja punaiset huulet. Hänen vasemman korvansa takana olevista tummista mustista hiuksista paljastui musta sydämenmuotoinen korvakoru. Se sopi täydellisesti hänen takkinsa nappeihin.

Anna kävelee kohti ulko-ovea voimakkaan päättäväisesti ja määrätietoisesti. Hän horjuu hieman kiilojensa päällä, ja me kikattelemme. Kun Anna huomaa meidät, hän vinkkaa silmää ja tekee ristinmerkin ylleen. Hän epäröi ja tekee sitten ristinmerkin taloni päälle.

Olemme olleet niin hämmentyneitä ja otettuina kaikesta siitä, mitä Anna on tehnyt, ettemme huomaa hänen perässään kulkevaa miestä.

Hän on lähes kaksimetrinen, mustatukkainen ja mustapartainen. Hänellä on yllään musta päällystakki, musta lippis suojaa hänen silmiään, mustat housut ja kengät. Hän pyyhkäisee eteenpäin kuin tumma yksinäinen pilvi. Ymmärrämme, että kyykky johtuu siitä, mitä hän kantaa selässään: pientä mustaa matka-arkkua. Vaikka se on pienikokoinen, sen paino saa hänet kyyristymään.

Anna lyö ovenkahvaa, ja me ryntäämme heitä vastaan.

***

Anna pyyhkäisee sisään kuin tuuli, ja tumma pilvi puhaltaa sisään ei kaukana perässä. Hän ojentaa kätensä ensin minulle ja tarttuu toiseen käteeni. Hän katsoo silmiini ja minä hänen silmiinsä - jotka olivat oudon vihreän sävyiset ja niissä oli pieniä punaisia pilkkuja pupillin poikki.

"Olen niin iloinen, että vihdoin tapaan sinut", hän sanoo ojentaen kätensä ja pysähtyy sitten ennen kuin koskettaa vauvaa. Nyökkään, että hän saa tehdä niin, ja hän laskee avoimen kätensä vauvan päälle. Odotan hänen potkaisevan kuitatakseen hänen läsnäolonsa, mutta hän ei potkaise.

"Hän varmaan nukkuu", sanon. Jostain kumman syystä se, ettei hän esittäydy potkimalla, saa minut tuntemaan, että olemme töykeitä.

Anna heittää takkinsa takaisin. Hän kääntyy Monin puoleen ja tervehtii. Hän esittelee meidät miehelleen, joka seisoo taustalla selkäänsä ojentamassa. Hänen nimensä on Ballard.

Kävelen hänen luokseen ja kättelemme. Hän tarvitsee apua rintakehän irrottamisessa selästään, joten autan häntä. Sen jälkeen hän nousee pystyyn suorana ja pystyssä. Hän ei olekaan niin lyhyt. Hän on lyhyt mieheksi, ja Anna kiilakengissään kohoaa hänen yläpuolelleen.

"Hoidetaan tylsät yksityiskohdat", Ballard ehdottaa.

"Niin", Anna sanoo.

"Hän tarkoittaa rahaa", Moni kuiskaa.

Haen käsilaukkuni sivupöydältä. Siinä on koko summa, jonka ojennan Annalle, joka antaa sen Ballardille.

"Kiitos", Anna sanoo.

Ballard ottaa rahat esiin ja selaa erää. Vakuuttuneena siitä, että koko summa on siellä, hän tunkee sen takkinsa taskuun.

Anna sanoo: "Haluaisin nyt nähdä huoneen."

Me kolme, Moni, Anna ja minä (tai neljä, jos lasken vauvan mukaan), lähdemme kohti lastenhuonetta. Vilkaisen taaksepäin ja näen Ballardin kalastelevan taskustaan avainta, jonka hän työntää lukkoon ja avaa takaluukun.

Olen utelias avaimesta, mutta vielä uteliaampi olen sen sisällöstä. Ballard jatkaa. Käännän huomioni takaisin tähän asiaan.

"Aikanaan", Anna sanoo siirtäessään meitä eteenpäin. Hän näkee, että katson Ballardia uteliaana. Häneltä ei näytä jäävän mitään huomaamatta.

Ennen kuin saavumme lastentarhaan, Anna pysähtyy äkisti. Melkein törmään häneen, sillä olen nyt lauman perässä ja Moni on kärjessä.

Annan hengitys muuttuu. Hän huohottaa, ja hänen poskensa punoittavat. Hän tarttuu oikealla puolella olevaan seinään ja vasemmalla puolella olevaan seinään nyrkkiinsä ja seisoo paikallaan. Hänen nyrkkinsä puhkeavat kuin ruusut kukkivat. Hän laskee kätensä litteästi ja avoimesti molemmin puolin olevien seinien pinnalle.

Hänen päänsä lentää taaksepäin ja hänen silmänsä avautuvat ja katsovat kattoon. Hänen koko kehonsa alkaa täristä ja kouristella kuin hänellä olisi epileptinen kohtaus.

***

Sitten jokin pumppaa hänen kehonsa läpi. Mitä se sitten onkin, näen sen kulkevan hänen lävitseen. Katson Monia, jonka silmät melkein putoavat kallosta. Kurkotan Annan olkapään yli ja otan Monin käden omaani. Seisomme paikallamme tietämättä, mitä tehdä. Anna jatkaa värähtelyä ja vääntelyä.

Silloin Ballard on paikalla ja asettaa jotain Annan ylösalaisin olevaa otsaa vasten. Se on hopeaa.

Näen sen vilkkuvan valossa, mutta en saa selvää, mikä se on. Ensin sumeaa, sitten hohtavaa. Pian Annan kädet ja pää putoavat. Sitten hän on taas keskuudessamme.

"Olen pahoillani, rakkaani", Ballard sanoo. "En odottanut..." Hän pysähtyy ja katsoo Moneen ja minuun, jotka seisomme yhä yhdessä kädestä pitäen.

"En minäkään", Anna sanoo vetäessään syvään henkeä ja päästääkseen sen useita kertoja rauhoittuakseen. "Se oli voimakas jokin tai joku. Saisinko lasillisen portviiniä ennen kuin jatkamme?"

Alan sanoa, ettei minulla ole portviiniä talossa. Ballard, joka tuli valmistautuneena, ottaa pullon takkinsa sisältä. Hän vääntää korkin auki ja ojentaa sen Annalle.

Hänen kätensä tärisevät, kun hän yrittää ottaa kulauksen. Ballard auttaa.

Anna pyyhkii suunsa kädellään. Näen yhä hänen sormensa tärisevän, kun hän ojentaa pullon takaisin. Ballard tarjoaa minulle kulauksen. Kieltäydyn vauvan takia. Moni kieltäytyy myös, mutta kiittää Ballardia tarjouksesta.

Anna rikkoo hiljaisuuden. "Ja nyt jatketaan."

***

Ennen kuin saavumme lastenhuoneen ovelle, se paiskautuu kiinni. Voima on niin suuri, että luulen sen rikkovan saranat. Työnnän tieni seurueen ohi ja käytän lapseni ympärysmittaa raivatakseni tien läpi.

Kun olen ovella, kurkistan taskustani avainta. Kun lukitus on avattu, yritän kääntää kahvaa. Sanon yrittää kahdesta syystä.

Ensinnäkin se ei liiku, ja toiseksi se on tulikuuma, niin että huudan, kun ihoni sulaa siihen. On kuin metallikahva hitsautuisi kiinni minuun, ja ihoni käryää ja haisee kuin minua grillattaisiin.

Palava lihani haisee melkein pekonille, kun yritän edelleen irrottautua kahvasta. Seuraavat sekunnit tuntuvat siltä kuin aika olisi pysähtynyt, ja keskitän ajatukseni kivun sijaan itse kahvaan. Yhdellä liikkeellä irrotan itseni. Kahva liikkuu. Hetken ajan luulen, että se kääntyy ja aukeaa, mutta niin ei käy.

Katson vasemmalle, missä Moni seisoo tuijottaen ja miettien, mitä tehdä, mutta en tee mitään. Katson Ballardiin, joka katsoo Annaa, jolla on silmät kiinni ja joka puhuu sanoja.

Katson ja kuuntelen hänen mumisemistaan ja tajuan, että hän tekee loitsua tai loitsua. Ainakin siltä se näytti niiden fiktiivisten televisio-ohjelmien perusteella, joita olin nähnyt ja joissa oli noitia.

Tekevätkö meediot loitsuja tai loitsuja? En ollut varma, mutta mitä ikinä hän suunnittelikin, toivoin todella, että se toimisi.

Kun tämä ajatus kävi mielessäni, ovenkahvan kuumuus kasvoi ysistä kymmeneen ja huusin kivusta. Ballard ryntää minua kohti konjakkipullo kädessään ja roiskii sisältöä käteni päälle. Se savuaa ja sylkee ja haisee kuin pilaantunut joulupudding.

Se toimii, ja käteni irtoaa kahvasta. Ballard johdattaa minut pois ovelta. Seison paikallani, kun Moni ojentaa Ballardille ensiapupakkauksen, jonka hän on hakenut kylpyhuoneesta. Hän käärii käteni sideharsoon suihkittuaan siihen palovammoja lievittävää nestettä. Se viilentää ihoni lämpötilaa. Kun hän kietoo sideharson sen ympärille, kipu on minimaalista.

Kun palaamme käytävälle, Anna ei ole missään, mutta lastenhuoneen ovi seisoo auki.

Tällä kertaa Ballard menee edeltä, ja minä ja Moni seuraamme perässä. Ballard pitää oikeaa kättään ojennettuna edessään ikään kuin hän odottaisi näkymättömän ja tuntemattoman saapumista.

Jos hänellä olisi risti kädessään, se ei olisi sopimatonta. Olen katsonut aivan liikaa televisiota omaksi parhaakseni.

Kun hän on lastentarhassa, Ballard kuiskaa: "Anna." Hän seisoo ovensuussa ja estää Monia ja minua astumasta huoneeseen.

Ei vastausta.

Ballard astuu kokonaan sisään huutaen yhä Annaa, ja me menemme hänen perässään.

Ikkuna on aivan auki, kuten se oli ollut sinä päivänä, kun tulin peiliin. Tämä tuulahdus on kuitenkin raju. Se puhaltaa verhot eteenpäin. Ne aaltoilevat ja leijuvat lattian yläpuolella aavemaisesti.

Lentävät verhot johdattavat katseeni peilin suuntaan. Moni ja Ballard tekevät samoin, mutta tällä kertaa he ovat takanani, kun kävelen kohti peiliä. Huopa, joka oli kerran verhottu peilin päälle, on nyt rypistyneenä rykelmänä lattialla.

"Anna!" Huudan.

Ballard huutaa vaimonsa nimeä.

Vaikka en tunne häntä, hänen äänenkorkeutensa ja äänensävynsä saavat kylkiluideni kohoamaan pitkin kyynärpäitäni. Käännyn katsomaan häntä ja näen pelkkää pelkoa. Minusta oli absurdia, että hän on näin peloissaan. Ballard on hänen kumppaninsa kaikin tavoin. Yhdessä heidän elämänsä keskittyy auttamaan ihmisiä saamaan yhteyden rakkaisiinsa tuonpuoleisessa maailmassa. He ovat ammattilaisia.

Menen peilin luo. Kävelen koko vartaloni siihen yhdellä jättimäisellä askeleella.

Viimeinen asia, jonka kuulen, on Monin huutaminen.

***

Toisella puolella on täysi pimeys.

Tämä on erilaista kuin aiemmin. Pelottavaa.

Otan kaksi askelta eteenpäin. Jokin rapisee jalkojeni alla. Siirryn hieman sivummalle ja toivon, ettei se olisi siellä, mutta se on siellä. Siirryn eteenpäin, astun jonkin isomman päälle ennen kuin kompastun hieman ja pysähdyn sitten paikalleni.

Liian peloissani liikahtaakseni tajuan, että tämä paikka oli juuri sellainen kuin kuvittelin peilin sisäpuolen näyttävän. Se, mitä en odottanut, oli haju. Se on kostea kuin mätänevät syksyn lehdet ja kylmä. Kiedon käteni itseni ympärille.

En liiku toivoen, että silmäni sopeutuisivat ja tottuisivat pimeyteen.

Sekunteja kuluu. En silti ota askelta mihinkään suuntaan. Tunnen itseni välillä keinuvan. Paikallaan seisominen näin suuren vatsan kanssa ei ole helppo tehtävä. Minusta tuntuu, että saatan kaatua. Hyväilen vauvakuoppaani ja yritän pysyä rauhallisena.

Missä ovat metsät, rannat ja vuoret? Missä ovat aurinko ja syksyinen tuulahdus? Täällä jäätynyt ilma pysähtyy.

Mietin, onko tämä eri ulottuvuus.

Miksi tämä paikka tuntuu niin vieraalta, kun toinen tuntui kodikkaalta? Olin hölmö, kun tulin tänne tietämättä, että Anna on täällä.

Kuulen rapsahduksen ja sitten Annan äänen. "Cath?"

Kehoni tärisee, kun vastaan.

"Cath", hän sanoo, "sinun on lähdettävä pois täältä."

Hyväilen vauvamahaani yrittäessäni olla normaali.

"Tiedätkö, kuinka monta askelta otit sen jälkeen, kun tulit sisään?" Anna kysyy.

Kerron hänelle, etten ole astunut monta askelta, enkä kuitenkaan ollut laskenut niitäkään.

Hän kysyy, voisinko kääntyä, jos tietäisin, mihin suuntaan olin tullut, ja sanon, että luulen tietäväni.

"Käänny ympäri ja mene ulospäin", Anna neuvoo. "Seuraan askeltenne ääniä. Ääni ohjaa minua ja pääsemme yhdessä ulos."

Ajattelen Darrylia, kun tapasimme ensimmäisen kerran. Näiden iloisten ajatusten ollessa mielessäni eräs muisto puskee sisään. Se liittyi johonkin, mitä olin lukenut tai katsonut. Pimeässä elävistä demoneista, jotka ottavat tuntemiemme, joskus jopa rakastamiemme ihmisten äänet. Siinä demonit teeskentelevät olevansa niitä, joita he eivät ole.

Hiljennän mieleni ja työnnän nuo ajatukset pois, saan voimaa ajattelemalla Darrylia ja vauvaa. Käännyn ympäri ja ojennan käteni tunnustellakseni tietäni. Rapeus saa minut tuntemaan itseni paniikissa, mutta tiesin, etten ollut mennyt liian kauas. Kävelen eteenpäin kuin sokea zombi enkä tunne mitään.

Otan vielä kaksi askelta vasemmalle, liikun edelleen samaan suuntaan kuin aiemmin, ja ojennan taas käteni eteeni. Ei vieläkään mitään kosketusta mihinkään. Vielä kaksi askelta.

Siinä se on. Tunnen sen ja astun eteenpäin. Ballard ja Moni vetävät minut loppumatkan läpi.

Anna tarttuu paitani häntään ja tulee myös läpi.

Olemme turvassa.

Olemme palanneet.

***

Itken, kun Moni auttaa minua huoneen poikki. Istun liukutuolissa kuin kantaisin maailman painoa hartioillani. Hyväilen vauvan kuoppaani ja hyräilen Frere Jacquesia rauhoittaakseni sydämeni ja mieleni. Poikavauva ei vastaa potkuilla, mutta hän ei ole yhtään huonommassa kunnossa.

Moni tuo kupin kuumaa teetä. Käteni tärisevät liikaa pitääkseni sitä. Hän nostaa sen huulilleni, ja otan kulauksen.

Nurkassa, poissa kuuloetäisyydellä, Anna kuiskaa Ballardille, kun hän vetää pullosta. Hän tärisee, ja Ballard tuijottaa välillä minuun ja sitten takaisin vaimoonsa. Olin pelastanut hänet, tuonut hänet takaisin. Mietin, mistä he puhuvat, mutta olen liian väsynyt tarkentamaan heidän keskusteluaan.

"Kuinka kauan?" Kysyn Monilta.

"Kahdeksan tuntia."

"Ei se voinut olla kahdeksan tuntia!"

"Ulkona on pimeää. Näetkö?" Hän vetää verhot taaksepäin, jolloin ulkona näkyy päivänvalon sijasta pimeys. Hän kumartuu sisään ja kysyy: "Miten Darryl pärjäsi?"

Poikani antaa minulle niin suuren potkun, että henkeäni salpaa. Hyväilen hänen jalkaansa ihoni läpi. "Rauhoitu, poika."

Moni odottaa, että vauva rauhoittuu, ennen kuin hän kysyy: "Jos Darryl ei ollut siellä, miksi olit poissa niin kauan?"

"En tiedä", sanon, katson Annan suuntaan ja toivon, että hän voisi antaa vastauksia. Onhan hän huoneen ainoa asiantuntija.

Anna ottaa toisen vedon pullosta. Kun hän näkee, että tuijotan häntä, hän kompuroi huoneen poikki. "Oletko aivan kunnossa?"

Anna seisoo vasemmalla puolellani, Moni edessäni ja Ballard oikealla puolellani kuin olisin puoliympyrän keskipiste. Minä vapisen. Moni heittää peiton hartioideni päälle.

Anna sanoo: "Peilillä on monta kasvoa. Tuo", hän osoittaa sitä kohti, "pitäisi tuhota."

"Mutta miksi?" Kysyn hampaiden kirskuttaen. "Se on ollut suvussani vuosikymmeniä, ja se toi Darrylin luokseni."

"Ehdotan, että lähetät sen pois, jos et voi tuhota sitä. Se kutsuu sinua uudelleen ja houkuttelee sinut sisään, jos se on talossasi. Seuraavalla kerralla et ehkä ole yhtä onnekas. Seuraavalla kerralla saatat jäädä sinne jumiin ikuisiksi ajoiksi."

"Kuunnelkaa vaimoani", Ballard sanoo. "Hän tietää, mistä puhuu, ja hän haluaa vain estää sinut ja lapsesi vahingoittumasta."

"Se olisi voinut vahingoittaa meitä, mutta ei vahingoittanut", sanon. "Oli pimeää ja kosteaa, mutta olen ollut pahemmissa paikoissa, paljon pahemmissa paikoissa."

Anna epäröi, kävelee vähän väliä ja sanoo sitten: "Se rapiseva ääni. Mitä luulit sen olevan?"

Ballard astuu vaimonsa luo ja kuiskaa tämän korvaan. He kääntyvät taas minua kohti.

"Lehtiä", vastaan. "Kuolleita lehtiä."

Annan silmät syttyvät, kun hän katsoo miestään. "Se oli luiden murtumisen ääni. Toisten luita, jotka eivät koskaan päässeet takaisin."

Haukottelen henkeä ja yritän olla huutamatta. Ajattelen kuulemaani ääntä ja mietin, keksiikö hän sen ja yrittääkö hän pelotella minua. Jos olisin astunut luiden päälle, miltä se olisi kuulostanut? Miltä se olisi tuntunut jalkojeni alla? Ne kuulostaisivat täsmälleen samalta kuin peilin sisällä olevat.

"Nyt lähdetään pois täältä", Anna sanoo. "Olemme tehneet kaikkemme. Emme voi olla täällä enää. Muista sanani, jos et tuhoa tuota otusta, se on sinun pääsi päällä."

Kun he kävelevät pois luotani, huudan: "Miksette odottaneet minua? Miksi menitte peiliin ilman minua? Ennen Darryl, mieheni, oli siellä. Kaikki oli turvassa ja hyvin. Mikset odottanut?" Nousen ylös ja seuraan heitä odottaen vastausta, selitystä.

Anna jatkaa kävelyä.

Ballard pysähtyy, harkitsee sanovansa jotain. Hän muuttaa mielensä. "Tule, rakkaani. Tämä nainen ei arvosta uhrautumistasi tai neuvojasi."

"Hänen uhraustaan? Minä menin sinne ja toin hänet ulos! Minä pelastin hänet."

"Rauhoitu", Moni sanoo. "Se ei ole hyväksi vauvalle."

"Ulos talostani", huudan.

Kun Ballard on kiinnittänyt takakontin selkäänsä, hän ja hänen vaimonsa poistuvat talostani.

Seison siinä nyrkit puristettuina, kun vesi valuu jalkojani pitkin. Huimaus valtaa minut, ja kaadun lattialle.

***

Se ei olekaan vettä. Se on verta.

Huomasin sen vasta, kun ambulanssi tuli huutaen ajotielleni ja ensihoitajat tutkivat minut. Elintoimintoni ovat kunnossa, mutta he vaativat meitä menemään sairaalaan.

Lepäämällä, koneisiin ja monitoreihin kytkettynä, olen kiitollinen siitä, että poikani ja minä olemme molemmat kunnossa. Ei enempää eikä vähempää.

Moni soitti äidilleni, joka saapuu nopeasti. Hän istui kanssani, piti kädestäni kiinni ja kertoi, että kaikki järjestyy. Nyt hän nukkuu syvään tuolissa.

Kun katson häntä nukkumassa, tajuan, että äidit ovat jumalan kaltaisia. Luotamme heihin kaikessa hedelmöittymisestämme lähtien. Kun he selittävät, että kaikki menee hyvin, vaikka tiedämme, etteivät he voi tietää, uskomme heitä silti. Jos he kertoisivat meille, että taivas on oranssi, meidän olisi uskottava heitä. Miksi he valehtelisivat meille? Äitimme ovat sairaanhoitajia, lääkäreitä, neuvonantajia, opettajia, filosofeja ja ystäviämme. Äideillä on niin monta hattua.

Tunnustelen vauvakuoppaani ja mietin omaa potentiaaliani täyttää äidin rooli ja poikani ainoa vanhempi. Toivon, että pystyn vastaamaan äitini vahvuuteen ja rohkeuteen. Jos pystyn kahdeksankymmentä prosenttia siitä, mitä hän on ollut minulle, olen aivan haltioissaan.

Mietin, mitä lääkäri on kertonut minulle. Verenvuoto ei ollut mitään vakavaa. Se oli väliaikainen tila, ja se oli loppunut. Vauva on kunnossa ja sydän sykkii voimakkaasti. Silti laskettu aika ei ole enää kaukana, ja he haluavat meidän olevan täällä.

Torkahdan miettien Annaa, pettyneenä. Hänen tuloaan ja hänen tarjoustaan auttaa oli valmisteltu niin paljon. Olin pyytänyt Monia ottamaan häneen yhteyttä ja katsomaan, voisiko hän täyttää joitakin aukkoja. Halusin tietää, mitä hänelle tapahtui ennen kuin astuin peiliin. Mitä hän tiesi? Mitä hän oli nähnyt?

Halusin myös tietää, miksi hän oli hypännyt peiliin ennen kuin kukaan meistä oli huoneessa.

Kyyneleet valuvat poskilleni äänettömänä itkuna. Kaipaan Darrylia niin paljon. Elämä olisi aivan erilaista, jos hän olisi täällä. Elämä on liian lyhyt, liian arvokas hukattavaksi hetkeäkään.

Kaadun takaisin tyynyä vasten ja suljen silmäni.

***

Jalkani nousevat maasta. Lennän monarkkiperhosen siivilläni ulkoilmaan. Nousen korkeammalle ja korkeammalle taivaalle, kun lentokoneet ohittavat minut. Matkustajat vilkuttavat ulos ikkunoista. Linnut pysähtyvät. Yksi istuu olkapäälleni. Se avaa ja sulkee nokkansa laulaen, aivan kuin se yrittäisi keskustella kanssani. Se lentää pois onnellisena siitä, että se on yrittänyt kommunikoida taivaan asukkaan kanssa.

Alapuolellani seuraa pieni siivekäs ihminen. Hyväilen vauvakuoppaani, mutta huomaan, ettei sitä enää ole. Alla oleva siivekäs henkilö on lapseni. Hänen siipensä ovat siniset ja mustat. Hän opettelee lentämään. Hän ponnistelee kohti minua, ponnistellen.

"Äiti", hän huutaa.

Leijun paikallani odottamassa, että hän saa minut kiinni.

"Äiti", se huutaa taas.

Työnnän itseni alas, kunnes olemme vierekkäin. Tartun hänen käteensä.

Nousemme yhdessä ylös.

Heitän pääni taaksepäin pitäen yhä hänen kättään kädessäni, ja taivas muuttuu sekunnin murto-osassa päivästä yöksi. Ilma muuttuu lämpimästä kylmästä kylmäksi, ja tuuli voimistuu ja työntää meidät pois.

Minä ja poikani takerrumme toisiimme, pidämme kiinni toisistamme ja räpyttelemme siipiä synkronisesti. Voimattomia.

Ukkonen jyrisee. Salamat sinkoilevat taivaalla takanamme, alapuolellamme, yhä lähempänä ja lähempänä.

Suora osuma siipiini. Kipinä syttyy hänen siipiinsä.

Putoamme takaisin sinne mistä tulimme.

***

Herään huutaen. Se siitä, että en herättänyt äitiä.

Uni oli ollut niin todellinen, niin elävä. Se sai monitorit vilkkumaan ja piippaamaan. Sairaalan henkilökunta juoksi sisään ja otti tilanteen haltuunsa.

"Se oli vain unta", sanoin rauhoitellakseni heitä. Silti he jatkoivat kiirehtimistä.

Pyyhin unen silmistäni.

Äidissä on jotain vikaa. He eivät tulleet hakemaan minua.

He laittavat hänet sairaalasänkyyn ja vierittävät hänet ulos huoneesta. Pyörät vinkuvat hänet pois luotani.

"Mitä tapahtuu?" Huudan. Yritän nousta ylös, mennä hänen mukaansa, olla hänen kanssaan. Minun on saatava seurue kiinni.

Olen kuitenkin sidottuna. Yritän vapauttaa itseni. En tarpeeksi nopeasti.

Hoitaja pistää neulan käsivarteeni.

Viimeinen asia, jonka muistan, on hänen kiroilunsa.

***

Moni on vierelläni, kun herään. Oli ollut päivä, kun nukahdin. Nyt on pimeää. Ikkunan läpi kaikki näyttää tummansiniseltä ja tähdettömältä.

Kun yritän koota palasia yhteen, poikani potkaisee minua erittäin kovaa. Aivan kuin hän muistuttaisi minua asettamaan hänet etusijalle, aivan kuin tarvitsisin muistutusta. Ensin oli se pelottava uni. Sitten äiti oli pulassa, sairas tai jotain.

Palaan todellisuuteen.

Moni ojentaa minulle lasin vettä. Hän ja minä olimme olleet ystäviä niin kauan, että joskus tuntuu kuin meillä olisi telepaattinen yhteys. Moni on maailman paras ystävä. En tiedä, mitä tekisin ilman häntä.

"Kiitos", sanon ottaessani kulauksen ja tuntiessani, kuinka viileä vesi tekee tiensä alas hyvin tyhjään vatsaani. Ei ihme, että vauvani potkii kuin hullu. Tarvitsen tankkausta, koska olen jättänyt syömättä tänään. Ei sillä, että sairaalaruoka olisi mitään ihmeellistä. Kysyn Monilta, voisiko hän hiipiä ulos ja hakea minulle jotain pikaruokaa herkuksi.

Tavallisena loogisena itsenään Moni ehdottaa, että soitan sairaanhoitajalle. Kysyisin, voisivatko he tehdä minulle jotakin, jotta en keskeyttäisi minun ja vauvan ruokavaliovaatimuksia. Kuulostaa hyvältä neuvolta, vaikka olisin murhannut juustohampurilaisen, ranskalaiset ja pirtelön.

Hoitaja on avulias ja sanoo tuovansa jotain erityisesti minulle tehtyä niin pian kuin mahdollista. Sairaalakielellä, mikä tarkoitti sitä, että heti kun olen nokkimisjärjestyksen huipulla. Ensimmäisenä sisään, ensimmäisenä palvellaan.

Hieron toisella kädelläni vauvamahaani ja siemailen lisää vettä pitääkseni nälänhädän loitolla.

"Meidän on puhuttava", Moni sanoo.

"Minä kuuntelen."

"Ensinnäkin, äitisi voi hyvin. Hän sai aivohalvauksen, mutta ymmärtääkseni se ei ollut iso. En tiedä tarkempia yksityiskohtia, koska en ole sukulainen, mutta minusta tuntuu, että hän toipuu täysin."

Hengitän helpotuksesta ja muistutan Monia siitä, että hän on kuin sisko, jota minulla ei koskaan ollut.

"Minulla on sisko", Moni sanoo, "mutta sinä olet valintani mukaan sisko."

"Rakastan sinua", sanon.

"Rakastan sinua myös."

Olemme hetken hiljaa, ja sitten Moni sanoo: "Puhuin Annan kanssa puolestasi. Vierailu kotonasi ja peiliin sai heidät täysin sekaisin. Nuo kaksi eivät ole mitään aloittelijoita. Hän, siis Anna, ei ole koskaan tuntenut oloaan niin lähellä puhdasta pahuutta kuin ollessaan peilisi sisällä."

Muistan sen autuuden tunteen, kun olin Darrylin kanssa. Hänen kosketuksensa tunteen. Hänen yhteytensä poikaansa. Se, mitä hän sanoi, tuntui naurettavalta, ja sanon sen.

"Mitä tarkoitat?"

"Ensinnäkin, minäkin olin siellä. Kyllä, se oli hyvin pimeää. Se oli kostea ja jopa hieman haiseva, mutta en tuntenut pahuuden läsnäoloa ilmassa. Jos pimeydessä olisi vaaninut pahuus, se olisi voinut viedä kumman tahansa meistä milloin tahansa. Olimme sen armoilla. Miksi se ei siis tehnyt mitään?"

"Hän sanoo, että paholainen haluaa vain vahingoittuneiden sielut. Niiden, jotka ovat tehneet pahaa tai tehneet pahoja tekoja. Ainoat poikkeukset ovat ne, jotka tulevat hänen luokseen vapaaehtoisesti ja jotka ovat sydämeltään puhtaita."

"Entä Anna, miten hän sopii tähän skenaarioon? Minä kysyn.

"Anna sanoi, että jos sinä ja erityisesti vauva ette olisi olleet paikalla, se otus olisi vienyt hänet. Hän sanoo, että se kuiskasi hänelle, että hän oli eksynyt, että hän oli hänen, ennen kuin sinä astuit peiliin. Kun menit, vauvasta lähti valo. Se ei ollut kirkas valo. Se oli hämärä, mutta se riitti, jotta hän tiesi, että olit siellä. Tuo valo johdatti hänet luoksesi, ja viimeisellä mahdollisella sekunnilla hän tarttui sinuun ja sinä vedit hänet ulos. Ilman vauvaa, ilman sinua, hän olisi ollut hukassa, hänen sielunsa olisi ollut ikuisesti jumissa siellä."

Ajattelematta asiaa hyväilen vauvan jalkaa. Hän kääntyy sisälläni.

Katson ylös, kun huoneeseen tulee muukalainen leikepöydän kanssa. Hänellä on Grand Canyonin kokoinen otsa kurtussa, mutta hän on jotenkin punastunut ja kalpea samaan aikaan.

"Oletko sinä Cath?" hän kysyy.

***

Hänellä ei ole valkoista takkia, eikä hän ole sukulainen tai ystävä.

Nyökkään ja vahvistan olevani minä.

Vastaukseksi hän huutaa: "Tuo se sisään."

Kaksi lähettiä tuo sisään suuren, peitetyn tavaran.

Ennen kuin he paljastavat sen, tiedän jo, mikä se on. Peili. "Mitä tuo tekee täällä? En pyytänyt teitä tuomaan sitä."

"Allekirjoita tähän." Mies ojentaa Monille kynän. Moni kieltäytyy aluksi allekirjoittamasta, mutta mies korottaa ääntään. Hän uhkaa aiheuttaa metelin, joten Moni allekirjoittaa, mutta vasta kun minä käsken häntä.

"Keksimme, mitä teemme sille, kun nämä kaksi pelleä - ei millään pahalla - ovat lähteneet."

Moni virnistää ja niin minäkin.

Toimittajat vetäytyvät.

"Mitä nyt?" Moni kysyy seisten niin kaukana peilistä kuin mahdollista menemättä ulos ovesta.

Tunnen oloni turvalliseksi siellä, missä olen sängyllä, peittoihin kääriytyneenä. Täältä käsin voin parhaani mukaan yrittää olla välittämättä huoneessa olevasta norsusta. Mitä ihmettä se teki täällä ja kuka sen lähetti?

***

Monin puhelin soi, mikä saa meidät molemmat hätkähtämään. Hän on kiireinen työntäessään peiliä sivuun ikkunan lähelle.

"Tulen kohta takaisin", hän sanoo.

Matkalla tervehtimään minua uusi hoitaja näkee peilin ja paljastaa sen. "Onpa kaunis peili", hän sanoo. "Erityisesti kehys ja puu ovat aivan upeita." Hän ajaa sormillaan kaiverrettujen, yhteenliitettyjen käsien yli ja sanoo: "Eikö olekin japanilaista?"

"En tiedä, mutta se on ollut suvussani vuosikymmeniä."

Hoitaja asettaa peilin niin, että se näkyy perifeerisessä näkymässäni. Osa siitä on minuun päin ja osa ikkunaan päin.

Hän katsoo sen takaosaa. "Olen nähnyt jotain tällaista ennenkin. Jos haluatte joskus myydä sen, soittakaa tänne ja kysykää minua tai jättäkää viesti.

Nimeni on Daniel Chung." Hän ojentaa minulle korttinsa.

"Äh, kiitos", sanon, kun Moni palaa huoneeseen.

"Onko kaikki kunnossa?" hän kysyy katsoen peiliin ja nähdessään hoitajan hyväilevän sitä.

"Kyllä", vastaan, "Daniel kertoi, että peili oli hänen mielestään japanilainen. Hän sanoi nähneensä jotain tällaista ennenkin. Niin, ja hän olisi kiinnostunut ostamaan sen. Siis jos haluaisin joskus luopua siitä."

Moni kalpenee.

Daniel tarkistaa pulssini. Hän vahvistaa, että kaikki on kunnossa, ja kysyy, tarvitsenko jotain.

"Onpa outo tyyppi", Moni sanoo.

Lapsiveteni tyrehtyy.

***

Asiat tapahtuvat liian nopeasti. Monitorit sekoavat. Supistukset alkavat. Olen laajentunut ja valmis ponnistamaan. Vauvan syke laskee, samoin verenpaine. Minut viedään leikkaussaliin ja minua aletaan valmistella hätäkeisarinleikkaukseen. Kunpa Darryl olisi täällä kanssani.

Kaikki on käsillä. He nostavat minut ylös ja menevät pelastamaan poikaani.

Olen aivan sekaisin, en näe enkä tunne mitään. Katselen sairaalan henkilökunnan liikkeitä. Kuuntelen koneita. Toivon ja rukoilen, että poikani on kunnossa.

He nostavat hänet ylös, jotta voin nähdä hänet.

Hän ei itke.

Hän on sininen.

Minä huudan.

Joku pistää neulan käsivarteeni.

Nukun tietäen, että poikani on kuollut.

***

Herään ja muistan.

"Haluaisitko pitää häntä sylissä?" hoitaja kysyy.

Nyökkään.

Hän poistuu huoneesta.

Nousen sängystä.

Poikani saapuu lasivitriinissä vihreään huopaan käärittynä. Hänellä on samanlainen neulottu pipo.

Hän ojentaa hänet minulle. Kyyneleet vierivät poskilleni, kun suutelen hänen viileää otsaansa ja näen meidät peilissä huoneen toisella puolella.

Kävelen sitä kohti.

Olen yhä äiti. Pidän poikaani sylissäni.

Suutelen jokaista hänen silmäluomeaan.

Maa jalkojeni alla alkaa täristä, kun aurinko huutaa valoa huoneeseen, peiliin ja poikaani.

Hänen silmäluomensa aukeavat. Hän näkee minut. Tuntee minut.

Sitten hän on poissa.

Kompastun, pidellen sylissäni tyhjän keveyttä.

Siellä peilissä Darryl pitelee poikamme sylissä.

"Rakastan sinua", Darryl sanoo suudellen hänen otsaansa.

"Minäkin rakastan sinua", sanon, kun poikamme alkaa itkeä.

Peili alkaa pyöriä ensin hitaasti, sitten se saa vauhtia. Se kolahtaa ja jyrää, vääntyy kuin se lentäisi pois.

Hypnotisoituneena en voi katsoa pois.

Darrylin käsi ojentuu peilistä, ja minä tartun siihen.

Olemme ikuisesti yhdessä, Darryl, vauvamme ja minä...

KUOLEMAN TOIVOMUS

HÄNEN OLI VAIKEA AJATELLA mitään muuta.

Hän eli täydellistä aikaa. Aikaa, jolloin hän pystyi löytämään netistä mitä tahansa.

Videoita ja valokuvia. Kaiken, mitä hän tarvitsi tietää. Jopa asioita, jotka pelottivat häntä kuoliaaksi! Ja hän saattoi tehdä sen töissä tai kotona.

Hänen täytyi vain pitää useita välilehtiä auki ja tarvittaessa vaihtaa edestakaisin. Hän oli kuin vakooja, joka pelasi kissa ja hiiri -leikkiä, josta vain hän tiesi, että sitä pelattiin.

Hän käytti jokaisen valveillaolotunnin - tai niin paljon kuin pystyi - tutkimiseen. Järjestelemällä ja järjestelemällä palapelin palasia. Valmistelu oli avainasemassa. Hän kokosi kaiken yhteen, kunnes oli valmis. Silloin se olisi helppoa, ja kun hänellä oli kaikki faktat hallussaan, hän eliminoi epäonnistumisen mahdollisuuden.

"Epäonnistuminen ei ole vaihtoehto", hän sanoi itsekseen miettien, kuka oli sanonut sen ensimmäisenä. Uteliaana hän googlasi sen. Hän löysi samannimisen kirjan, jonka kirjoittaja oli NASAn lennonjohdon johtaja Gene Kranz.

Ongelma internetissä tehtävässä tutkimustyössä - häiriötekijät. On niin helppo eksyä kärryiltä. Pimeään kuoppaan. Jos hän ei seuraisi sitä, aika lentäisi ohi ja pian hän olisi aivan liian vanha tekemään sitä.

Ja sitten olivat vielä keskeytykset. Elämässä oli keskeytyksiä, sekä hyviä että huonoja. Se oli kohdattava - saattoi tehdä elämässään asioita, joita rakasti, tai asioita, joita vihasi, mutta joka tapauksessa aika oli karkaamassa käsistä, eikä sitä voinut hallita millään.

Ei voinut muuta kuin sulkea oven, toivoa ja toivoa maailmaa pois. Joskus se ei ollut kovin hyvä tunne niille ihmisille elämässäsi, joita rakastit, kuten vaimollesi. Tai koirasi.

Joskus hänestä tuntui, että hänen pitäisi kaatua tunnustamaan kaikki vaimolleen. Heittäytyä hänen jalkojensa juureen. Mutta sitten hän mietti, miltä tuntuisi, jos hänen salaisuutensa ei olisi vain hänen salaisuutensa. Miten hän joutuisi vastaamaan kysymyksiin ja miten hänen päätöksensä olisivat avoimia keskusteltaviksi. Jokaista pientä palaa hänestä revittäisiin kappaleiksi kuin joulupurtavaa.

Ei, hän päätti. Salassapito oli ainoa keino. Sitä paitsi nainen huolestuisi. Ja hän saattaisi sotkea mukaan muita ihmisiä, kuten hänen vanhempansa tai hänen vanhempansa tai heidän ystävänsä. Sitten kissa olisi ulkona pussista.

Hän ihmetteli, mistä tuo lause oli peräisin. Hän etsi sitä ja naureskeli netissä käytyjen keskustelujen, erityisesti saksalaisen ja hollantilaisen "sika säkissä" -vertailun, naureskellessa. Hän selasi alaspäin ja halusi löytää kirjoittajan nimen, mutta luovutti, kun hänen vaimonsa "he-hemmatti" hänen takanaan. Hän vaihtoi näytön johonkin neutraaliin.

"Vielä muutama minuutti", hän sanoi.

Hän sulki oven takanaan.

Aina kun hän työnsi päänsä ovesta sisään... Vielä senkin jälkeen, kun hän oli lähtenyt... Hän tunsi olevansa taas seitsenvuotias ja jääneensä kiinni kädestä keksipurkissa.

Hemmetin katolilaisuus, hän ajatteli.

Hän tunsi syyllisyyttä kaikesta.

Hän ei ollut runkkaamassa tai mitään sellaista.

Hän teki töitä.

Enimmäkseen töitä.

Totta, hän ei saanut palkkaa, mutta se oli silti työtä. Sillä oli tarkoitus. Hän etsi sanaa "työ". Yksi määritelmä oli 'kidutuksen muoto'.

Hän nauroi.

Hän yritti keskittyä, mutta ei pystynyt, koska tunsi niin pirun syyllisyyttä. Kuin hänen vaimonsa olisi jatkuvasti hänen kimpussaan. Kiusaisi häntä - mitä hän ei tehnyt. Hänen mielensä huusi: "Enkö minä merkitse mitään?". Hän peitti korvansa ja kärttyili. Pelkkä ajatus siitä, että vaimo ilmiantoi hänet, että hänen sanansa leikkasivat häntä kuin voita, sai hänet puremaan peukaloaan...

"Puretteko peukaloa meille, herra?" hän kysyi tyhjältä huoneelta.

"Sanoitko jotain?" hänen vaimonsa kysyi suljetun oven läpi.

"En", hän sanoi. Sitten hän sanoi henkeään pidätellen: "En pure peukaloani teille."

Nämä olivat ainoat Shakespearen repliikit, jotka hän muisti. Shakespearen tavoin hän oli vähän draamakuningatar.

Hän palasi töihin ja tunsi nyt syyllisyyttä siitä, että oli valehdellut Jaynelle.

Eihän hän katsellut pornoa tai mitään sellaista. Joillakin hänen kavereillaan oli omat syylliset nettiharrastuksensa, mutta se ei ollut hänen juttunsa. Kun he kehuskelivat valloituksillaan, hän halusi kadota. Yksi hänen naimisissa olevista ystävistään oli rekisteröitynyt useille nettideittisivustoille. He lähettivät hänelle kuvia puhelimellaan, eikä hän ollut edes tavannut heitä henkilökohtaisesti. Ja sitten oli niitä nettipornonarkomaaneja. He puhuivat siitä, jopa kehuskelivat sillä.

Se sai hänet voimaan pahoin. Häntä hävetti olla mies.

Toisaalta taas monet vaimoista olivat ostamassa hapsuisia vaaleanpunaisia käsirautoja luettuaan sen seksikkään kirjan, joka oli myydyimpien kirjojen listalla. Hänen vaimonsakin yritti lukea sitä, mutta koska hän oli englanninopettaja, hän ei päässyt huonon kirjoituksen ohi. Vaimon ystävät kehottivat häntä yrittämään. He kehottivat häntä olemaan välittämättä kirjoitustyylistä, mutta opettaja vaimossaan ei antanut hänen tehdä niin.

Jälleen kerran hän antoi mielensä harhailla. Hän etsi seksikkään kirjan nimeä ja löysi YouTubesta sopimattoman nuken, joka luki muutaman luvun. Hän laittoi kuulokkeet korviinsa ja kuunteli ja nauroi itsestään huolimatta. Joku oli nähnyt paljon vaivaa sen kokoamisessa.

Mutta se ei ollut muuta kuin häiriötekijä. Hänen oli palattava käsillä olevaan tehtävään. Hän vihasi itseään, kun ei pystynyt keskittymään, ja silti hän oli niin helposti hajamielinen.

Juuri silloin hänen koiransa Buddy haukkui, ja hän katsoi kelloonsa. Buddy oli ollut ulkona lähes kolmekymmentä minuuttia.

Tuntien syyllisyyttä, hän hyppäsi ylös ja otti muutaman askeleen kohti ovea vaihtamatta ruutua. Buddy haukkui jälleen, ja hän palasi sulkemaan kannettavan tietokoneensa. Parempi katsoa kuin katua, hän ajatteli itsekseen poistuessaan huoneesta ja kävellessään käytävää pitkin.

"Liian vähän, liian myöhään", Jayne sanoi nauravaan sävyyn hänen suuntaansa, kun Buddy tuli pomppien häntä kohti.

"Anteeksi", hän sanoi, "kuulin hänet vasta äsken."

"Ei hätää", hän sanoi, "olin lähempänä." Sitten hän palasi lukemaan ja merkitsemään oppilaidensa papereita.

Hän ja Buddy kulkivat takaisin käytävää pitkin ja hänen työhuoneeseensa. "Anteeksi, Bud", hän sanoi, kun koira istuutui lattialle ja alkoi nuolla hänen kasvojaan. "Oliko sinulla ikävä minua, Buddy?" hän kysyi toistuvasti, kun Buddy haukkui myöntävästi.

"Minun on parasta palata töihin, Bud", hän sanoi antautuneena.

Hän palasi toimistoonsa. Hän istuutui alas ja päätti nyt keskittyä.

Hän nojautui lähemmäs näyttöä ja punnitsi koko ajan hyviä ja huonoja puolia. Hän ei kirjoittanut mitään ylös eikä tehnyt muistiinpanoja. Jos hän tekisi, joku voisi löytää ja lukea ne. Silloin hänen olisi selitettävä kaikki, eikä hän halunnut osallistua siihen keskusteluun nyt eikä koskaan.

"Haluatko kupin teetä?" Jayne huusi keittiöstä.

"Ei kiitos", hän sanoi.

Häiriötekijöitä ja lisää häiriötekijöitä. Viisi yksinkertaista sanaa, kuten "Haluatko kupin teetä", saattoi saada hänen aivonsa kierteeseen. Hän alkoi miettiä sitä ja tätä ja sitä ja sitä, miten kaikki liittyi toisiinsa. Seuraavaksi hän oli pikkupoika, joka keinui keinuissa vanhempiensa takapihalla. Sitten hän näki itsensä kiikkumassa puiston puusta. Hän oli liian uupunut tehdäkseen tutkimusta. Ei fyysisesti, vaan henkisesti.

Tänään oli kuitenkin lähinnä hänen päivänsä. Oli sunnuntai, ja Jayne viettäisi suurimman osan päivästä korjaten papereita ja valmistellen sitten päivällistä. Toki hän odotti miehen tulevan ulos "luolastaan" jossain vaiheessa. Niin hän kutsui hänen työhuonettaan. Suora viittaus siihen kirjaan, jonka hän oli nähnyt Oprahissa. Hänen vaimonsa oli antanut hänelle lahjaksi kappaleen, toivoen, että se saisi miehen ulos miesluolastaan. Hän ei muistanut tilaisuutta, mutta sen perusteella, mitä hän oli yrittänyt lukea, se vaikutti roskalta.

Jayne koputti taas.

Hän ehti juuri ja juuri napsauttaa sivun uudelleen yrityksensä sivustolle, ennen kuin Jayne kietoi kätensä hänen kaulansa ympärille ja suuteli häntä päälaelle.

Hän kohautti hartioitaan tahtomattaan. Piilotti työnsä ja kuvitteli, että nainen oli kiinnostunut siitä, mitä hänellä oli näytöllä.

Hän oli ollut kiinnostunut, koska hän kommentoi Facebookin olevan auki toisessa ikkunassa. Hän tunsi itsensä hölmöksi, joka tuhlasi aikaa sunnuntai-iltapäivänä Facebookin katseluun. Tai toisin sanottuna hän tunsi itsensä nörtiksi, kun Jayne ajatteli, että sunnuntai-iltapäivänä hän viettäisi mieluummin aikaa Facebookin katselemiseen - sen sijaan, että viettäisi aikaa Jaynen kanssa. Näin ei ollut lainkaan, ja hän halusi, että Jayne oli vakuuttunut siitä.

Mutta samalla hän ajatteli, että mitä tahansa Jayne ajattelikin, se oli tässä vaiheessa ehkä turhaa.

Hän selasi rennosti työsähköpostiaan ja teeskenteli olevansa erittäin kiireinen, kun tilapäivitysikkuna avautui. Hän sulki sen nopeasti ja toivoi, että Jayne lähtisi pois.

"Oletko pian valmis lähtemään, kulta?" Jayne kysyi.

"Toki, anna minulle viisi minuuttia", Jayne sanoi, ja Jaynen lähestyessä ovea: "Tai ehkä kymmenen?" "Kyllä."

"Okei, kymmenen sitten, mutta sinun on todella saatava raitista ilmaa tänään. Niin minäkin. Lisäksi laitan Buddyn lyijyn valmiiksi, niin hänkin voi tulla mukaan."

"Hyvä ajatus", hän sanoi tietäen hyvin, että Buddy odotti ulos lähtöä enemmän kuin hän itse.

***

Riittää, kun sanon, että heidän ulkoilunsa ei kestänyt kovin kauan. Se johti ostoskeskukseen. Joukkoja. Palkansaajia. Ajanhukkaajia. Ensi viikon peräpukamat H-erit. Hän hymyili, mutta ei tuntenut tarvetta jakaa vitsiään Jaynen kanssa.

Jayne tarjoutui laittamaan kaiken pois, joten hän antoi hänen tehdä sen.

Hän halusi ja tarvitsi päästä sisälle työhuoneeseensa ja sulkea oven. Sisälle päästyään hän teki kuin kilpikonna paitansa päänsä ympärille. Hän istui siinä noin etsien lohtua ja hiljaisuutta, kunnes oli tarpeeksi rauhoittunut aloittaakseen jälleen kerran tutkimuksensa.

Kun hänen päänsä ponnahti takaisin ylös, hän kuuli Jaynen laittavan päivällistä. Hän hyräili vanhoja kappaleita radiokanavalla. Hän kuvitteli Jaynen lieden ääressä, ja Buddy istui siinä odottamassa kärsivällisesti, että hän saisi maistiaisen tai pari.

Se oli Bud-meister. Hän odotti aina, ja kun nuo silmät katselivat, oli pakko heittää hänelle jotain. Hän tuli kaipaamaan sitä koiraa.

Hän naksutti rystyset pari kertaa kuin ammattimies. Sitten hän pyyhkäisi sormiaan näppäimistön yli. Google-haku. Se, mikä avautui, oli kuitenkin täysin erilainen kuin mikään, mitä hän oli koskaan nähnyt!

Se oli verkossa. Siellä oli oikeita videoita, joissa ihmiset tekivät sitä. Tekemässä sitä! Ensimmäistä videota katsoessaan hänestä tuntui melkein kuin hän olisi ollut videon henkilö. Hänen sydämensä hakkasi ja pulssi kiihtyi. Hän ei voinut uskoa, että pelkkä videon näkeminen saattoi aiheuttaa tällaisen reaktion.

Jonkun pitäisi valittaa tästä, hän ajatteli, ja sitten minun pitäisi valittaa tästä. Mutta hän ei aikonut tehdä sitä. Hän katsoi toisen, ja toisen, ja toisen. Joka kerta hän tunsi olevansa itse kiinnostuksen kohteena. Joka kerta hänen sydämensä melkein hyppäsi ulos rinnasta.

Hän sammutti sen. Se oli liikaa. Aivan, aivan liikaa!

Hän jatkoi näkemänsä toistamista päässään yhä uudelleen ja uudelleen. Hän ei voinut paeta sitä. Ja mitä enemmän hän ajatteli sitä, sitä enemmän hän pelkäsi. Mitä enemmän hän pelästyi, sitä enemmän hänen rohkeutensa väheni, kunnes hän mietti, voisiko hän tehdä sen loppuun asti.

Kaikki oli kiinni silmistä. Uhrien paniikinomaiset silmät!

Hän tarkasteli heidän ilmeitään. Hän päätti, että he näyttivät siltä, koska he, toisin kuin hän, eivät olleet tehneet mitään tutkimusta etukäteen.

Hän arveli, että he olivat vain päättäneet ja ryhtyneet toimeen. Tätä ajatusta hän ei voinut käsittää.

Se oli aivan liian riskialtista, ja mitä jos he muuttivat mielensä?

Entä jos hän muuttaisi mielensä viime hetkellä?

Hän ei halunnut, että hänelle kävisi niin.

Hän oli varmasti erilainen kuin he.

Ehkä hän oli ylivarovainen.

Ehkä hän oli liian tylsä ja tylsä voidakseen muuttaa elämäänsä - voidakseen ottaa elämänsä haltuunsa. Kaikki johtui siitä, että hän oli ollut Yrityksen juoksumattojen armoilla niin kovin pitkään. Hän ja kaikki muut hamsterit. Päällä ja pois, pois ja pois, ilman että siitä olisi ollut mitään hyötyä.

Hän vihasi elämäänsä. Kyllä, hän rakasti Jaynea ja hän rakasti Buddya, mutta elämä on muutakin kuin työtä ja sänkyä.

Kyllä, rakastelu oli mukavaa, ja halailu oli mukavaa. Ystävät ja perhe ja kaikki se tunteellinen hölynpöly oli mukavaa. Mutta elämässä piti olla muutakin tarjottavaa. Sen vain täytyi! Ja hän aikoi tarttua siihen sormukseen ennen kuin oli liian myöhäistä.

Koska hän tiesi, että jos hän ei pian tekisi jotain, jotta hänen olemassaolonsa tällä planeetalla merkitsisi jotain - hän voisi yhtä hyvin olla olematta edes täällä.

Hän sulki kannettavan tietokoneen, laski päänsä alas ja nukahti.

***

Unessa hänellä ei ollut jalkoja. Hän oli vain pää ja vartalo, joka istui kirjoituspöydän ääressä ja kirjoitti. Hänellä ei ollut myöskään erityistä tuolia. Unessa hän istui samalla tuolilla kuin aina, jossa oli rullat jaloissa. Kun hän kirjoitti, hänen sormiensa tärinä näppäimistöllä sai hänen ylävartalonsa liikkumaan ja heilumaan. Koska tuolissa ei ollut käsinojia, hänen vartalonsa kallistui sen käden suuntaan, jolla hän kirjoitti. Se oli outoa, mutta hän ei pelännyt putoavansa sivuttain. Hän tunsi olonsa pelottomaksi ja oudosti myös innostuneeksi.

Sitten jossakin taustalla alkoi soida hyvin kovaa laulu. Se oli Mozartia tai Beethovenia tai jotain klassista säveltäjää. Jokin hänen päässään sai hänet kaipaamaan varpaiden naputtelua - mutta hänellä ei ollut varpaita. Hän heräsi ja päästi huudon.

Jayne ja Buddy tulivat juosten ja heittivät oven auki. "Sinulla on Omenan jälki poskessasi", Jayne sanoi tajuttuaan, että poika oli aivan kunnossa.

"Anteeksi", hän sanoi.

"Ruoka on melkein valmista", Jayne ilmoitti.

"Selvä", mies sanoi.

Jayne teki liikkeen sulkeakseen oven takanaan, mutta Jayne sanoi, että oli ok jättää se auki. Naisella oli kysyvä ilme kasvoillaan, mutta hän ei sanonut mitään muuta.

Liityttyään hänen seuraansa keittiöön hän meni jääkaapille hakemaan olutta. He söivät päivällistä miellyttävässä, mutta ei puhuttelevassa ilmapiirissä. He rakastivat toisiaan, mutta joskus rakkaus ei riittänyt.

Ei riittänyt, kun Jayne sai tietää, ettei hän voinut saada haluamaansa perhettä. Hän oli käynyt läpi testin toisensa jälkeen, ja kaikki näytti toimivan hyvin. Ja sitten hänet testattiin, ja heidän toiveensa ja unelmansa vain hajosivat. Hänellä ei ollut tarpeeksi terveitä uimareita. Silloin kaikki toivo perheen saamisesta oli kuollut.

Aluksi hän suhtautui siihen suopeasti. Oli melkein kuin hän olisi helpottunut, koska ongelma oli hänen eikä hänen ongelmansa, mikä oli hienoa - mutta se sai hänet jotenkin tuntemaan itsensä miestä vähäisemmäksi. Hän ei koskaan puhunut asiasta tytön kanssa. Tai kenellekään muullekaan.

Alkujärkytyksen jälkeen he harkitsivat muita vaihtoehtoja, kuten adoptiota, IVF:ää tai sijaissynnyttäjiä. Mikään näistä vaihtoehdoista ei miellyttänyt häntä. Sydämessään hän tunsi, että Jayne ansaitsi jonkun paremman kuin hän. Jonkun, joka voisi antaa hänelle kaiken, mitä hän halusi.

Siihen aikaan hän ja Jayne olivat ajaneet jostain kotiin, ja he huomasivat lemmikkieläinten turvakodin. Kodittomia koiria ja kissoja. Pariskunta ei ollut aiemmin harkinnut lemmikin adoptoimista.

"Voisimme käydä katsomassa", Jayne ehdotti.

"Ei kai siitä haittaakaan olisi", Jayne oli suostunut.

Kun he olivat päässeet turvakotiin, haukkuminen ja määkiminen iskivät heihin kovaa. Kaksi kakadua liittyi lörpöttelyyn.

Hänestä tuntui klaustrofobiselta, ja hän halusi päästä ulos.

Jayne alkoi puhua yhdelle kakkiaisista, ja ne tuntuivat pitävän hänen äänensävystään. Se katsoi häntä toiveikkaana.

"En ole samaa mieltä lintujen häkkiin panemisesta", hän sanoi.

"Hmmm", hän sanoi siirtyessään kohti kissoja. "Niitä on niin paljon", Jayne huomautti. "Olisi vaikea valita."

"Minä haluaisin mieluummin koiran", hän sanoi.

"Hmmm", Jayne toisti.

Niinpä heidän vaelluksensa turvakodissa johti heidät Buddyn luo. Hänen nimensä ei silloin ollut Buddy.

Turvakodin henkilökunta oli nimennyt sen Busteriksi, ja se oli ollut turvakodissa hieman yli kuukauden. Se oli iso karvapallo, jonka jalat olivat liian suuret vartaloonsa nähden. Se tassutteli kömpelösti tietään heitä kohti. Kompuroi ja kaatuili. Samalla kun koiran ulkoiluttaja yritti tuloksetta hillitä sitä. Mutta Busterilla oli kuin olisi ollut yksisuuntainen mieli.

Se suuntasi suoraan heitä kohti. Se levittäytyi maahan heidän jalkojensa juureen. Koira katsoi suoraan hänen silmiinsä, eikä ollut epäilystäkään siitä, etteikö Buster olisi sinä päivänä adoptoitu.

"Voinko muuttaa sen nimen Buddyksi?" hän kysyi.

"En tiedä - kokeile sitä", koiran ulkoiluttaja ehdotti.

"Tule tänne, Buddy", hän sanoi. "Tule tänne, poika."

Buddyn korvat kääntyivät taaksepäin, ja se hyppäsi hänen syliinsä. Heistä tuli tuona päivänä kolmihenkinen perhe, ja siitä hetkestä lähtien heidän elämänsä pyöri Buddyn ympärillä.

Hänen silmänsä vuotavat vieläkin joka kerta, kun hän muistaa tuon hetken. Hänellä olisi ikävä Buddya, ja hänellä olisi ikävä Jaynea, mutta he pääsisivät siitä yli. He jatkaisivat aikanaan eteenpäin, ja he olisivat sen ansiosta parempia.

Tai ainakin niin hän vakuutti itselleen.

Illalla he menivät nukkumaan samaan aikaan. Nainen luki kirjaa, ja mies yritti lukea, mutta mikään ei saanut hänen huomiotaan kiinnitettyä. Niinpä hän vain ajatteli ja tuijotti ja ajatteli ja tuijotti. Ja kun Jayne puhui hänelle lukemastaan kirjasta, hän nyökkäsi, mutta ei oikeastaan kuunnellut. Jayne ei oikeastaan odottanut hänen kuuntelevan. Buddy oli sängyn päässä ja kuorsasi kauan ennen heitä.

Kun Budne nukahti, hän nousi ylös ja käveli. Hän ei antanut Buddyn kävellä mukanaan, koska sen tassujen tassuttelu käytävällä olisi herättänyt Jaynen. Jossain vaiheessa yötä se päätti, että se toimi hätiköidysti. Hän oli sanonut itselleen, että hänen oli vain selvittävä vielä yhdestä työviikosta, ja sitten kaikki järjestyisi itsestään.

Hän viivytteli, sen hän tiesi, mutta mikään ei ollut muuttunut.

Se oli väistämätöntä.

***

Silti maanantaiaamu koitti, ja herätyskello soi.

Hän käveli Buddyyn ja söi voileipää. Hän joi kupin kahvia ja suuteli Jaynea hyvästiksi ennen kuin ajoi toimistolle. Hän istui ruuhkassa kaksikymmentä minuuttia. Hän kuunteli uutisia ja höpinää, kunnes kaipasi hiljaisuutta. Hän hengitti syvään, kun autot etenivät hetken välein.

"Miksi odotan ruuhkassa joka ikinen päivä päästäkseni työhön, jota vihaan?" hän kysyi itseltään ääneen.

"Miksi olen tällainen ruikuttaja?" hän vastasi toiseen kysymykseen.

Koska sinun on tehtävä jotain, ääni hänen päänsä sisällä sanoi. Sinun on saatava sydämesi käyntiin. Sinun on oltava peloton. Sinun on pissattava tai noustava pois potista!

Helpommin sanottu kuin tehty, hän ajatteli. Helpommin sanottu kuin tehty.

Toimistossa hän tervehti vastaanottovirkailijaa, joka sanoi pomon odottavan sisällä.

"Oliko meillä sovittu tapaaminen?" hän kysyi selatessaan aikataulua puhelimessaan.

"Ei", nainen vahvisti.

Hän tunsi hikipisaran muodostuvan otsalleen astuessaan toimistoonsa. Hänen pomonsa nousi ylös, ja he vaihtoivat tervehdyksiä ja kättelivät kuin olisivat tavanneet ensimmäistä kertaa.

Outoa, hän ajatteli, sillä olen ollut täällä töissä seitsemän vuotta.

"Istu alas", hänen pomonsa sanoi. Se kuulosti suoralta käskyltä, joten hän istui, vaikka oli omassa toimistossaan. Omalla alueellaan.

"Miten voin auttaa, sir?" hän kysyi.

"Minulle on kerrottu, että olette viettänyt viime aikoina melko paljon aikaa - ei, minun on oltava rehellinen - melko paljon aikaa Googlen parissa. Ette ole tuonut uusia asiakkaita. Suoraan sanottuna olemme firmana huolissamme, koska et pärjää omillasi. Vetää taakkaa. "

Hän epäröi muutaman sekunnin. Hänen suunsa oli avautunut, mutta sitten hän sulki sen sanomatta mitään.

"Mitä sinulla on sanottavaa?" hänen pomonsa kysyi: "Onko sinulla mitään, öö, selitystä?"

"I-ei", hän änkytti. "Minä vain..."

"Kakista ulos, poika", pomomies sanoi. "Täytyyhän sille olla jokin selitys!"

Hän vain pudisti päätään.

"Ehkä sinulla on perheongelmia?" "Ehkä sinulla on perheongelmia?"

"Ei."

"Alkoholia? Huumeita? Kuolema perheessä? Avioero?"

Hän pudisti päätään ei. Kunpa se olisi totta!

"Älä viitsi, mies", hänen pomonsa sanoi hermostuneena. "Anna minulle jotain, minkä kanssa tehdä töitä. Mitä tahansa!"

"Minulla on ollut paljon stressiä. Paljon paineita."

"Niin, siinä se nyt on, poika. Tiedän, että yllätin sinut tulemalla yllättäen toimistoosi, mutta nyt alat päästä jyvälle, poikani. Kerro minulle lisää. Miten voimme auttaa sinua? Tarkoitan siis itseäni ja osakkaita."

"En oikein tiedä", hän sanoi. "Luulen, että olisi ehkä parasta, jos sinä... erottaisit minut."

"Kuka puhui mitään potkuista? Emme ole vielä tulleet siihen pisteeseen. Sinulla on seitsemän - laske ne - seitsemän hyvää vuotta täällä. No, olkaamme realistisia - varmaan enemmänkin kuusi ja puoli - mutta olet arvostettu jäsen tiimissämme. Haluamme auttaa, jos annat meidän auttaa. Miten voimme auttaa, poikani?"

"Jos ette harkitse erottamistani, voisitteko harkita virkavapautta? Ehkä kuukauden vapaata? Ilman palkkaa käy hyvin. Ei minua haittaa. I-"

"Ilman palkkaa, sanoit. No, ei ole mitään syytä jäädä ilman palkkaa. Laitan paperit valmiiksi tänään. Kutsumme sitä stressilomaksi. Kuukausi täydellä palkalla. Ota vaimosi ja Buddy mukaan ja lähde mukavalle lomalle jonnekin. Rentoudu." Hän nousi ylös, kumartui pöydän yli, ja he kättelivät jälleen.

"Kiitos, sir", hän sanoi. "Kiitos. Ihan totta."

"Heather antaa sinulle paperit allekirjoitettavaksi ennen päivän päättymistä. Tee tänään töitä, tee kaikki valmiiksi, mitä voit, ja siirrä loput sitten jollekin toiselle. Lähetän koko yhtiölle tiedotteen, jossa kerrotaan, että saat kuukauden vapaata - mutta emme tietenkään kerro, miksi." Hän kosketti nenäänsä ikään kuin vahvistaakseen heidän yhteisen salaisuutensa. "Se jää meidän väliseksemme."

Hän nousi ylös ja saattoi pomonsa ovelle. Pomo taputti häntä selkään.

"Pidä huolta itsestäsi äläkä huolehdi asioista täällä. Me pidämme linnaketta, kunnes palaat."

"Kiitos vielä kerran, sir", hän sanoi ja onnistui jopa hymyilemään hetken.

Sitten hän istuutui tietokoneensa ääreen ja palasi jälleen tutkimustyönsä pariin. Päivän päätteeksi kaikki kokoontuivat hänen ympärilleen. Hän toivoi, etteivät he olleet ostaneet hänelle lahjoja tai mitään. Eivät olleetkaan.

Se oli hyvä läksiäisjuhla. Hän pakkasi kaikki henkilökohtaiset tavaransa laukkuunsa, ja hän tunsi olonsa hyvin helpottuneeksi, kun hän palasi autoonsa.

Kuten tavallista, hän saapui kotiin ennen Jaynea. Hän vei Buddyn pikaiselle kävelylle korttelin ympäri ja palasi sitten tietokoneensa ääreen. Hän katsoi testamenttiaan ja harkitsi muutamien muutosten tekemistä.

Jayne oli edelleen ainoa hyväntekijä. Hän päätti jättää jotain sille eläinsuojalle, josta he olivat löytäneet Buddyn. Se oli hyvä summa - rahalla he voisivat auttaa monia kulkukoiraita, ja näin hänen elämänsä olisi merkinnyt jotain.

"Tule tänne, Bud", hän sanoi. "Sinun on nyt huolehdittava Jaynesta, okei? Luotan sinuun."

Buddy hyppäsi ylös ja laittoi tassunsa hänen harteilleen. Ne halasivat toisiaan. Hän pyyhki kyyneleen silmistään.

Yhdessä he menivät keittiöön. Hän täytti Buddyn ruokakupin ja juoksutti sitten hanasta viileää vettä ja täytti Buddyn vesiastian.

Buddy siirtyi suoraan ruuan luo, mutta Buddy nappasi sen kiinni toiseen halaukseen. Hän taisteli nyyhkytystä vastaan, kun hän meni makuuhuoneeseen ja alkoi pakata yöpymislaukkua. Hän heitti sisään vain perusasiat, jätti passinsa pöydän päälle ja istuutui sitten kirjoittamaan Jaynelle viestin.

Siinä luki:

Rakas Jayne, rakastan sinua enemmän kuin mitään muuta, mutta luulen, että sinun olisi parempi olla ilman minua. Ole kiltti ja huolehdi Buddysta puolestani. Olen pahoillani, että näin on tehtävä, mutta vannoin pitäväni sinut onnellisena, ja tämä on ainoa keino.

XOXO infinity.

Rakastava aviomiehesi.

Ajaessaan pitkin Prinsessatietä hän mietti asioita, joita katui eniten. Hän ei ollut seurannut unelmiaan. Hän ei ollut antanut

Jaynen toteuttaa unelmiaan. Alkuaikoina he olivat olleet voima, johon oli varauduttava. Mutta nyt asiat olivat toisin. Jayne oli halunnut matkustaa, lentää, lähteä lentoon ja kokea seikkailuja yhdessä, mutta Jayne oli aina jänistänyt.

Hän katui pelkoa. Hän inhosi itseään pelon takia.

Se sai hänet tuntemaan itsensä vähemmän mieheksi. Ja sitten, kun hänellä ei ollut tarpeeksi uimareita - no, se oli se oljenkorsi, joka katkaisi kamelin selän.

Silloin hän alkoi kyseenalaistaa kaiken. Miksi hänet oli asetettu maan päälle? Mikä oli hänen tarkoituksensa?

Miten hän voisi muuttaa asioita?

Hän muisti tämän aamun, jolloin hän oli suudellut Jaynea viimeisen kerran. Jayne ei tietenkään tiennyt sitä, mutta hän tiesi. Vaikka he eivät olisi antaneet hänelle kuukautta vapaata, hän ei olisi mennyt takaisin huomenna mistään hinnasta. Ei, hänellä oli muita suunnitelmia. Muita paikkoja. Muuta tekemistä.

Kerrankin, pitkästä aikaa, hänellä oli tarkoitus.

Sitten hänen oli pysäytettävä auto ja pysäytettävä. Hän ehti hädin tuskin ajoissa ulos autosta. Hänen kätensä tärisivät, kun hän oksensi. Hermot. Pelko. Viha. Nöyryytys. Se kaikki vyöryi hänen elimistössään ja sai hänet levottomaksi.

Kun hän kiipesi takaisin Lexukseen, hänen puhelimensa alkoi soida. Se oli Jayne. Hän lopetti soiton painamalla nappia ja lähetti puhelun suoraan vastaajaan. Hän katsoi, kun hetkeä myöhemmin puhelimeen syttyi viesti. Hän painoi nappia kuunnellakseen.

"Tulin juuri kotiin ja löysin viestisi - en ymmärrä. Buddy ja minä emme ymmärrä." Buddy haukkui. "Tule kotiin, jooko? Tule kotiin, niin voimme puhua tästä. Puhutaan siitä." Hän niiskutti. "Oletko siellä? Kuunteletko sinä? Kuuntele!" Jaynen ääni hiljeni muutamaksi sekunniksi. Viestin aika loppui. Hän soitti uudelleen. "Tiedän, että kuuntelet pirun hyvin, sinä, sinä - minä rakastan sinua. Vastaa minulle!"

Hän löi luurin korvaan, sammutti puhelimensa ja laittoi sen hansikaslokeroon. He löytäisivät sen sieltä - myöhemmin.

Kun hän ajoi pois jalkakäytävältä, hän sai autonsa pyörät vinkumaan. Hän kiihdytti moottorin käyntiin, painoi jalan lattiaan ja kiihdytti pois.

Hän ajoi suurimman osan yöstä. Hän oli hieman vainoharhainen siitä, että Jayne saattaisi kutsua poliisin paikalle, mutta mitään ei tapahtunut. Hän toivoi, ettei Jayne olisi liian vihainen hänelle.

Takaisin ei ollut paluuta.

Sitä paitsi hän ei halunnutkaan.

Olihan hän saavuttanut kaiken, mitä halusi - kaiken, mihin pystyi.

***

Vuoren huipulla seisoessaan hänen polvensa tärisivät hallitsemattomasti. Hän työnsi muutaman kiven pois reunalta ja katseli, kuinka ne kaatuilivat matkallaan kohti pohjaa. Hän kuunteli, kun ne tekivät tiensä alas, naksahtaen ja törmäten kiveen. Lopulta hän kuuli vain heikon roiskumisen, ja sitten oli vihdoin hiljaista.

Näkymä oli mahtava - Siniset vuoret - ja nyt kaikki, mitä hän oli lukenut siitä, kävi täysin järkeen. Kun seisoi täällä ylhäällä, tunsi itsensä pieneksi ja pienikokoiseksi, mutta kuitenkin osaksi jotain itseään suurempaa. Tunsi olevansa yhtä maailmankaikkeuden kanssa ja jotenkin peloton.

Juuri silloin joukko äänekkäitä kakaduja ilmoitti läsnäolostaan hänelle. Niiden kovaääninen, korkeaääninen kiljunta sai hänet peittämään korvansa.

Sinun ei tarvitse tehdä tätä, hän sanoi itselleen. Sinun ei tarvitse todistaa mitään kenellekään. Voisit kääntyä ympäri ja palata kotiin Jaynen ja Buddyn luo, eikä kukaan olisi yhtään viisaampi. Jayne ymmärtäisi, jos vain selittäisit, mitä toimistossa oli tapahtunut. Hän ymmärtäisi täysin ja tukisi sinua.

Hän pohti tätä vielä hetken, kun hän katseli pilviä, jotka puskevat tietään taivaalla.

Totuus oli, ettei hän voinut elää itsensä kanssa. Jatkuvan pelon kanssa. Se oli hänelle liikaa, jotta hän voisi laittaa sen syrjään ja palata kotiin teeskennellen, ettei sitä koskaan tapahtunut. Jos hän antaisi nyt periksi ja palaisi elämään sellaisena kuin se oli, hän ei pystyisi katsomaan itseään peilistä. Hän ei olisi enää mies, ei oikeastaan. Hän ei olisi mitään. Hänen elämänsä ei merkitsisi mitään.

"Nyt tai ei koskaan", hän sanoi.

Ja kun hetki koitti, hän ei enää miettinyt sitä.

Hän oli täysin sitoutunut, ensimmäistä kertaa elämässään.

Hän siirtyi lähemmäs reunaa ja antoi yksinkertaisesti vartalonsa pudota eteenpäin, alkaen päästä. Se oli helppoa, koska lasku oli jyrkkä. Pian hänen hartiansa, vartalonsa ja jalkansa purjehtivat alaspäin täydellisessä synkronissa.

Hän huusi. Hän ei voinut hillitä itseään. Hän puristi silmänsä tiukasti kiinni ja keskittyi, kun tuuli heitteli ja täräytti häntä kuin nukkea.

Hän pakotti itsensä avaamaan silmänsä, ja oli kuin hän olisi lentänyt.

Tuntui kuin hän olisi ollut painoton, ja näytti siltä, että hänen oli tarkoitus olla juuri tällainen - liidellä. Hän nauroi, kun hän vajosi kohti pohjaa kuin kivi.

Kaikki oli ohi muutamassa minuutissa.

"Täysin perseestä!" hän huudahti roikkuessaan ylösalaisin bungee-köyden päässä.

"Taas! Uudestaan!" hän huusi, kun hänet kelattiin takaisin ylös.

HYVÄSTI

"KERRO MINULLE TARINA SIITÄ, kun tapasit isän ensimmäisen kerran", seitsemänvuotias tyttäreni pyysi, vaikka hän oli kuullut saman tarinan monta kertaa.

"Oletko varma, kultaseni?" Kysyin tietäen hyvin, mikä hänen vastauksensa olisi.

"Ole kiltti!" hän sanoi ja katsoi minua isältään perityillä suurilla sinisillä silmillään.

"Pitkä vai lyhyt versio?" Kysyin työntäen hiuskiehkuran pois hänen silmistään.

"Pitkä!" hän sanoi ja taputti käsiään kuin hän ei koskaan nukahtaisi.

"Shh", sanoin. "Hmm, mistä tämä kaikki alkoi?"

"'Näkemiin', isä sanoi", tyttäreni kujerteli.

"Aivan oikein, kultaseni", vastasin jättäen pois sen kohdan, jossa hänen isänsä työnsi minut auton ovea vasten.

Tartuin käsilaukkuuni, työnsin käteni hihnan läpi ja heitin painoni ovea vasten kuin linebacker, työntäen sen auki. Purin ensin oikealla korkeakorkoisella kengälläni, eikä kestänyt kauan, ennen kuin tajusin pysähtyneeni nilkkasyvän lätäkön viereen. Ennen kuin aivoni ehtivät rekisteröidä tämän välttääkseen vasemman jalkani astumisen siihen, se oli jo tehnyt niin. Mutta olin pääsemässä karkuun, juoksemassa karkuun riippumatta siitä, mitä vahinkoa se aiheutti lempikengilleni.

"Voi", sanoin, kun olin jo kokonaan ulkona autosta selkä kuskiin päin.

"Sitten astuit lätäkköön!" tyttäreni vinkui.

"Joo, ja isäsi kikatti ajaessaan pois ja heilautti takarenkaita, jolloin lätäkön sisältö roiskui päälleni. Harjasin likaisen kylmältä haisevan veden pois ja pyyhin sen pois ennen kuin se laskeutui mekkooni. Toisella kädelläni nostin keskisormeni aavikkotolpan suuntaan:"

Pysäytin itseni unohdettuani muokata tuon osan pois.

"Miksi teit noin?" tyttäreni aloitti.

"Unohda se", jatkoin, "juuri sopivasti nähdäkseni käsilaukkuni pomppivan auton vieressä. Ack! Tuo musta käsilaukku oli tuonut minulle kymmenen vuotta onnea, koska se sopi kaikkeen ja joka tilanteeseen. Kaksikäyttöinen, se saattoi mennä joko olkapääni yli tai olkapääni yli ja rintani poikki. Siinä oli sisäänrakennetut lokerot kaikelle, myös puhelimelleni."

"Voi ei, puhelimesi!" hän huudahti.

"Niin", sanoin hymyillen. "Miten minä ikinä saan itseni ulos tästä sotkusta? Vielä tärkeämpää on ihmetellä, miten ylipäätään jouduin tähän tilanteeseen. Palaan siihen hetken päästä, mutta ensin minun on arvioitava tilanteeni. Kartoittaa tilanne ja ottaa hallintaansa. Ensin valutin veden pois kengistäni, kun astuin tieltä, märän ruohon läpi ja jalkakäytävälle. Laitoin kenkäni takaisin jalkaani, märkinä kuin ne olivatkin, ja valitsin märkyyden kaikkien ympärilläni mahdollisesti vaanivien yöeläinten edelle, ja lähdin lähimmälle katulampulle.

"Kädet lanteillani Wonder Woman -asennossa aloin laatia suunnitelmaa siitä, miten pääsisin ulos ahdingosta, johon olin joutunut."

"Se oli mukavaa seutua", hän sanoi.

"Siellä oli hoidettu nurmikko, eikä yhtään rikkaruohoa tai ajoneuvoa näkynyt - ne olivat kaikki turvallisesti piilossa kaksois- tai kolminkertaisissa autotalleissaan. Mukavia taloja, joissa oli mukavia ihmisiä. Eikö niin? Niinpä päätin viivyttelemättä valita talon, koputtaa ulko-ovelle ja pyytää apua. Valitsin talon, onnekas numero seitsemän, ja suuntasin sinne. Matkalla,"

"Sinä säälit itseäsi, äiti."

"Se on totta. En ansainnut olla jumissa keskellä ei mitään, myöhään illalla, märkänä, haisevana ja rahaton. Kun lähestyin valitsemaani, numeroa seitsemän, ilmaan kantautui ryöppyävä ääni, jota seurasi automaattisen sprinklerin vilkkuva surina. En ensin juossut, olin jo märkä, mutta kun sprinkleri kääntyi minua kohti, huusin ja juoksin. Nyt kasvoni olivat märät kyynelistä, joita en ollut itkenyt, kun ylitin sen kodin nurmikon, jonka toivoin pelastavan minut. Numero seitsemän."

"Sinun ei pitäisi koskaan puhua tuntemattomille, äiti", tyttäreni sanoi.

"Aivan oikein, kultaseni, mutta olin pulassa ja märkä ja ilman puhelintani. Sinulla on aina puhelimesi, ja siinä on isin, mummin ja Lil-tädin numerot."

"Ja minä tiedän sinun, isin ja mummin numerot päässäni." "Ja minä tiedän sinun, isin ja mummon numerot päässäni." "Ja minä tiedän sinun, isin ja mummon numerot päässäni."

"Aivan niin, kulta. Joten takaisin tarinaan. Etkö ole vielä edes vähän väsynyt?"

"Ei, odotan vielä parasta osaa!" "Ei, odotan yhä parasta osaa!" "Ei, odotan yhä parasta osaa!"

Jatkoin: "Nyt kun olin täällä, mietin, mitä kello on. Ja mietin, oliko kukaan kotona. Ja mietin, jos he olisivat kotona, auttaisivatko he minua. Olin märkä, olin likainen, minulla ei ollut henkilöllisyystodistusta. Itseluottamukseni hupeni hetki hetkeltä, kun käännyin ja nojasin ovikelloa vasten, joka kaikui talon yläkerrasta valojen välkkyessä ja sammuessa. Ja minä juoksin. Takaisin sinne, minne minut oli jätetty. Tutulle alueelle. Kävelisin kulmakaupalle, jossa olisi puhelin, jota voisin käyttää, josta voisin soittaa apua ja lähettää heille rahaa puhelua varten. Olin juuri aikeissa tehdä niin, kunnes vieressäni rullasi auto, ja tunnistin sen sisältä ystävälliset kasvot. Olin todella ja todella pelastunut!"

"Se oli Lil-täti!" tyttäreni kikatti, ja hän oli tietenkin oikeassa.

***

"Kun ajelin autossa Lilin kanssa, muistin vastarakkauteni Jasper Wintersiin. Olin katsellut häntä kaukaa, hänen aaltoilevaa vaaleaa tukkaansa, hänen sinisiä silmiään, hänen nenäänsä, johon oli ripoteltu pisamia. Hän oli niin suloinen, niin huomaavainen. Hän tapaili aina yhtä tai toista tyttöä, ja ystäväni sanoivat, että pakkomielteeni häntä kohtaan oli jo lähellä kyttääjän tasoa. Niinpä suostuin vastoin sitä, mitä olin aina kieltäytynyt tekemästä - menemään sokkotreffeille täysin tuntemattoman ihmisen kanssa. Kyllä, saman miehen kanssa, joka nyt piti käsilaukkuani panttivankina. Hänen nimensä oli Adam Trent."

"Isäni!" hän huokaisi. "Näin on parasta."

Hymyilin.

"Se oli ollut ensimmäinen tapaamisemme, aiemmin tänään ostoskeskuksen ruokapaikalla. Tapaamispaikka oli sovittu, ja se oli julkisella paikalla. Jossain, missä voisimme puhua niin, että ympärillämme olisi paljon liikettä. Tämä ympäristö ottaisi paineita pois. Se tekisi niistä väliajoista, jolloin kummallakaan meistä ei ollut mitään nähtävää, vähemmän huteran tuntuisia. Onko "hutera" edes sana? En tiedä, mutta ymmärrätte kyllä. Yhteisen ystävän kautta sovimme, että se oli meille tilaisuus tutustua toisiimme kasvotusten. Jos yhteys löytyisi, sopisimme etukäteen seuraavasta tapaamisesta, johon sisältyisi joko elokuva tai illallinen. Seuraava askel vain, jos molemmat tunsimme yhteyden. Muussa tapauksessa sovimme molemmat, että se oli hasta la vista baby! Adios ja näkemiin mennään! Olisinpa tiennyt silloin, mitä tiedän nyt! Sitten en olisi tässä tilanteessa. Mutta kuten sanonta kuuluu, jälkiviisaus on 20/20. Kun näin hänet ensimmäisen kerran kadun toisella puolella kuppilaa, hän ei ollut sellainen tyyppi, joka erottui joukosta. Pidin hänessä heti siitä, että hän sulautui joukkoon kuten minäkin, ja kun pyörittelin hänen nimeään, Adam Trent, kielelläni sanoessani sitä, se sopi hänelle ja rentouduin heti."

"Rakkautta ensi silmäyksellä", tyttäreni huudahti.

"Niin olikin", sanoin. "Kun olimme esittäytyneet, tuuppasimme kyynärpäitä, koska meillä molemmilla oli yllämme pakolliset naamiot, hän kysyi minulta, mitä haluan juoda, ja meni hakemaan kahvia. Hän sai tilaukseni oikein, kermaa ja yhtä sokeria, mikä osoitti minulle, että hän oli hyvä kuuntelija, tunsin itseni toiveikkaaksi. Istuessamme ja siemaillessamme kahvia juttelimme tutun tuntuisesti, aivan kuin olisimme enemmän kuin tuttuja, läheisempiä ystäviä. Hän nauroi, ei liian kovaa. Vihasin ihmisiä, jotka nauroivat todella kovaa ja kiinnittivät huomiota itseensä. Adam ei ollut sellainen. Hän oli huomaavainen, ystävällinen, ymmärtäväinen, ja hänen kanssaan puhuminen tuntui normaalilta. Vai pitäisikö sanoa, että se tuntui uudelta normaalilta, koska juttelimme vapaasti suojanaamarit päässä.

En silti usko, että olin väärässä ajatellessani, että jos joku tarkkailisi meitä, hänelle olisi selvää, että tunsimme olomme mukavaksi toistemme seurassa. Siirryimme keskustelusta toiseen melko helposti, ja pian hän kertoi minulle, että hän aikoi opiskella syksyllä yliopistossa. Ilmoitin hänelle melko kömpelösti, että pidän vuoden lomaa. En kertonut hänelle yksityiskohtia, että minun piti ansaita rahaa ennen kuin voisin palata. Se oli liikaa tietoa, eikä hänen tarvinnut tietää minusta mitään. En myöskään kertonut hänelle, että olin voittanut stipendin klassisen englantilaisen kirjallisuuden opiskeluun."

"Toivon, että pääaineeni on 1900-luvun kirjallisuus", hän paljasti.

"Vau!" Huudahdin: "Haluan opiskella klassista englantilaista kirjallisuutta!"

"Koska jaamme suuren rakkauden kirjallisuuteen, voisimme helposti yhdistää, eikö niin?" hän kysyi. Meillä olisi silta kirjallisuuden maasta toiseen. Hän löytäisi minun suosikkikirjailijani ja minä löytäisin hänen suosikkikirjailijansa, ja eläisimme onnellisina elämän loppuun asti. Niin osa minusta ajatteli. Toinen osa minusta kuunteli, kun hän ylisti jumalallista suosikkikirjailijaansa - Kurt Vonnegutia. Hän jatkoi ylistämällä ja ylistämällä kaikkea, mitä hänen valintaansa kaikkien aikojen suurimmaksi romaaniksi - Slaughterhouse Five - liittyi."

"Kunnes hän meni liian pitkälle", tyttäreni huomautti.

"Niin, aivan liian pitkälle. Itse asiassa niin pitkälle, ettei minulla ollut muuta vaihtoehtoa kuin puolustaa todellisia mestareita, kuten Shakespearea, Dickensiä ja Twainia, joiden teokset kestivät ajan testin. Kun hänen kasvonsa olivat saaneet takaisin normaalin värinsä, hän heitti keskusteluun muutaman Vonnegut-ismiksen, kuten esimerkiksi: "Vain kirjoissa voimme tietää, mitä todella tapahtuu."

"Se oli kirjojen taistelu!" tyttäreni sanoi.

"Niin, ja meidän ensimmäinen taistelumme. Sanoin: "Puhutaanpa itsestäänselvyyksien toteamisesta!" Ennen kuin tulitin takaisin Mark Twainin: "On parempi pitää suu kiinni ja antaa ihmisten pitää itseään hölmönä kuin avata se ja poistaa kaikki epäilykset." Olin lukenut jostain, että Twain oli yksi Vonnegutin suosikkikirjailijoista. Se oli yksi hyvä asia hänessä.

"Hän nousi ylös, kurottautui pöydän toiselle puolelle ja suuteli minua pitkään ja hartaasti, naamio naamariin. Juuri siellä keskellä ruokalaa. Tämä oli vastaus siihen, että otin häntä kädestä kiinni, kun hän sanoi, että Vonnegut oli aikamme Shakespeare. Hän oli sanonut sen niin vakuuttavasti, sydämestään ja sielustaan, että hän oli melkein saanut minut uskomaan sen olevan totta."

"Sinä suutelit heitä! Yäk!" hän sanoi peittäen kasvonsa.

"Suudelma, vaikka se oli ollut äkillinen ja odottamaton, oli ollut kuuma, vaikka välillämme oli naamiot. Emme olleet huomanneet, että muut tuijottivat meitä ruokakeskuksessa - olimme antaneet sen jatkua liian kauan. Kun erosimme, laskeuduimme jälleen ja purskahdimme nauruun. Päätimme heti katsoa elokuvan ostoskeskuksessa. Matkalla elokuvateatteriin tuo yhteys hiipui. Jos pidimme samoista elokuvista, voisimmeko elvyttää sen? Silloin kaikki ei olisi menetetty? Puhuimme hänen pitämistään elokuvista ja sovimme, että Tom Cruisen uusin elokuva sopisi meille molemmille - mutta se oli jo alkanut, joten se ei kuulunut asiaan. Emme voineet sopia mistään muusta elokuvasta.

"Mennään ulos syömään", hän ehdotti.

"Silloin kello oli jo melkein kymmenen - minullakin oli nälkä. Olimme juoneet vain kahvia, ja siitä oli jo aikaa, ja popcornin tuoksu oli ollut jo jonkin aikaa."

"Sopii minullekin", sanoin.

"Ostoskeskuksessa vai ulkona?" hän kysyi.

"Sanoin, että meidän pitäisi saada raitista ilmaa, ja niinpä menimme ulos ostoskeskuksesta monitasoiseen parkkihalliin. Kävelimme yli kolmekymmentä minuuttia, ennen kuin hän kertoi minulle, ettei muistanut, mihin oli pysäköinyt.

"Sitten otit kenkäsi pois."

"Vonnegut sanoi: 'Olemme sitä, mitä teeskentelemme olevamme, joten meidän on oltava varovaisia, mitä teeskentelemme olevamme." "Niin." Hän piti tauon. "Et taida olla kovin naisellinen." "Niinkö?"

"Oletko sinä mies?" Kysyin lainaten Lady Macbethiä. Tunsin heti syyllisyyttä tuosta nimenomaisesta lainauksesta ja vaihdoin heti puheenaihetta: "Entä se kortti?". Tiedäthän, mistä maksat? Eikö siinä sanota, mille tasolle pysäköit?"

"Tiedän, että pysäköin TODELLA tasolle", hän sanoi ja jatkoi avaimenperässään olevan napin painamista ja vastauksen kuuntelemista kuin lintu, joka kutsuu kaveriaan. Kun auto ja avaimenperä vihdoin löysivät toisensa, kello oli melkein 23.00.

"Nyt autossa, kun tikkaat valuivat pitkin molempia jalkojani ja mustia jalkapohjiani, vedin syvään henkeä ja yritin rentoutua. Ruoka auttaisi varmasti mielialaani ja toivottavasti myös hänen mielialaansa. Ei ollut liian myöhäistä aloittaa alusta. Olimme tulleet niin hyvin toimeen aina kirjallisiin yhteenottoihin asti. Turvavyöt kiinnitettiin, hän painoi jalkansa lattiaan ja lähdimme liikkeelle, kiertämään parkkipaikan ympäri ja ulos kadulle.

Ajelimme jonkin aikaa ympäriinsä, kuuntelimme kantrimusiikkia. Hän lauloi mukana, kun taistelin vastaan halua sanoa: "Yippee ki-jee!".

"No, millaisesta ruoasta pidät?" " hän kysyi kuunneltuaan radiosta viimeisimmän tacopaikkaehdotuksen."

"Minulla ei ole enää nälkä", vastasin ja ajattelin, että ehdotuksen ajankohtaisuuden vuoksi hän halusi viedä minut tacopaikkaan. Vihasin tacoja. Miten tacon syöminen, jossa oli lihaa ja joka paikkaan putoilevaa tavaraa, voisi edes sopia hänen naisellisiin kriteereihinsä? En halunnut tietää. Lähinnä ilkeyttäni sanoin: "Shakespeare on kirjallisuuden kuningas, ja Vonnegut on siihen verrattuna typerys."

"Sitten isäni laittoi jarrut päälle."

"Olimme naapuruston ainoa ajoneuvo - keskellä ei mitään, ja se on tarina siitä, miten isäsi ja minä tapasimme ensimmäisen kerran", sanoin nousten ylös ja peittelin tyttäreni. Hän venytteli, haukotteli ja hetkeä myöhemmin nukkui syvään. Suljin oven mennessäni ulos ja menin huoneeseemme.

VAIN KAKSIKYMMENTÄ

Kun Gin-täti kuoli, hautajaisiin pyydettiin vain kaksikymmentä vierasta, jotka eivät kuuluneet perheemme kuplaan. Määrä oli rajallinen pandemian vuoksi. Sosiaalinen etäisyys ja naamarit olivat pakollisia koko päivän ajan. Tämä koski hautaustoimistossa pidettävää tilaisuutta, hautaamista ja ateriaa.

Koska Gin-täti tiesi lähestyvänsä elämänsä loppua, hän valitsi henkilökohtaisesti ne kaksikymmentä vierasta ennen kuin lähti tästä hullusta maailmasta.

Perheperinteen mukaisesti hän halusi edelleen avoimen arkun. Hänellä oli kuitenkin uusi pyyntö. Hän halusi myös naamion. Gin-tädillä oli aina outo huumorintaju.

"Miten helvetissä minä muka pitäisin asianmukaisen muistopuheen? Sellainen, jonka siskoni ansaitsee... kun minulla on sellainen typerä naamari!" Ginin nuorempi veli Marvin kysyi.

Marvinia vastapäätä istui hänen pikkuserkkunsa Frank. Hän tuprutteli savukettaan syvällisesti ajatuksissaan ennen kuin vastasi.

"Heillä on mikrofoni ja se riittää."

Gin-tädin suosikkiveljentytär Mary, joka oli keittiössä valmistamassa teetä, huusi.

"Se on säädettävissä, mikrofoni, tarkoitan sinun pituutesi mukaan. Joten voit varmistaa suusi", hän pyyhki kätensä esiliinaansa ja astui huuteluun kyllästyneenä olohuoneeseen. Hän pysähtyi kesken lauseen tajuten nyt, että oli unohtanut tuoda teetä, hän vetäytyi nopeasti. Palasi ylikuormitetun tarjottimen kanssa, joka kolisi joka askeleella.

Frank ja Marvin tuijottivat yhä hänen suuntaansa suu auki odottaen, että hän saisi lauseensa päätökseen.

"Asettuu aivan sen eteen", hän sanoi kuin ensimmäisen ja viimeisen sanansa välillä ei olisi kulunut aikaa. Nyt kun hän oli sanonut sen, hän tajusi, että pelkkä tarjottimen paino sai hänen kätensä tärisemään. Hän kumartui ja laski sen varovasti lasipöydälle. "Kiitos, öö, avusta", hän lisäsi sarkasmia terävään sävyyn kyykistyessään valmistautumaan kaatamiseen.

Marvin ja Frank eivät nostaneet sormeakaan. Mikä oli heille kahdelle normaalia. Nainen teki naisellisia asioita, ja mies teki miehisiä asioita.

Hän täytti kattilan ja avasi sitten uuden paketin suklaakeksejä, joita hän oli säästänyt seuraa varten. Hän ja Gin-täti pitivät aina kaapissa laatikollisen lempikeksejään - mutta he eivät koskaan koskenut niihin. Molemmat tiesivät, että ne söisivät kaiken, jos ne avattaisiin - joten ne otettiin esiin vain, kun vieraita oli tulossa.

Nuori nainen ja Gin-täti olivat aina olleet ilkikurisia ja yhteistuumin. Muistaessaan tätinsä olevan tarkka esillepanosta, hän levitteli keksit lautaselle. Hän mietti, katseliko Gin-täti korkealta. Hän huokaisi ja tunsi nytkin, että osa hänestä puuttui.

Marvin ei ollut täysin sitoutunut. Sen sijaan hän tuijotti ikkunasta ulos ja mietti, joutuuko hän käyttämään naamiota. Frank pössytteli uutta savuketta, jonka hän oli sytyttänyt heti sen jälkeen, kun toinen oli palanut loppuun.

Marvin, joka vihdoin huomasi veljentyttärensä mestariteoksen, kysyi: "Mitä ihmettä teet siellä alhaalla?" Hän kysyi: "Mitä ihmettä sinä teet siellä alhaalla?"

"Valmistan teetä ja keksejä", Marvin sanoi sekoittaen kattilaa, sulki kannen ja pyyhkäisi sitä nopeasti.

"Ota sitten tuoli tai jotain. Älä kyykistele siellä kuin..."

"Kyykkiminen", Frank sanoi nauraen vitsilleen, koska kukaan muu ei nauranut.

"Ei se mitään, se on nyt valmis", Mary sanoi. Hän täytti tyhjät kupit kultaisella höyryävällä nesteellä. Sitten hän lisäsi tilkan maitoa ja tavallisesti pyydetyt määrät sokeria. Hän itse ei ottanut sokeria. "Haluaisitko suklaakeksin? Ne olivat Gin-tädin suosikkeja."

"Olisi pirun sääli pilata pyörteinen kuviointisi", Marvin sanoi, ojensi kätensä ja teki juuri niin.

"Ei minulle", Frank sanoi. "Keksit ja savukkeet eivät sovi yhteen."

Mary tarjoili Marvinille ensin kupin teetä, koska hän oli vanhin. Sitten hän laittoi Frankin kupin lasinalustalle hänen tuolinsa viereen, koska se oli muuten varattu. Eli sytyttämässä toista savuketta. Mary säikähti, kun hän laittoi vanhan tupakan tumpin Gin-tädin hienolle posliinialustalle.

"Kiitos", kumpikin huokaili.

Mary kiinnitti uudelleen keksikuvion, vilkaisi ylöspäin. Sitten otti varovasti yhden kummastakin päästä ja ylitti huoneen yrittäen olla läikyttämättä ylitäytettyä teekuppiaan kävellessään kohti kaksipaikkaista sohvaa. Hän vältti istumista sinne nyt, kun Gin-täti ei istunut hänen vieressään. Osasta hänestä tuntui, että maailmankaikkeuden tasapaino oli pielessä ilman Giniä.

Ennen kuin Gin-tädin päivät olivat luetut, hän ja Mary söivät illallisensa useimmiten tarjottimella television edessä istuen kaksipaikkaisella sohvalla ja katsellen Coronation Streetiä. Mary oli siitä lähtien nauhoittanut ohjelman ja odottanut, että Ginin henki pääsisi sinne, minne se oli menossa, jotta he voisivat katsoa ohjelman yhdessä kuten aina ennenkin.

Se oli ennen kuin Marvin-setä ja Frank-serkku muuttivat tänne. Ennen kuin pandemia teki kaukosuhteista sukulaisia, jotka tarvitsivat uuden asuinpaikan. Nyt he muodostivat oman sosiaalisen kuplansa, eli heidän ei tarvinnut käyttää naamareita toistensa läheisyydessä. Mutta muutaman tunnin kuluttua heidän täytyisi pukea ne pelätyt naamarit päälleen hautajaistilaisuutta varten - kukaan ei halunnut olla tartuttaja tai tartunnan saaja.

"Haluaisin tietää, miksi Gin käyttää naamiota. Se on ensimmäinen asia", Marvin sanoi. "Toiseksi, miksi hän kutsui ne sukulaiset, jotka kutsui. Jotkut heistä eivät ole olleet yhteydessä häneen tai meihin yli kahteenkymmeneen vuoteen. Luoja tietää, että Gin yritti pitää perheen kasassa, aikana, jolloin yhdessä pysymisen olisi pitänyt olla itsestäänselvyys."

"Naamiot ovat pakollisia kaikille, ja Gin halusi olla kaikille avoin. Ja kyllä, Gin-täti oli aina se, joka ajatteli kaikkien parasta", Mary sanoi.

"Silloinkin, kun se ei ollut perusteltua", Frank sanoi sytyttäen toisen savukkeen ja lisäsi sitten: "Tämä lautanen alkaa olla aika täynnä."

Mary laittoi teekupin pöydälle, tarttui lautaseen ja heitti sen keittiössä olevaan roskakoriin. Hän löysi kaapin perältä lohkeilevan aluslautasen - Gin-täti ei sallinut tupakointia talossa, joten tuhkakuppeja ei ollut - ja asetti sen pöydälle Frankin teekupin ja aluslautasen viereen. Frank nyökkäsi.

"Haluaisiko jompikumpi teistä täydennystä, kun kerran olen hereillä?" hän kysyi.

Marvin ojensi myös tyhjän kuppinsa. "Ja toinen keksi sopisi minulle hyvin."

Mary nappasi kaksi keksiä, yhden kummastakin kuvion päästä, ja asetti ne aluslautaselle teelusikan kanssa, ennen kuin kaatoi teetä, sokeria ja maitoa. "Minä kiitän", Marvin sanoi ja puhalsi teetä ennen kuin otti kulauksen.

Frank kieltäytyi lisää teetä heilauttamalla kättään. "Kukaan meistä ei ottanut yhteyttä noihin umpihankiin, koska emme kestäneet heitä. Eikä Gin voinut - tai niin minä ainakin luulin."

Marvin upotti keksin teehen, ja se mureni ja hajosi. Hän otti sen teelusikalla takaisin ja imi märkää keksiä, ennen kuin se hajosi olemattomiin.

"Näitä keksejä ei suositella upotettavaksi", Mary sanoi hymyillen.

"Nyt hän kertoo minulle", Marvin sanoi.

"Haluatko, että haen sinulle toisen kupin ja lautasen?"

"Ei, pysy sinä siinä. Olet juossut ympäriinsä hoitamassa meitä kuin olisit palkattua henkilökuntaamme. Pärjään kyllä, mutta kiitos kysymästä."

Mary hymyili ja puraisi keksiään. Hän nautiskeli sitä, kun suklaa suli hänen kielellään.

Kolmikko istui hiljaa ja näpytteli teekuppejaan, keksejään ja savukkeitaan, kunnes Mary rikkoi hiljaisuuden.

"Gin-täti tunsi katumusta, koska oli menettänyt yhteyden ihmisiin. Se painoi hänen sydäntään raskaasti, ja vaikka ne kaksikymmentä vierasta - vaikka hän otti heihin yhteyttä - eivät vastanneet hänen puheluihinsa tai kirjeisiinsä, hän ei koskaan kirjoittanut heitä pois. Itse asiassa hän rukoili heidän puolestaan joka ilta ennen nukahtamistaan."

Hänen veljensä oli lumoutunut ja hämmentynyt. "Gin, rukoili Dave-sedän puolesta, joka käytännössä tappoi hänet, kun hän oli lapsena heidän luonaan kesälomalla? Se on valtava asia, jonka hän joutui antamaan anteeksi. Hän taisi pehmentyä vanhoilla päivillään."

Mary seisoi kädet lanteillaan: "Gin-täti oli monia asioita, mutta yksi asia, jota hän ei ollut, oli pehmeä. Hän olisi potkaissut heitä turpaan, jos he olisivat ilmestyneet ovelle ilmoittamatta ennen kuin hän sairastui - tiedät, että hän inhosi sitä, kun ihmiset ilmestyivät paikalle ilman kutsua - mutta hän halusi korjata välit, antaa anteeksi ja unohtaa." Hänen sanansa juuttuivat kurkkuun, samoin kuin viimeinen keksi, jonka hän oli juuri syönyt.

Frank nousi seisomaan, ylitti huoneen ja läimäytti häntä kovaa selkään. Osittain syöty keksi lensi huoneen poikki ja laskeutui roiskuen Marvinin teekuppiin.

"Etkö tiedä, että sinun pitäisi pureskella ennen nielemistä?"

"En." Marvin sanoi palauttaen teensä tarjottimelle inhon ilmein.

"Olen pahoillani", Mary sanoi, keräsi kaiken ja vei sen keittiöön.

***

Mary huuhteli kupit ja laittoi kaiken astianpesukoneeseen ja meni sitten yläkertaan käyttämään vessoja ja siistimään kasvonsa. Hän oli itkenyt eikä halunnut kenenkään tietävän. Matkalla portaita alas hän kuuli korotettuja ääniä. Hän laskeutui nopeasti alas.

"Rakastin siskoani enemmän kuin ketään muuta maailmassa!" "Rakastin siskoani enemmän kuin ketään muuta maailmassa!" Marvin sanoi. "Mutta en ymmärrä, miksi hänen pyyntönsä pitää muistopuhe, olisi sinulle ongelma!" "En ymmärrä, miksi hän pyysi minua pitämään muistopuheen!"

"Älä nyt, älä nyt", Mary sanoi.

"Olisin vain ollut parempi siinä", Frank sanoi. "Minua on pyydetty ennenkin, ja olisin ollut vähemmän tunteellinen, vähemmän tuomitseva."

"Miksi sinä!" Marvin sanoi, nosti suljetut nyrkkinsä ilmaan ja heilutti niitä kuin imitoisi nyrkkeilijää menneiltä ajoilta.

Frank ylitti huoneen, myös nyrkit koholla. Se oli kuin geriatrinen kaukasialainen versio Ali vastaan Foreman -ottelusta.

He seisoivat varpaillaan, silmästä silmään, kunnes Mary alkoi vinkua Gin-tädin lempilaulua: "Hys pikkuinen, älä sano mitään, isä ostaa sinulle pilkkanokan."

Marvinin silmät täyttyivät kyynelistä, hän pudotti nyrkkinsä ja laskeutui sitten tuoliin.

Frank seisoi jähmettyneenä ja lausui lopun laulun sanat suu auki, kun Mary lauloi niitä. Kun Mary oli lopettanut laulamisen, hän käveli huoneen poikki, jonne Gin-tädin valokuva kehyksessä hymyili hänelle. Hänkin purskahti kyyneliin.

"Noin, noin nyt", Mary sanoi. "On melkein aika lähteä, ja tässä me riidellään."

"Hän on oikeassa", Frank sanoi. "Sitä paitsi tarvitsemme yhtenäistä rintamaa, kun nuo kelvottomat korppikotkat ilmestyvät paikalle."

"Elleivät ne tartuta meitä - olemme pandemian keskellä, eikö sitä tiedetä?" "Kyllä."

"Ruokapalvelun tarjoilijat ottavat sen huomioon. Sillä aikaa kun olemme hautaustoimistossa ja hautausmaalla, he järjestävät kaiken tänne sosiaalista etäisyyttä koskevien ohjeiden mukaisesti, jotta kaikki pysyvät turvassa."

"Mutta noiden tietämättömien on silti riisuttava naamarit, jotta he voivat ahmia ruokaa ja juoda viinaa - ja jälkimmäistä tarvitsemme runsaasti." "Niin."

"Häpeäksi", Mary vastasi. "Sen kaiken on hoitanut ja maksanut Gin-täti." Inhoissaan ja saatuaan heistä tarpeekseen Mary vetäytyi huoneeseensa pukeutumaan valitsemaansa mustaan asuun. Miehet olivat jo mustissa puvuissaan ja valmiina lähtöön.

"Luulen, että he käyttävät muoviveitsiä, -haarukoita ja paperilautasia", Frank sanoi. "Ja heillä on pullot käsidesinfiointiainetta kaikkialla talossa ja puutarhassa. Sukulaistemme on tultava sisälle käyttämään tiloja, mutta suurin osa tilaisuudesta järjestetään ulkona puutarhassa."

"Sääli, että Gin hankkiutui eroon ulkotiloista", Marvin sanoi.

Mary huusi yläkerrasta: "Unohdin sanoa, että he maalaavat merkkejä nurmikkoon ja/tai pystyttävät kylttejä, joissa ihmisten pitäisi seisoa. Ja mitä tulee tiloihin, niin olemme vuokranneet yhden siirrettävän käymälän. Koska heitä on vain kaksikymmentä ja meitä on kolme, tilaa pitäisi riittää kaikille, eikä jonotuksen pitäisi olla kovin pitkä."

"Olette todella ajatelleet tämän loppuun asti!" Marvin huusi. "Me kolme voimme hiipiä takaisin ja käyttää q.t:n sisätiloja."

Mary ilmestyi portaiden yläpäähän, valmiina lähtemään. "Kiitos. Minulla on ollut paljon aikaa miettiä asiaa, ja halusin, että kaikki olisi täsmälleen oikein Gin-tädille. Puhuimme hänen kanssaan kaikesta, viimeistä yksityiskohtaa myöten. Hän halusi poistaa taakan minulta, joka yritin tehdä kaiken yksin, kun minä surin hänen menetystään."

Marvin hyväili leukakarvojaan. "Ilman tätä kirottua pandemiaa hän olisi halunnut enemmän. Hän olisi pyytänyt tavallista ladonpolttoa - tai valvojaisia - elämänsä kunniaksi. Sen hän ansaitsee!"

Frank sanoi: "Sen hän saa - ja me järjestämme hänelle kaikkien aikojen parhaat - kun tämä pandemia on ohi. Kutsumme muut sukulaiset - ne, joista pidämme - ja ehkä jopa muutaman paikallisen julkkiksen. Kaikki rakastivat giniä. Lähetämme hänet pois tavalla, jonka hän ansaitsee! Mutta nyt meidän on tehtävä tilanteesta paras mahdollinen."

Mary käveli huoneen poikki, harkitsi istumista - mutta hänen mekkonsa rypistyisi, joten hän palasi keittiöön taittelemaan paperiserviettejä. Hän oli tarjoutunut tekemään niin monta kuin pystyi ennen pitopalvelun saapumista, koska tiesi tarvitsevansa jotain tekemistä. Hän ajatteli kaikkea sitä, mitä Gin-täti oli pyytänyt tapahtuvaksi sinä päivänä. Hän halusi, että Marvin kohottaisi maljan, kun kaikki olivat syöneet ruokaa. Hän oli jopa kirjoittanut ylös, mitä ruokia hän halusi tarjoiltavaksi, ja valinnut pitopalvelun valmistamaan ne. Gin-täti oli ajatellut kaikkea. Korotetut äänet olohuoneessa vetivät hänet takaisin sinne.

"Gin sanoi, että saisin leijonanosan yrityksestä, siksi hän teki minusta testamentin toimeenpanijan", Marvin sanoi.

"Hän sanoi, että saan pitää talon", Mary sanoi. "Se on minunkin kotini - olen asunut täällä Gin-tädin kanssa suurimman osan elämästäni".

"Kukaan ei kiistä sitä tosiasiaa", Frank sanoi. "Olet luopunut kaikesta ollaksesi täällä ja auttaaksesi Giniä, kun kukaan muu ei ole pystynyt. Olisit voinut mennä naimisiin, hankkia muutaman lapsen... mutta valitsit perheen itsesi edelle. Se oli vähintä, mitä hän saattoi tehdä, että jätti sinulle talon."

Marvin nyökkäsi. Kerrankin he olivat jostakin samaa mieltä.

"Sanoin Ginille, etten halua tai tarvitse häneltä mitään", Frank sanoi.

"Toivottavasti hän sitten jätti sinut huomiotta", Marvin sanoi nauraen ja nähdessään, että kaksikko oli vihdoin hyvällä tuulella,

Mary palasi keittiöön viimeistelemään taittelut ennen kuin heidän piti lähteä hautaustoimistoon.

Vaikka lautasliinat oli tehty paperista, ne olivat herkkiä ja pehmeitä. Taivaansininen, jonka vasemmassa kulmassa oli vaaleanpunainen viiva, oli ollut myös Gin-tädin valinta. Kun Mary jatkoi taittamista, siitä tuli automaattista, joten hän katseli ulos puutarhaan ja antoi sormiensa tehdä työnsä.

Hänen katseensa vaelsi kohti jättiläistammen alle juuri istutettuja kukkia. Vauvanhenkäys ja ruusut olivat nyt loppumassa, mutta niiden värit olivat yhä elinvoimaisia ja ne liikkuivat kuin vanhat ystävät tanssivat tuulen liehuessa.

Kun hän taitteli viimeistä lautasliinaa, hänen oikea kätensä siveli hänen vatsaansa. Hän teki niin silloin tällöin, vaikka hän ei ollut odottanut lasta vuosiin. Kaipuu ei koskaan hävinnyt. Gin-täti ei koskaan kertonut kenellekään. Mary ei ollut myöskään - ei edes isälle.

Ja siellä, haudattuna noiden kukkien alle, tuon massiivisen tammen varjoon, oli hänen lapsensa ikuinen leposija. Hänen tyttövauvansa ei ollut selvinnyt tässä maailmassa kuin muutaman minuutin.

Pian sukulaiset tulisivat, ja he kaikki kokoontuisivat kotiin, joka oli nyt hänen - ja juhlisivat Gin-tädin elämää.

Sitten Mary, kuten muutkin, laittaisi naamionsa päähänsä ja eristäytyisi siihen paikkaan puun alle, jossa hän ei koskaan tuntisi itseään yksinäiseksi. Paikkaan, jossa hän tiesi, että Gin-täti seisoisi hänen vierellään ja pitäisi Maryn tyttövauvaa sylissään.

Kolmikko, Gin-täti, Mary ja vauva, olisivat hiljaisia todistajia, kun muu perhe repisi toisiaan kappaleiksi.

PANDEMIC BOY

"KATSOKAA, SIELTÄ SE TAAS tulee - se on Pandemic Boy", pitkä ja hoikka ja kymmenvuotias vaaleatukkainen poika huusi.

Hänen ystävänsä ei ollut niin pitkä, hoikka tai vaalea - hän oli punatukkainen, joka nauroi, ennen kuin laittoi omat sanansa sanottavaksi. "Missä sinun viittasi on, poika? Etkö tiedä, että KAIKILLA supersankareilla on viitta?"

Poika, jolle he olivat antaneet lempinimen Pandemic Boy, oli kahta muuta nuorempi, mutta naamionsa takana hän oli peloton.

"Ei Hämähäkkimies", hän vastasi virnistäen.

Vaikka hän oli nuorempi ja pienempi kooltaan ja kookkaudeltaan, ei sentteinä vaan jalkoina, kädet lanteillaan - hän näytti enemmän Teräsmieheltä - hän kysyi: "Ja missä SINUN naamariasi on?" "Missä SINUN naamariasi on?"

Tämä ei ollut niin sanotun pandemianpojan ensimmäinen yhteenotto pandemia-aikana. Aiemmin hän oli käyttänyt Teräsmiehen ristikkäistä aseistettua asentoa saadakseen tilanteen hallintaansa. Se näytti toimivan hyvin niin lasten kuin aikuistenkin kohdalla. Se auttoi myös, kun hän tiesi, että laki oli hänen puolellaan.

"Me emme ole seuraajia", vaalea poika sanoi suojaten silmiään auringolta vasemmalla kädellään ja käänsi sitten selkänsä pojalle niin, että hän ja hänen ystävänsä seisoivat nyt kasvotusten. Hän mutisi: "Otetaan hänen naamionsa pois".

Punatukkainen poika harkitsi tätä ja painoi lenkkarinsa varpaan maahan ajatellen, että he olivat jo kaksi kertaa enemmän kuin Pandemic Boy. Lisäksi hän oli pieni poika - vaikka hänellä olikin iso suu ja hän tavallaan pyysi sitä. Mutta hän ei ollut mikään kiusaaja, eikä hän halunnut olla sellainen. Hän keskittyi, teki ympyrän likaan eteensä ja taputti sitten farkkujensa taskuun. "Minun on tässä."

"Todista se", Pandemic Boy vaati.

Vaalea poika vilkaisi olkansa yli pienempää poikaa ja kääntyi nopeasti. Nyrkit puristettuina hän eteni kohti nuorempaa poikaa. Napauttamalla sormellaan naamioituneen pojan kasvoja hän sanoi: "Kuka luulet olevasi?" "Kuka luulet olevasi?" Jokainen sana oikeutti oman napautuksensa Pandemian pojan naamioituneeseen leukaan, ja pituus- ja massaeron vuoksi nuoremman pojan oli pakko asettaa jalkansa tukevasti paikoilleen.

Punatukkainen poika, sanoi: "Laitan naamion päälle."

Niin sanottu Pandemian Poika ei puhunut, mutta nyökkäsi hyväksyvästi, kun hänen ystävänsä, vaalea poika vilkaisi olkansa yli ja katsoi häntä pahalla silmällä.

Kaikki kolme pitivät pintansa.

***

Joskus aika pysähtyy. Kuin kaikki linnut unohtaisivat lentää ja kaikki kellot tikittää. Tämä ei ollut yksi niistä päivistä, ja ajan edetessä yhä useammat lapset tulivat sieltä, missä olivatkin olleet, katsomaan, mitä oli tekeillä. He kerääntyivät ympärilleen, juttelivat, kuiskuttelivat ja yrittivät selvittää, mitä oli tapahtunut, jotta kolme poikaa pysähtyi niin pitkäksi aikaa.

"Katselin ulos makuuhuoneeni ikkunasta", eräs poika kertoi, "ja näin, kun vaalea poika, joka oli paljon pidempi ja vanhempi, uhkasi pientä naamioitunutta poikaa. Sitten näin, että heitä oli kaksi, ja minun oli pakko tulla ulos, varsinkin kun iso poika siirtyi lähemmäs ja tökkäisi pientä poikaa rintaan", hän sanoi ja kosketteli omaa naamariaan kuten aikuinen tekisi partaansa.

"Juoksin tuonne", pieni tyttö sanoi, "ja näin koko jutun. Poika, jolla oli naamio, pyysi sitä - lähestyi näitä kahta isompaa, vanhempaa poikaa. Olen yllättynyt, etteivät nuo kaksi hakanneet häntä." Sitten hän puhutteli niin sanottua Pandemian poikaa: "Hei poika, mikset juokse, kun vielä voit? Ennen kuin nuo kaksi isompaa poikaa hakkaavat sinusta paskat pihalle."

Kolmikko väkijoukon keskellä pysyi paikallaan kuin patsaat. He kuuntelivat muiden lasten kommentteja, jotka olivat muodostumassa ihmisjoukoksi, mutta he eivät. Tässä vaiheessa kukaan ei tiennyt varmasti.

Aika kului, ja naamioituneet lapset asettuivat niin sanotun Pandemian pojan puolelle ja lapset, joilla ei ollut naamioita, asettuivat kahden muun puolelle. Lapsijoukko muuttui, jakautui kahtia niin, että he muodostivat kaksi erillistä puolta. Kaikki olivat valmiita toimimaan - siis jos ja kun tappelu syttyi.

Tuntia kului, eikä kukaan liikkunut. Ei edes silloin, kun äidit ja isät alkoivat kutsua lapsiaan kotiin illalliselle. Eikä silloinkaan, kun vanhemmat, isovanhemmat ja sisarukset alkoivat kutsua lapsia nukkumaan. Ei edes silloin, kun aurinko vaihtui kuuhun ja tähtiin.

***

Lopulta Pandemic Boy sanoi: "Minä menen nyt kotiin." Ja isommalle vaalealle pojalle, joka oli yhä hänen kasvoillaan, hän sanoi: "Kun seuraavan kerran näen sinut, varmista, että otat naamarin mukaasi. Tämä on pandemia ja...".

"Okei, okei", isompi poika sanoi ja astui taaksepäin. "Ja kun seuraavan kerran näen sinut, varmista, että sinulla on viitta." Hän virnisti.

"Onko väritoiveita?" nuorempi poika kysyi hymyillen.

Hänen ystävänsä, punatukkainen poika, jolla oli nyt naamio, sanoi: "Riippuu siitä, oletko Batman-, Robin- vai Teräsmiesfani. Minä pukeutuisin mustaan."

"Samoin", nuorempi poika sanoi.

He kaikki menivät kotiin.

VIERAILIJAT

"ODOTA HETKI", HÄN SANOI ennen kuin avasi etuoven.

Hän oli ollut sisällä lähes kolmekymmentä päivää - karanteenissa. Ulos astuminen, pelkkä ulos astuminen nyt, tuntui vaaralliselta, vaikka hän oli ollut karanteenissa vain suojellakseen rakkaitaan - ja muita, joita hän ei edes tuntenut. Hän oikaisi naamarinsa, hengitti syvään ja avasi oven.

Häntä odotti tervetuliaiskomitea, ja hänestä tuntui samalta kuin kuningatar Elisabetista oli varmasti tuntunut, kun hän astui ulos Buckinghamin palatsin parvekkeelle. Tosin hänen pienessä mutta mukavassa kahden makuuhuoneen kodissaan ei ollut palatsin loistoa ja glamouria. Hän harkitsi hetken tai pari, että hän vilkuttaisi heille kuninkaallisesti, mutta lopulta hän muutti mielensä, kun he alkoivat taputtaa.

Nolostuneena, vaikka naamio peitti suurimman osan hänen kasvoistaan, hän katsoi ylös, missä aurinko oli korkealla taivaalla, ja tunsi sen säteiden lämmön. Tuntui hyvältä hengittää uutta, raikasta ilmaa - vaikka naamari esti häntä hengittämästä syvään. John Denverin laulu alkoi soida hänen mielessään. Hän hyräili mukana välinpitämättömästi.

Aplodit olivat loppuneet hänen huomaamattaan. ja siinä hän seisoi kuin sika säkissä, kun kaikki odottivat hänen sanovan tai tekevän jotain. Paljon kyynelehtiviä silmiä, jotka kaikki tuijottivat häntä omien naamioidensa takaa. Mikään naamio ei ollut samanlainen. Hän skannasi vieraat ja keskittyi silmiin, joiden omistajat hän luuli tunnistavansa. Mielessään hän pelasi leikkiä Kuka on kuka minkäkin naamion alla.

Yhdestä ihmisestä joukossa ei ollut epäilystäkään, kuka hän oli kokonsa ja ruumiinkuvansa vuoksi. Se oli hänen lapsenlapsensa Emily. Nuo vihreät silmät, samat kuin hänen omat, erottuivat, kun ne katsoivat häntä violetin naamion takaa. Emilyn lempiväri vaihtui usein, mutta hän oli tyytyväinen nähdessään, ettei se ollut muuttunut viimeisten kolmenkymmenen päivän aikana. Hän oli kuitenkin kasvanut pituutta. Emily vilkutti ja sanoi: "Hei, isoäiti".

"Hei, rakas Emily", nainen sanoi hymyillen huulillaan naamion alla ja silmillään sen päällä.

Nainen epäröi, sitten hän kiersi yleisöä vasemmalta oikealle nyökäten kuitaten jokaisen heistä.

Ensimmäisenä oli Brandon. Hän oli suuri jääkiekkofani, ja hänen naamarissaan oli Toronto Maple Leaf. "Go Maple Leaf's!" hän sanoi. Hän näytti hänelle peukkua ylöspäin. Ainakin joku vielä toivoi, että he voittaisivat Stanley Cupin uudelleen.

Brandonin vieressä oli hänen vaimonsa Emilyn äiti. Hänen maskissaan oli I heart Jamie Oliver -viesti. Hän hymyili tälle ja mietti, auttaisiko hänen kiinnostuksensa Oliveria kohtaan häntä jonain päivänä valmistamaan kunnon paahtopaistia. Hän sai itsensä kiinni tästä narttumaisesta ajatuksesta ja siirtyi häpeissään eteenpäin.

Seuraavana oli herra Bob Moody. Hän oli naapuri, äreä vanha pieru, josta hänellä ei ollut aavistustakaan, miksi hän oli kokenut tarpeelliseksi liittyä seuraan rakennusmiehen naamari päällään. Hän vilkutti, tuttavallisesti, mikä oli hänen mielestään outoa, mutta hän kuitenkin vilkutti kohteliaisuudesta takaisin.

Nyt hän oli kyllästynyt selvittämään, kuka oli kuka, ja loput heistä hämärtyivät, kun hän odotti, että joku tekisi jotain tai kertoisi hänelle, mitä hänen odotettiin tekevän. Pitäisikö hänen pitää puhe? Ei, se olisi typerää. Karanteeni oli kestänyt vain kolmekymmentä päivää. Hän ei voinut halata heitä. Tai tulla yhtään lähemmäksi heitä kuin hän jo oli.

Hänellä oli kauhistuttava tunne, että joku halusi hänen pitävän puheen, ja hän mietti, miten hänen oli tarkoitus pitää sellainen puhe, joka kuultaisiin ja ymmärrettäisiin paksun puuvillanaamarin läpi. Sitten hän ajatteli televisiossa esiintyviä poliitikkoja, kuten pääministeriä. Kun hänen piti puhua, hän otti aina naamionsa pois, sanoi sanottavansa ja laittoi sen sitten takaisin. Jos se kelpasi pääministerille, se kelpasi hänellekin. Hän irrotti oikean korvansa silmukasta ja siirtyi sitten toiselle puolelle.

Vieraat haukkoivat henkeään ja siirtyivät kauemmas. Kaikki paitsi hänen pieni lapsenlapsensa.

"Isoäiti rakastaa sinua", nainen sanoi ja puhalsi suukon pikku Emilyn suuntaan.

"Minäkin rakastan sinua", Emily vastasi, kun hänen vanhempansa, jotka olivat nyt hänen vierellään, siirtyivät takaisin.

Tyytyväisenä nyt siitä, että hän oli tuntenut auringon, että hän oli ollut ulkona, että hän oli nähnyt rakkaansa ja että hän oli puhunut pienen Emilyn kanssa, nainen kumartui, astui taaksepäin ja sulki oven takanaan.

Puhelin alkoi heti soida ja soida. Hän ei vastannut siihen.

KOTI

Huone oli tyhjä, lukuun ottamatta tyhjiä sisäänrakennettuja kirjahyllyjä, jotka reunustivat takkaa.

Tyhjät kirjahyllyt saivat minut aina alakuloiseksi. Aivan kuin edellinen omistaja olisi vienyt kaikki ystävät ja muistot mukanaan, mutta unohtanut rakenteet, jotka olivat pitäneet niitä sisällään ja esittäneet niitä talossa asuessaan. Kun lähdin talosta jostain syystä, jätin aina yhden kirjoistani (ostin aina kaksi suosikkikirjaa), jotta toivoin, että uusi omistaja nauttisi siitä yhtä paljon kuin minä. Minulle se oli kuin esittelisin heille uuden ystävän. Jos tämä saa minut kuulostamaan liian tunteelliselta, en välitä siitä, koska rakas aviomieheni on aina sanonut samaa minusta.

Kun kuljin huoneen poikki ja säädin naamariani, huomasin jotakin seinää vasten piilotettua, ohutta kuin kiekko. Se oli pieni matto.

"Mitä ihmettä varten se on siellä?" Kysyin. Vaikka se oli kulunut ja pieni, se olisi ollut parempi, takan edessä. Siellä sillä säälittävällä kapineella olisi sentään ollut jokin tarkoitus. Teen usein niin, annan elottomille esineille tunteita. Kirjallisuuden maailmassa sitä kutsutaan personifioinniksi. Käytän sitä keinoa niin usein, että mieheni kutsuu sitä Maggie-ifikaatioksi.

August on mieheni nimi. Ja kyllä, hän on syntynyt elokuussa, hän on Leijona, kun taas minä olen Kauris.

Kun hän tuli viereeni, vapisin. Minua palelsi aina.

Puhuessaan naamarinsa läpi sanoi: "Voi hitsi, täällä on kuuma, rakas. Miksi sinä vapiset?" Hän avasi paksun villatakkinsa, lahjaksi pojaltamme Andrew'lta, ja riisui sen. Hän asetti sen olkapäilleni ja siirtyi sitten huoneen toiselle puolelle.

Pukeuduin siihen ja lausuin: "Kiitos", kun seurasin häntä.

Välittäjällä, joka oli perheen vanha ystävä, oli naamio, joka kuvasti kiinteistönvälitysfirmaa, jossa hän työskenteli. Hän liikkui kuuluvasti talossa toisessa huoneessa sillä aikaa, kun me tutustuimme paikkaan omin päin.

Pian tämän jälkeen hän astui huoneeseen oviaukosta, joka oli lähinnä lattialla havaitsemaani esinettä. Tapasimme sen edessä, aivan kuin hän olisi kuullut kysymykseni.

Judy Marsh, agenttimme nimi ja yli kaksikymmentäviisi vuotta, näytti olevan sanaton, mikä oli hyvin epätavallista hänelle. Hänelle ja kaikille muillekin kiinteistönvälittäjille planeetalla.

"Eikö takka olekin upea!" hän huudahti.

Käänsin vartaloni kohti lämpöä, kun taas August, joka usein syytti minua muun muassa siitä, että luen liikaa Agatha Christie -romaaneja, nyt kyllästyneenä ja haluten päästä eteenpäin, siirtyi lähemmäs oviaukkoa.

Judy sanoi: "Kuulin kysymyksesi, jonka esitit hetki sitten. Täysin totta", hän kosketti nenäänsä. "Tällä talolla on vähän historiaa."

August liittyi nyt kiinnostuneena takaisin seuraamme.

"Millainen historia?" Kysyin.

Judy jatkoi: "Ei kannata kertoa tarinoita, jos et viihdy täällä. Siinä tapauksessa voimme siirtyä seuraavaan taloon. Minulla on muutama muukin. Mitä mieltä olet tähän mennessä ollut tästä talosta?"

August sanoi: "Emme ole vielä nähneet koko paikkaa, on liian aikaista sanoa ja..."

Lopetin hänen lauseensa, kuten pitkään naimisissa olleilla ihmisillä on tapana tehdä: "Ja on epäkohteliasta, että annatte meidän rakastua paikkaan - en sano, että tässä on kyse siitä - ja sitten laskette puomia."

"Laskekaa tosiaan puomia", August lisäsi.

"Kaada se ulos!" Vaadin, kun August otti käteni käteensä.

"Mennään keittiöön", Judy sanoi. "Laitan vedenkeittimen päälle ja keitän meille kupin teetä. Varastoin kaappiin muutamaa tavaraa, kuten Earl Grey -teetä ja keksejä, tällaista tilaisuutta varten. Sitten kaikki paljastuu."

August, joka kuuli, että tarjolla oli kuppi teetä ja keksiä, seurasi Judya keittiöön, ja minä, kuten sanonta kuuluu, otin takapakkia. Kävelimme pitkin eteistä, jossa oli korkeat katot mutta joka oli melko likainen, koska siellä ei ollut kattoikkunaa - jos ostaisimme talon, kattoikkuna tekisi tästä eteisestä kodikkaamman.

"Kattoikkuna olisi parannus", August ehdotti, kun hän ja Judy astuivat viereiseen huoneeseen parin heiluvan oven läpi, jollaisia voisi odottaa näkevänsä vanhassa Marlon Brandon westernissä. "Näistä on päästävä eroon", August sanoi, kun ovi heilahti ja osui hänen takapuoleensa ennen kuin ehdin paikalle ja pysäyttää sen. Hän seisoi siinä, kädet lanteilla ja suu auki, eikä sanoja tullut ulos.

Kun työnnyin huoneeseen, ymmärsin, miksi August oli sanaton, sillä voi, mikä upea näkymä! Keittiö ja ruokasali olivat vierekkäin, valtavassa avonaisessa suorakaiteen muotoisessa tilassa, jonka lasi-ikkunat ja -ovet ulottuivat koko matkan toisesta päästä toiseen ja josta avautui näkymä yhteen upeimmista koskaan näkemistäni puutarhoista. Toivoin niin kovasti, että olisi ollut kevät, jolloin kaikki olisi ollut täydessä kukassa, mutta myös syksy täällä oli kaunis, kun puut leimusivat syysväreissään.

"Dash ihastuisi tähän", August sanoi. Dash oli meidän taakkapoikamme.

"Varmasti", sanoin, kun Judy, joka oli nyt takanamme, leikki äitiä kaatamalla kuumaa vettä teekannuun.

August ja minä emme voineet irrottaa katsettamme kauniista luonnosta, joka odotti vain muutaman askeleen päässä. "Saanko avata ovet?" Kysyin.

Judy nyökkäsi, ja August teki sen. Välittömästi ulkoa kantautuvat äänet virtasivat kuin musiikki keittiöön. Siellä kuului kurjenmiekat, sinitiaiset, varpuslinnut, kardinaalit, puunrupikonna... se oli autuaallisen musiikillista - kunnes hetkeä myöhemmin naapurin ruohonleikkuri kiljui käyntiin.

"Tee on valmis", Judy huusi.

"Täydellinen ajoitus", August sanoi, sulki liukuovet ja napsautti lukon kiinni. "Hei pimeys, vanha ystäväni", August hihkaisi. Se oli yksi hänen lempilauluistaan - klassikko Simon ja Garfunkelin ohjelmistosta.

"Täällä ei ole pimeää", sanoin, kun Judy kaatoi ja tarjoili teetä. Rehellisesti sanottuna en ollut Earl Greyn kaltaisten hienostoteiden ystävä. Ottaisin mieluummin kupin Typhoota milloin tahansa. Lisäsin kaksi teelusikallista sokeria - tuplasti enemmän kuin normaalisti vanhassa kunnon Typhoossa, ja August teki samoin. Kun hörppäsimme ja hylkäsimme Judyn valitseman keksin - piparkakun - odotimme, että hän alkaisi kertoa meille tarinaa, johon hän oli viitannut.

***

"Ensinnäkin", Judy aloitti, "kukaan ei ole asunut tässä talossa vuosikymmeniin".

"Vuosikymmeniä", toistin, "Miten se voi olla mahdollista?"

August tyhjensi teensä jäänteet. Judy teki välittömästi aloitteen täyttää hänen kupinsa uudelleen, mutta hän vältti sen tylysti laittamalla kätensä sen päälle.

Judy hymyili. "Kaikki eivät taida nauttia lempiteetäni." Hän täytti kupin uudelleen ja jatkoi sitten. "Paikka on ollut vuosien varrella myynnissä. Olemme palkanneet lavastusasiantuntijoita eri puolilta osavaltiota toivoen, että heidän panoksensa auttaisi myymään. Toistaiseksi se ei ole toiminut."

"Siinä ei ole mitään järkeä", August sanoi. "Olisi varmasti vähemmän kaikuisaa, jos paikka olisi kalustettu." Hän nosti tyhjää kuppiaan ja huokaisi.

"Haluaisitko mieluummin vesipullon?" Judy kysyi, ja vastausta odottamatta hän meni jääkaapille, otti sieltä kolme pulloa ja laski ne eteemme. Minulla oli tunne, että tästä tulisi pitkä tarina.

Puutarhasta kuului outo ääni, joka iski korviimme samanaikaisesti. August työnsi tuolinsa taaksepäin ja skannasi puutarhaa, joka oli nyt vain osittain valaistu auringon laskiessa. "Näetkö mitään?" Kysyin.

Augustilla oli kotkanäkö, vaikka hän oli minua vanhempi. "Shhh", hän sanoi. Odotimme kuunnellen tarkkaan, mutta ääntä ei enää kuulunut. August palasi istuimelleen ja istuutui siihen olkapäitään kohauttaen.

Judy sanoi: "On parasta, että pidät kommenttisi ja kysymyksesi omana tietonasi loppuun asti. Haluan lopettaa ennen, siis niin nopeasti kuin mahdollista."

August sanoi: "Olemme vanhoja ja vanhenemme joka minuutti. Unohdamme varmasti kaikki mahdolliset kysymyksemme, jos tämä kertomuksesi kestää paljon kauemmin."

Taputin Augustin kättä. "Jos sinulla on kysymyksiä, niin kirjoita ne puhelimeesi." Olin yrittänyt saada häntä käyttämään puhelimen muistiinpanotoimintoa jo jonkin aikaa. Itse käytin sitä moniin asioihin, myös ruokalistaan. Olin ehdottanut, että hän käyttäisi sitä samaan tarkoitukseen. Silti hän oli tullut kotiin ilman tarvitsemaamme ja palannut takaisin - tällä kertaa paperi kädessä.

"Maggie", hän sanoi, "Tiedät, etten pidä siitä, että olen riippuvainen teknologiasta".

"Puiden varassa oleminen", Judy lisäsi, "ei myöskään lupaa hyvää tulevaisuutta ajatellen." "En halua olla riippuvainen teknologiasta."

"Paperinpalan akku ei kuole!" hän huudahti.

"Mutta kynästä loppuu muste", sanoin virnistäen ja taputin häntä jälleen kädelle ja ojensin hänelle kynän ja paperin - molemmat, joita pidin aina käsilaukussani tällaisia tilanteita varten.

***

"Aloitan alusta", Judy sanoi.

Pöydän alla August huitoi jalkojaan, ja saatoin huomata, että hän oli käymässä yhä kärsimättömämmäksi ja ajatteli: "Anna mennä, nainen!", koska niin minäkin ajattelin.

Lopulta Judy pääsi asiaan. "Kun tämä paikka asutettiin ensimmäisen kerran, täällä kuoli kolme ihmistä."

Hän odotti, että reagoisimme, mutta kumpikaan meistä ei reagoinut. Olimme jo tajunneet, että jotain kauheaa oli tapahtunut - ja päättelimme, että siihen oli täytynyt liittyä kuolemia, murhia ja/tai sekasortoa. Jopa nivelrikkoiset luuni tunsivat, että täällä oli tapahtunut jotain kauheaa. Kiedoin käteni ympärilleni, ja minua alkoi taas viluttaa. August teki samoin, mutta hän oli lämpimämpi kuin minä, koska hän oli aiemmin ottanut korttinsa takaisin.

"Alun perin tänne rakennettiin kirkko 1700-luvulla. Kun se tuhoutui ja kolme ihmistä kuoli - jäljelle jäivät vain kirjahyllyt ja takka - kaikki uskonnot vannoivat, etteivät ne koskaan enää rakentaisi tänne uudelleen Jumalan taloa. Niinpä täällä rakennettiin mökkejä, koteja, kartanoita, bungaloweja ja lopulta kaksikerroksisen kalifornialaisen jaetun bungalowin muotoilu, jossa nyt seisomme, vastaamaan omistajien tarpeita ja vaatimuksia sille varattua aikaa varten, jonka he asuivat. Niinpä monet seurakuntalaiset, kirkossakävijät ja perheet ovat tehneet tästä paikasta jumalanpalveluspaikkansa ja/tai kotinsa.

Aloitetaan alkuperäisestä kirkosta. 1700-luvun puolivälissä tässä paikassa alkoi yhteisö, joka oli yksi ensimmäisistä Ontariossa perustetuista yhteisöistä, kun monet maahanmuuttajat valitsivat tämän paikan asettautuakseen ja rakentaakseen uutta tulevaisuuttaan.

Kaksi tällaista ihmistä olivat Lady ja Lord Charleston, joista tuli nopeasti yhteisön johtajia ja jotka tarjosivat varoja ensimmäisen kirkon rakentamiseen ilman minkäänlaista tunnustusta itselleen lukuun ottamatta pientä kirjastoa pappilassa, jossa yhteisö saattoi lukea ja lainata kirjoja uskontoon liittyvistä aiheista. Jotta opiskelu tai lukeminen olisi mukavaa, kahden tällaisen kirjahyllyn keskelle rakennettaisiin takka.

Pyynnön merkityksen vuoksi tutkittiin paljon, mikä puu olisi ajan mittaan kestävintä. Eräs Italiasta kotoisin oleva maahanmuuttaja kehui Välimeren sypressiä ja kertoi nähneensä roomalaisessa kirkossa tästä puusta tehdyn alttarin, joka oli selvinnyt tulipalosta, joka tuhosi koko rakennuksen. Päätettiin lähettää paikallisia puita, joita he voisivat kasvattaa paikallisesti, ja tilata myös runsas määrä puita toimitettavaksi laivalla Kanadaan. Ajan myötä sama mies puhui yliluonnollisista voimista, joita tällä hänen vanhasta kotimaastaan peräisin olevalla puulla oli. Sen voimakkaan tuoksun vuoksi perheet istuttivat puita läheisensä läheisyyteen hautausmailla eri puolilla maata pitääkseen demonit loitolla ja varmistaakseen, että heidän rakkaidensa sielut pääsivät toiselle puolelle."

Muutamat muut seurakuntalaiset eivät olleet tyytyväisiä tähän rienaukseen ja ehdottivat, että he käyttäisivät vain kanadalaisia puita tähän yritykseen. Lordi ja lady Charleston hylkäsivät esityksen, ja yhteisö odotti puun toimitusta pappilaa varten ja rakensi sillä välin kirkon ja jatkoi koulun ja muiden rakennusten rakentamista. Uudet tulokkaat saapuivat parveilevasti yhteisöön, koska he halusivat asettua paikkaan, joka tarjosi palveluja, joiden ansiosta kaikki pystyivät asettautumaan nopeammin aloilleen.

Puut saapuivat ja pappila rakennettiin, mutta ei ilman vaikeuksia. Ensin mies, joka vei hirsiä laivasta, murskaantui, kun useat hirret irtosivat ja kaatuivat hänen päälleen. Sen jälkeen ryhdyttiin enemmän varotoimiin, mutta ne, jotka olivat varoittaneet rienauksesta, kuiskuttelivat keskenään tietäväisesti.

Vuosia myöhemmin, kun siirtokunta oli vailla nimeä, ehdotettiin, että sen nimi olisi New Charleston, ja niin se nimettiin, ja monien sukupolvien ajan yhteisö palveli kaikkia, ja väestö kasvoi harppauksin. Lordi ja lady Charleston kuolivat, mutta heidän muotokuvansa maalattiin ja sijoitettiin pappilan kirjaston takan yläpuolelle kahden kirjahyllyn väliin. Vastoin voimakasta yleistä paheksuntaa kirjasto nimettiin Lady Charlestonin arkistoksi, koska perhe lahjoitti kirjakokoelmansa hyllyjen täyttämiseksi."

Avasin vesipullon kannen ja otin kulauksen, kun August vilkaisi kelloaan. Aurinko oli nyt laskemassa, ja suurin osa takapuutarhasta oli pimeässä, lukuun ottamatta yhtä ainoaa valonheitintä, jonka kuusta sai aikaan.

"Se on tässä kirkossa, jossa kuolemantapaukset tapahtuivat."

August ja minä siirryimme lähemmäs toivoen, että hän pääsisi pian asiaan. Vatsani murisi. Se oli nimittäin kaukana illallisen jälkeen ja alkoi keskustella Augustin kanssa nälänhädän duettona.

"Gingernut?" Judy kysyi heiluttaen niitä edessämme. Kieltäydyimme kohteliaasti. "Mitä jos tilaisin pizzan? Sillä välin kun se leivotaan ja toimitetaan, voin jatkaa tarinaani."

"Ei ananasta", August sanoi. Pizzat, joissa oli ananasta, olivat hänen varsinainen lemmikkinsä. "Ananas on tarkoitettu ylösalaisin olevaan kakkuun, ei pizzapiirakkaan."

"Olen täysin samaa mieltä", Judy sanoi ja painoi puhelimensa pikavalintaa.

"Ei anjovista", sanoin yrittäen saada murisevan vatsani rauhoittumaan.

***

"Vuonna 1847 nainen, muukalainen, tuli yhteisöön keskellä yötä etsimään miestään ja nuorta poikaansa. Hän koputti oviin, mikä aiheutti melkoista meteliä, koska oli jo keskiyö. Yhteisön jäsenet tulivat ulos kodeistaan, halusivat auttaa häntä ja muodostivat etsintäpartioita, jotka käyttivät lamppuja tiensä viitoittamiseen. Se oli sellainen yhteisö, joka liittyi yhteen auttaakseen toisia, jopa tuntemattomia. Kukaan ei kyseenalaistanut hänen motiivejaan, tarinaansa tai mielenterveyttään.

Oli lokakuu, joten oli koleaa, mutta ennen kuin ensilumi oli satanut. He ravasivat ja etsivät, kunnes aurinko nousi, ja kokoontuivat sitten uudelleen syömään, juomaan ja selvittämään lisää naiselta, joka oli ollut liian uupunut kiipeämään paikalle heidän kanssaan. Kun nainen saapui, hänet majoitettiin ja pantiin nukkumaan vahvan teekupillisen jälkeen, johon oli sekoitettu viskiä, jotta hän nukkuisi yön yli.

Keskusteltuaan lisää ja varmistuttuaan siitä, ettei kukaan ollut nähnyt miehen tai lapsen päätä tai hiuksia, he söivät yhdessä kirkon naisyhdistyksen tarjoaman ruoan ja keskustelivat siitä, mitä seuraavaksi pitäisi tehdä. Tilanne ei ollut samanlainen kuin nykyään, jolloin voi helposti tulostaa julisteita ja teipata niitä kaikkialle, eikä sosiaalinen media ollut vaihtoehto. Sen sijaan palkattiin taiteilija, joka piirsi perheen äidin kuvauksen perusteella. Naisen nimi oli Reba, hänen lapsensa nimi Jacob ja hänen miehensä nimi oli myös Jacob.

Eräänä iltana, melko myöhään eräs paikallinen näki Reba-naisen astuvan kirkkoon, lapsi kädessään. Hän ihmetteli, missä aviomies oli, mutta ei ajatellut asiaa sen enempää ja meni nukkumaan.

Reba oli vienyt poikansa kirkkoon sytyttääkseen kynttilän alariin kiittääkseen Jeesusta siitä, että hän oli tuonut miehensä ja poikansa takaisin hänen luokseen. Kirkon ovea ei ollut varmistettu, koska Jacob Senior liittyisi pian heidän seuraansa. Tuulen puuska, joka oli niin kova, että se puhalsi liekin ja sai hänen hihansa tuleen, ja koska hän piti poikaansa sillä hetkellä sylissään, myös hänen asunsa syttyi tuleen. Jacob vanhempi astui sisään ja juoksi heitä kohti jättäen oven kokonaan auki. Vihaisempi tuuli seurasi häntä, kun hän sulki kuilun itsensä ja rakkaittensa välille. Paikallisista puista tehty kirkko nousi hetkessä pystyyn heidän mukanaan.

Seurakuntatalo, jossa kirkon naiset tarjoilivat ruokaa vapaaehtoisille, haistoi ensin jonkin palavan hajun ja juoksi ulos kaduille. Suurin osa vapaaehtoisista oli myös palomiehiä, mutta heidän resurssinsa olivat tuolloin rajalliset. He tekivät kaikkensa pelastaakseen kirkon, mutta oli jo liian myöhäistä. Pappila ei ollut vielä palanut, joten he onnistuivat saamaan papin ulos ja pelastamaan, kuten sanoin, kirjahyllyt ja takan. Kolmihenkinen perhe menehtyi... paloi olemattomiin. Tuhka tuhkaksi, kuten sanonta kuuluu."

Judy veti syvään henkeä, otti kulauksen vettä, sitten ovikello soi. Tarinan kertominen oli vienyt häneltä paljon voimia, joten August tarjoutui noutamaan pizzat, mutta Judy sanoi, että hänen oli maksettava - hän saattoi merkitä sen työhön liittyväksi kuluksi - ja meni lopulta ovelle. Hän palasi kuumien ja herkullisen tuoksuisten pizzapiirakoiden kanssa, ja me syötiin niitä puhumatta hetken aikaa muutoin kuin huokailemalla, kun nautimme maukasta juhla-ateriaa.

Nyt tyytyväisenä ja vatsat täynnä Judy jatkoi tarinaa.

"Siitä lähtien tuon perheen haamut ovat kuulemma kummitelleet tässä talossa. Mitä tahansa ihmiset näkevätkin, se pelottaa heitä niin paljon, että he juoksevat huutaen ulos täältä. Ja vuosien varrella tälle tontille on rakennettu taloja uudelleen vuosisatojen saatossa, mutta kukaan ei ole koskaan asunut täällä pitempään."

Alkoi olla jo erittäin myöhä; Judyn tarinan kertominen oli kestänyt melkoisen kauan.

"Voisitko kelata eteenpäin ja tuoda meidät nykyhetkeen?" "Voisitko kelata eteenpäin ja tuoda meidät nykyhetkeen?" August kysyi, jälleen röyhkeämmin kuin hän tai minä odotimme hänen tekevän. Hänen nukkumaanmenoaikansa oli jo ohi, eikä ärtymys ollut täysin hänen vikansa.

Judy pyysi anteeksi. "Tämä talo on rakennettu kaksikymmentäviisi vuotta sitten. Sitä on ostettu, myyty, vuokrattu, remontoitu - mitä tahansa, ja useammin kuin minulla on sormia ja varpaita laskea - kukaan ei halua asua täällä." Hän vilkaisi ympärilleen. "Kyllä, se näkyy hyvin, mutta siinä on vain jotain. Jotain, joka saa ihmiset pakenemaan. Varsinkin tähän aikaan yöstä. Halusin nähdä, tapahtuiko se sinullekin."

"Me olemme siis ystävällisiä guineapigoja", August sanoi työntäen äkkiä tuolinsa taaksepäin. "Jatketaan kierrosta. Mitä yläkerrassa on?"

En liikkunut.

"Sinulla ei ole aavistustakaan; tarkoitan, että sinulla ei ole mitään käsitystä, miksi ihmiset käyttäytyisivät näin äärimmäisellä tavalla? Minusta siinä ei ole juuri mitään järkeä. Varmasti sinä näkisit sen, mitä hekin näkivät."

"En koskaan näe", Judy sanoi.

"No, se on outoa", August sanoi.

Judy hymyili. "Minä tiedän. Ja siksi, sanonpa vain tämän, että henkiset ihmiset, kuten meediot, mystikot, ennustajat, noidat, velhot - voit nimetä minkä tahansa, ja he ovat käyneet täällä - kyllä, he ovat jopa mananneet tämän paikan pylväästä pylvääseen, ja silti se asia, joka saa kaikki juoksemaan pakoon, mukaan lukien kaikki edellä mainitut, tapahtuu edelleen. Jokainen heistä juoksi huutaen kukkuloille - eikä koskaan palannut."

"Hölynpölyä ja hölynpölyä", August sanoi.

Mutta mitä enemmän hän puhui siitä, sitä enemmän minua alkoi pelottaa ja sitä halukkaammin olin valmis uskomaan sen, sillä ajan kuluessa minua alkoi yhä enemmän palella. Itse asiassa tärisin kuin joku olisi kävellyt hautani päällä - vaikka en tietenkään ollut kuollut. Vielä. Pelkästään sen ajatteleminen sai karvat nousemaan pystyyn käsivarsillani.

Judy nousi seisomaan. "Nyt tiedät, mitä minä tiedän. Hinta on jo alhainen, mutta siitä voidaan vielä neuvotella. Omistaja haluaa, että se myydään ja poistuu hänen käsistään - eilen. Mikset vilkaisisi yläkertaan, jotta saisit tuntumaa ylimpään kerrokseen?"

August sanoi: "Voisimme ostaa sen rakkaudella, purkaa sen ja rakentaa jotain tarpeisiimme sopivaa, kuten bungalowin. Olisimme silti etuajassa ja meillä olisi runsaasti varoja, joilla pärjäisimme loppuelämämme."

Vapisevin polvin nousin myös seisomaan pitäen tiukasti kiinni pöydästä. Se kuulosti hyvältä, itse asiassa liian hyvältä ollakseen totta.

Judy sanoi: "Se on perintökohde. Kirjahyllyjen ja takan on pysyttävä ehjinä. Tästä ei voi neuvotella. Itse asiassa en voi hyväksyä tarjoustasi, ellet ole valmis kirjoittamaan sitä kirjallisesti."

August ja minä kävelimme ulos keittiöstä kuin transsissa ja päädyimme seisomaan matolle, joka oli nyt takan edessä. Tulen roihuaminen, joka sylki ja valaisi huoneen, sai minut ihmettelemään, miksi tunsin itseni entistäkin kylmemmäksi.

"...sähköä", Judy sanoi.

Olin mennyt ajatuksissani kirjamaille ja missasin, mitä hän sanoi.

"...sammutin sen. Vesi myös."

Juoksutin kättäni pitkin keskimmäistä kirjahyllyä, nyt kun olin saanut pääpiirteittäin selville, kun August poistui huoneesta. Käännyin ja seurasin häntä, kuten myös Judy. Hän pysähtyi portaiden alapäähän, katsoi, missä olimme, ja alkoi sitten kiivetä ylös. Tartuin kaiteeseen ja nousin myös ylös. Noin puolivälissä kaide tuntui horjuvan, samoin polveni. Jalkani tuntuivat uppoavan puisiin portaisiin, mikä sai minut tuntemaan itseni epävarmaksi. August oli jo huipulla. Huomasin, että hän valaisi tiensä puhelimensa taskulamppusovelluksella. Olin ylpeä siitä, että hän oli vihdoin löytänyt käyttöä yhdelle niistä sovelluksista, joita olin suositellut kokeilemaan.

Kun liityin hänen seuraansa huipulla, katsoimme alas Judya, joka odotti puhelimensa edessä - myös hän käytti taskulamppusovellusta. "Minun on lukittava pian", hän sanoi.

"Kierrellään vain kunnolla", sanoin, kun August siirtyi pois luotani kohti käytävän toisessa päässä olevaa ovea. Kävellessäni paksu matto jalkojeni alla tuntui liukkaalta, joten kiirehtiminen oli vaikeaa. August heitti oven auki ja näytti persikanväriseksi koristellun kylpyhuoneen, jossa oli lavuaari, amme, vessa ja suihku. Kylpyhuonetta koristivat lisävarusteet - yksi niistä matoista, jotka oli heitetty sen pohjan ympärille. Tyyli ei ollut meidän makuumme, ja sanoin niin, kun suljimme oven ja siirryimme makuuhuoneeseen, joka oli pienehkö, sinisellä sisustettu, ja seinillä oli autoja ajamassa ja tähtiä, jotka syttyivät, kun osoitimme niitä katossa olevalla taskulampulla.

"Pidän noista tähtivaloista", August sanoi, ja lapsi hänessä tuli esiin. Olin yllättynyt, ettei hän pitänyt myös autoista tapetissa. Ehkä hän piti, mutta näistä kahdesta hän piti enemmän tähdistä.

"Niin, otetaan ne pois ja laitetaan ne takan päälle - siis jos ostamme sen", sanoin.

Siirryimme toiseen makuuhuoneeseen, vierashuoneeseen, joka oli täynnä kaikenlaisia, -lajisia ja -värisiä kukkia. Oven takaosaan oli sabluunoitu auringonkukkia.

"Hyvin kodikasta", sanoin, kun siirryimme käytävää pitkin viimeiseen huoneeseen: makuuhuoneeseen. Tuli mieleeni, että tämän kokoisessa talossa pitäisi olla enemmän kuin kolme makuuhuonetta.

August sanoi: "Voimme rakentaa tontille lisää huoneita, kun teemme tästä bungalowin. Täällä menee niin paljon tilaa hukkaan."

Katsoimme kylpyhuoneen, joka oli myös hyvin vanhentunut persikkainen - vaikka siellä oli kultaisilla hanoilla ja kalusteilla koristeltu poreamme. Ja sen yläpuolella suuri keulaikkuna tarjosi panoraamanäkymän siihen, minkä oletimme olevan takapuutarha.

August kiipesi kylpyammeen päälle ja otti samalla kädestäni kiinni. Seisoimme yhdessä; vierekkäin katsellen alas puutarhaan, kun kolme hahmoa ilmestyi. Vasemmalla oli mies, vaikka hänen pituutensa perusteella olisi voinut luulla, että hän oli poika. Hänen pukeutumiseensa kuului rusettihattu, pellavapaita, jossa oli röyhelöt vyötärön yläpuolella, polvipituinen takki ja polvihousut todistivat muuta. Miehen kädestä piti kiinni poika, jonka takki laskeutui juuri vyötärön alapuolelle, kun taas hänen housunsa pullistuivat polven kohdalta, ja hänen tummat tukkansa pullistuivat ulos lakin alta. Kolmikon täydensi nainen, joka piti lapsen kädestä kiinni. Hänellä oli yllään paksu tikattu päällystakki, joka peitti hänen vaatteensa, ja päässään unihattu - kuin hän olisi tullut yöhön yllättäen. Kaikkien kolmen hahmon täydet kasvot olivat lumoutuneet kuusta ja tähdistä, joko niin tai sitten he olivat lumoutuneet.

"Ovatko ne oikeita?" Kuiskasin Augustin olkapäästä kiinni pitäen, mutta ennen kuin ehdin sanoa loppuun, kolme silmäparia katsoi suoraan meihin ja päästivät yhtä aikaa niin korkealla äänellä kiljahduksen, että se olisi varmasti herättänyt kaikki naapuruston koirat. Ne kolme sanoivat,

"Joka päivä me tulemme tänne polttamaan."

Peitimme korvamme, kun he toistivat seireenilauluaan, sitten liekit, jotka alkoivat heidän jaloistaan ja etenivät ylöspäin, nielaisivat heidät, ja pian heidän huutonsa muuttuivat voihkimiseksi, kun he murenivat maahan tuhkakasoiksi.

Minä huusin. Ja sitten tapahtui jotain, mitä ei ole tapahtunut kaikkina avioliittovuosinamme - myös August huusi.

Kiipesimme ulos ammeesta, juoksimme portaita alas, Judyn ohi ja ulos etuovesta sellaisella vauhdilla, jota kaksi kaltaistamme vanhaa ukkoa ei olisi koskaan uskonut mahdolliseksi. Hyppäsimme Judyn autoon; hän oli ajanut, kun hän esitteli meille kiinteistöä. Kun hän oli noussut kyytiin, hän lähti liikkeelle ja vinkui renkaistaan.

Kun olimme ajaneet riittävän välimatkan taloon, Judy sanoi asiallisesti: "Laitan teille heti aamulla listan muista taloista, joita voitte katsella. Löydämme sinulle täydellisen kodin. Markkinoilla on paljon kauniita paikkoja, joista voitte valita." Hän vilkaisi meitä taustapeilistä.

Minä tärisin yhä ja pidin kiinni Augustista.

"Haluaisitko kertoa minulle, mitä näit?" Judy tiedusteli.

"Etkö h-kuullut niitä?" Minä kysyin.

Judy pudisti päätään kieltävästi.

"Luota minuun, sinä olet onnekas", August sanoi. "Vie meidät nyt kotiin. Me jäämme tänne."

August ja minä emme enää koskaan puhuneet talosta.

MURDER

Istuin autossani - en uskaltanut nousta ulos.

Tummennetun lasin takaa pystyin näkemään kaiken - miksi siis vaarantaisin itseni? Miksi ottaa riski tartunnasta, kun halusin vain vähän luontoa.

Mikset sitten vain jäänyt kotiin, lemmikki? Kuulin pehmeän äänesi kysyvän minulta pääni sisällä. Aivan kuin olisit ollut täällä, istumassa vieressäni matkustajan paikalla. Sinä olit edesmennyt aviomieheni Gerald - 42 vuotta naimisissa ennen kuin COVID tappoi hänet. Kyllä, Geraldini menehtyi virukseen aivan tämän hullun elämänvaiheemme alussa. Ennen kuin sitä kutsuttiin pandemiaksi niiden toimesta, jotka sanoivat olevansa tietoisia.

Jopa silloin, kun virallisesti vahvistettiin, että Gerald oli altistunut sille ja saanut tartunnan - hän ei uskonut sitä. Hän oli suostunut arvioitavaksi vain siksi, että olin saanut hänet vakuuttuneeksi siitä, että hän tulisi mukaani, tiedättehän, kuten sanoimme valassamme sairaudessa ja terveydessä. Olin ollut läheisyydessä jonkun kanssa, joka oli saanut tartunnan työskennellessäni vapaaehtoisena ruokapankissa. Minua ei tarvinnut testata, mutta ajattelin, että parempi katsoa kuin katua, ja asetuin vapaaehtoiseen neljäntoista päivän karanteeniin - ainakin Gerald ja minä voisimme olla yhdessä.

Kun tulokset tulivat, Geraldilla oli tauti, ja minun testini oli negatiivinen. Koska olimme olleet toistemme taskuissa, oli todennäköistä, että minullakin oli tauti, mutta olin vain oireeton, joten menimme molemmat karanteeniin onnellisina yhdessä, kuten olimme olleet neljänkymmenenviiden vuoden ajan, jolloin olimme tunteneet toisemme.

Olimme valmistautuneet kohtaamaan asian yhdessä, sitten minua käskettiin pysymään erossa Geraldistani, rajoittamaan kontaktejani - pitämään ovi välissämme, käyttämään naamaria, pesemään käteni usein - tiedättehän, miten se menee. Minä otin vierashuoneen, Gerald sai meidän huoneemme. Sanoimme toisillemme hyvää yötä seinän läpi, aivan kuten Waltonien perheen väki teki.

Eräänä yönä, kun hän ei saanut unta, lauloin hänelle seinän läpi muutaman kertosäkeen kappaleesta, jonka tahtiin olimme tanssineet ensimmäiset tanssit lukiossa, kappaleesta nimeltä Make Me Do Anything You Want, jonka oli säveltänyt A Foot in Coldwater. Hyräilin sitä itsekseni, kun katselin, mitä ulkona tapahtui. Joukko kanadanhanhia söi ruohoa muutaman metrin päässä. Laskin ikkunaa hieman alaspäin, jotta kuulisin niiden höpötyksen. Hengitin syvään, päästin ulkoilman sisään, mutta raikas ilma ei estänyt minua muistamasta seuraavaa, vaikeinta osaa, kun Gerald vietiin minulta ja hänet vietiin sairaalaan. Minua ei päästetty ambulanssiin hänen kanssaan, ja hän meni alamäkeen niin nopeasti, etten nähnyt häntä enää koskaan elossa.

Soitin ensin lapsille. Tietenkin he ovat nyt kaikki aikuisia ja heillä on omia lapsia. Lapsia, vuohia. Tarkoitan tietysti lapsia. En ole varma, milloin palasin yleiseen kuvaukseen. Luultavasti siksi, että Gerald ei ole täällä kieltämässä minua.

Lapsemme eivät voineet tulla mukaan sosiaalisten etäisyysrajoitusten vuoksi. Heidän alueensa olivat takaisin vaiheessa 2. Sitä paitsi, riski saada virus itse, riski viedä se takaisin lapsenlapsillemme ei ollut sen arvoinen. Me kasvot ajoitimme - ystävällisen sairaanhoitajan avustuksella - mutta Gerald ei puhunut. Tähän mennessä hymy oli kadonnut hänen silmistään, ja minä tiesin.

Hautajaisten jälkeen - kukaan muu kuin minä ei tullut hautajaisiin - en tiennyt, mitä tehdä itselleni. Tilanne oli vielä pahempi sen jälkeen, kun vakuutus oli maksettu. Olimme koko elämämme ajan säästäneet - ja nyt, kun hän oli poissa, ei ollut paikkaa, minne mennä - ei pandemiaa, joka vaanii joka nurkassa - eikä Gerald ollut siellä jakamassa sitä kanssani, joten ei ollut mitään järkeä lähteä. Kaikki se raha, enkä keksinyt mitään, mitä halusin tai tarvitsin Geraldin lisäksi.

Syksyn lähestyessä ja lehtien alkaessa palaa, osoitin lukemattomia kertoja erityisen upeaa puuta kenellekään. Ja sitten horisontissa oli kiitospäivä. Yleensä valmistimme perhejuhlan - kanadalaisittain - kurpitsapiirakalla, karpalokastikkeella, kalkkunalla, kinkulla, täytteellä, perunamuusilla, vihanneksilla ja coleslaw'lla. Gerald leikkasi yleensä linnun, kun minä järjestelin kaiken muun. Sitten menimme pöydän ääreen ja kaikki, jopa pienet lapset, sanoivat, mistä olivat kiitollisia kuluneena vuonna.

Muistin pienen Kevinin sanoneen, että hän oli kiitollisin "Bampasta" - isoisästä. Geraldin silmät olivat tuona päivänä syttyneet kuin aurinko, joka tuli pilven takaa esiin useiden sadepäivien jälkeen.

Tyttäreni ehdotti, että "isännöisin" virtuaalista kiitospäivän illallista. Hänen sydämensä oli oikeassa paikassa, mutta ajatus oli absurdi. Yksin tekisin kalkkuna-tv-illallisen ja söisin sen katsellessani Charlie Brownin kiitospäivää.

Joten palaan takaisin siihen, että istun tässä kirotussa autossa, tummennetut ikkunat ylhäällä - pelkään liikaa nousta autostani. Kun katseeni harhailee kävelytiellä, näen Sonnyn ja Evelyn Marshallin, ja ennen kuin ehdin väistää - he näkevät minut. He tulevat minua kohti. He kuulivat Geraldin poismenosta ja haluavat osoittaa kunnioituksensa, ja minun on liian myöhäistä käynnistää auto ja peruuttaa pois tältä parkkipaikalta.

Auton edessä nyt naamioituneena Sonny koputtaa ikkunaani, kun Evelyn kiertää matkustajan puolelle.

"Hei", sanon suljettujen ikkunoiden läpi. Puhelimeni soi. Osoitan sitä, jotta he tietäisivät, että minun on hoidettava puhelu, ja katson sitten, kuka soittaja on - linjalla on Evelyn. "Hei taas", sanon, kun Sonny kävelee autoni etuosan ympäri, pysähtyy hetkeksi katsomaan minua tuulilasin läpi ja siirtyy sitten vaimonsa luokse.

Evelyn sanoo: "Kuulimme Geraldista. Olemme syvästi pahoillamme ja halusimme vain poiketa kertomaan sen teille. Halusimme myös sanoa, että jos tarvitsette jotain, mitä tahansa, soittakaa meille. Haluamme olla tukenanne niin paljon kuin voimme tämän pandemian aikana." Sonny laittoi kätensä vaimonsa ympärille.

"Olen kunnossa", sanoin. "Kiitos ystävällisestä tarjouksesta ja käynnistä." Lopetan puhelun ja lasken luurin alas toivoen, että he lähtisivät pois.

Sonny sanoo jotakin, minkä normaalisti tietäisin, koska olen melko hyvä lukemaan huulilta, mutta näillä naamareilla kuka tahansa voi sanoa mitä tahansa. Hän ja Evelyn vilkuttavat palatessaan polulle ja lähtevät pois.

Katson, kun he käyvät käsi kädessä, kun he pienenevät ja pienenevät. Kun he ovat lähteneet, musta varis laskeutuu autoni konepellille ja katsoo minua tummennetun lasin läpi. Rullaan ikkunan alas ja sanon: "SHOO!".

Varis siirtyy minua kohti, röyhistelee höyhenensä ja vastaa uhmakkaasti "CAW, CAW!".

Rullaan ikkunan takaisin ylös ja katson, miten se kävelee autoni konepellillä. Se jättää linnunjälkiä pölyiseen ajoneuvooni. Käynnistän moottorin ja suihkutan vettä tuulilasille. Lintu ei liikahda. Heilautan pyyhkimiä useita kertoja. Se katsoo minua, pudistaa päätään ja sitten se kakkaa. Torveilen ja katson, kun se nousee ilmaan, leijuu, kakkaa vielä vähän lisää, tällä kertaa osuen ajovaloon ennen kuin se lähtee kohti vettä.

Varisryhmää kutsutaan murhaksi. Kun Gerald kuoli ihmisen aiheuttamaan virukseen, joka oli päästetty irti planeetallemme, hänen kuolemaansa ei kutsuttu murhaksi - vaikka sitä olisi pitänyt kutsua murhaksi.

Kurkistan käsilaukkuuni ja otan esiin naamarin. Laitan yhden silmukan oikean korvani läpi ja toisen vasemman korvani läpi. Varmistan, että se istuu oikein, nenän yli ja leuan alle. Astun ulos autostani ja auringonvaloon.

Hyvä tyttö, Gerald hihkuu, kun varisparvi muodostaa ympyrän pääni yläpuolella, ja astun liikkuvan auton eteen.

SANS MASQUE

M IES SEISOI HUONEEN TOISELLA puolella ja nainen toisella.

Molemmat pukeutuneina - tai ylipukeutuneina - näin hän koki miehen ulkonäön. Kiillotettu oli ensimmäinen sana, joka tuli mieleen, mutta jokin miehessä näytti liian liukkaalta. Aivan kuin hän olisi halunnut, että nainen rakastuisi häneen enemmän kuin oli jo rakastunut.

Ainakin mies oli tullut paikalle - vaikka nainen oli kieltäytynyt tekemästä sitä, mitä mies oli pyytänyt, ja tämä oli heidän ensimmäinen henkilökohtainen tapaamisensa.

He olivat tavanneet deittisovelluksessa. Sitä ei ole kielletty lailla - vielä. He olivat kehittäneet suhteen ajan myötä. Mies päätti viestinsä aina sykkivään sydänhymiöön. Nainen lopetti aina "yours truly", kuin kirjeeseen. Hän oli vasta-alkaja deittisovellusten skenaariossa, mutta miten muuten hän olisi voinut tavata ketään, kun tiukat pandemialait olivat voimassa?

Hieman yli kahden kuukauden viestittelyn ja sähköpostailun jälkeen mies pyysi häntä tapaamaan henkilökohtaisesti. Nainen suostui vastahakoisesti. Jos he eivät koskaan tapaisi, hän voisi tavallaan kuvitella, että mies oli kaikkea sitä, mitä hän väitti olevansa. Vielä tärkeämpää oli, ettei hän halunnut vaikuttaa liian innokkaalta tai epätoivoiselta.

Mies oli nähnyt niin paljon vaivaa ja järjestänyt kaiken, myös paikan, jonne hän aikoi viedä tytön. Aluksi hän ei voinut uskoa onneaan. Kun hän odotti miehen vahvistavan yksityiskohdat, hänen tunteensa muuttuivat innostuneesta epäileviksi. Voisiko mies todella varata näin hienon paikan vain heille kahdelle? Kun mies oli lähettänyt tekstiviestin yksityiskohdista, nainen oli huudahtanut ja vastannut hymynaama-hymiöllä. Se oli hänen suhteensa ensimmäinen.

Sen jälkeen hän meni välittömästi vaatekaappiinsa ja liu'utti peiliovet auki. Hän penkoi vaatehenkareita, kunnes löysi kalleimman mekkonsa - sen, jota hän kutsui hienoksi mekoksi. Tämän hän nimesi näin edesmenneen äitinsä muistoksi. Se oli kopioitu design-numero, jonka hän oli ostanut netistä, ja hänen ylpein muotiesineensä. Hän piteli sitä itseään vasten, katsoi peiliin ja yritti päättää, millä koruilla hän sitä korostaisi: tekotimanteilla vai helmillä? Hän päätyi ensimmäiseen.

Suuren tapahtuman aamuna hän oli herännyt aikaisin tarkistamaan postilaatikkonsa. Hän odotti tekstiviestiä tai viestiä, jossa kerrottiin, että mies joutui perumaan. Totta puhuen osa hänestä toivoi, että mies peruisi, mutta hänen postilaatikkonsa oli tyhjä eikä tekstiviestejä ollut tullut. Hän oli mennyt keittiöön keittämään itselleen kupin kahvia ja tarkistanut sitten uudelleen, josko mies olisi ollut yhteydessä. Tällä kertaa hän katsoi jopa roskapostitiedostoon - sekin oli tyhjä.

Koko päivän hän piti itsensä kiireisenä. Ensin hän otti pitkän höyryävän kylvyn ja kuoriutui. Sen jälkeen hän söi kevyen lounaan. Jälleen hän tarkisti, oliko hänellä viestejä, eikä löytänyt yhtään, joten hän muotoili hiuksensa ja laittoi kyntensä. Ennen kuin hän meikkasi itsensä, hän trollasi sosiaalisen median kautta. Koska hän ei löytänyt mitään merkkejä miehen viimeaikaisesta toiminnasta, hän astui korkeimpiin korkokenkiinsä - niihin, jotka saivat hänen jalkansa näyttämään pisimmiltä. Hän viimeisteli lookin levittämällä kerroksen karkkiomenanpunaista huulipunaa ja astui peilin eteen. Täydellinen.

Yhtä asiaa lukuun ottamatta: hänen yhteensopivaa kytkinlaukkuaan. Hän siirsi siihen puhelimensa ja pankkikorttinsa, haki huulipunan ja oli nyt valmis mihin tahansa.

Kun hän astui ulos ulko-ovesta ja levitti naamionsa, taksi saapui. Hän oli varannut sen edellisenä iltana varmistaakseen, ettei hän myöhästyisi tai tulisi liian aikaisin. Hän halusi, että ajoitus olisi täydellinen heidän ensimmäiselle henkilökohtaiselle tapaamiselleen.

***

Hän vietti päivän tarkistamalla kaiken kahteen kertaan, kuten hän aina tällaisissa tilanteissa teki.

Hän odotti innolla, että saisi vihdoin tavata hänet henkilökohtaisesti. Verkossa hän vaikutti ujommalta ja naiivimmalta kuin muut, joiden kanssa hän oli jutellut. Hän vaikutti niin aralta, niin epätodelliselta, että hän oli suoralta kädeltä kieltäytynyt lähettämästä hänelle alastonkuvaa itsestään. Alasti eli ilman naamiota.

Ennen kuin nainen suostui tapaamiseen, hänen oli vakuutettava hänelle, että ohjeita noudatettaisiin. No, ei vain noudatettu, eli hän vaati vähintäänkin miehen henkilökohtaisen takuun siitä, että heitä ei keskeytettäisi.

Kun johtajat ympäri maailmaa kaatuivat, kansainvälinen hallitus muodostettiin täyttämään aukko. I.G.:n ollessa johdossa maailma vaati ankarampia rangaistuksia sosiaalista etäisyyttä rikkoville huligaaneille, jotka eivät noudata sääntöjä. Vastaperustettu International Pandemic Associates (I.P.A.) valtuutettiin valvomaan sosiaalista etäisyyttä koskevien lakien noudattamista kaikin tarvittavin keinoin.

Maailman johtajien kaatumisen jälkeen yleisö nousi kiivaaseen paheksuntaan. Sosiaalinen media tulvi väärää tietoa. Ihmiset vaativat oikeutta ja lähtivät kaduille julisteidensa ja rauhanmerkkiensä kanssa. Kun heitä ei saatu hiljennettyä ja vankilat täyttyivät ääriään myöten, julkiset teloitukset kirjattiin lakiin.

Kaiken tämän aikana hän oli onnistunut pitämään kiinni rahoistaan, eikä hän pelännyt käyttää niitä, kun se oli hänelle eduksi. Hän oli rasvannut muutaman kämmenen varatakseen tapahtumapaikan ja palkatakseen henkilökunnan ja varmistaakseen, että he pysyisivät rauhallisina. Hän ei voinut mitään sille, että tiloissa oli silmä tarkkailemassa heitä. Tarkkailukameroita oli kaikkialla.

Hänen smokkinsa oli noudettu ja se oli yhä käärittynä muovisuojukseen, jota se oli pitänyt yllään matkalla pesulasta kotiin. Se oli ollut karanteenissa autotallissa, kunnes sitä tarvittiin. Koskaan ei voi olla liian varovainen. Kankaiden karanteenin normaaliaika oli neljäkymmentäkahdeksan tuntia. Varovaisuuden nimissä se oli jätetty autotalliin viikoksi.

Kun hän oli pukeutunut täysin, hän laittoi viimeiseksi naamarinsa päälle ennen kuin astui autoonsa. Liikennettä oli vähän, ja pysäköinti oli helppoa.

Hän halusi kaiken olevan täydellistä.

Aivan kuten hän toivoi hänen olevan.

***

Hän astui taksista ulos jalkakäytävälle ja sulki raon itsensä ja tapahtumapaikan välissä.

Maassa, jalkakäytävälle liidulla kirjoitettuna oli hänelle osoitettu viesti. Siinä luki: Kulta, seuraa minua. Hän hymyili ja seurasi kiviin kaiverrettua sydänten jälkeä. Aina silloin tällöin hänen sormensa hakivat rauhoitusta hänen kasvonsa peittävästä maskista. Se oli nyt kuin toinen ihokerros.

Hän meni avoimista ovista sisään ja seurasi lisää sydämiä, jotka johtivat häntä pitkin käytävää.

Vihdoin hän saapui toivoen, että hänen todellinen rakkautensa, hänen sielunkumppaninsa, odotti.

***

Huoneen toisella puolella heidän katseensa kohtasivat. Nainen mustassa hihaton mekossaan ja mies mustassa smokissaan.

"Sinä tulit!" mies sanoi vahvalla myöntävällä äänellä.

"Kyllä", nainen vastasi hengästyneenä kuiskaamalla.

Hän hidasti sydämensä sykettä, kun hän otti huoneen haltuunsa. Hänen huomionsa yksityiskohtiin oli moitteeton. Pöytä oli katettu kahdelle, ja siinä oli hienointa posliinia, kristallia ja hopeaa. Pöytä ulottui koko huoneen pituudelle. Keskellä oli upea kynttelikkö, joka säteili romantiikkaa.

"Olkaa hyvä ja istuutukaa", hän sanoi.

Nainen istui omassa päässä ja mies omassa päässä. Ennen kuin epämiellyttävä hiljaisuus ehti syntyä, mies taputti. Kaksi tarjoilijaa saapui ovesta, jota hän ei ollut huomannut. He olivat pukeutuneet päästä varpaisiin kokovartalopukuihin, jotka eivät olisi näyttäneet sopimattomilta kuussa, ja lähestyivät. He täyttivät hansikkain käsin samppanjahuilut ja kulhot kevyellä kulutuksella.

Mies napsautti lasinsa kylkeä ruokailuvälineellä, ja nainen teki samoin. Häissä tämä rituaali suoritettiin aikoinaan vastanaineille pyyntöön vaihtaa suudelma. Pelkkä ajatus siitä, julkisesti paljastamisesta, sai hänet vapisemaan. Tässä uudessa pandemiamaailmassa kilinän kilinä osoitti, että aloittaja halusi kohottaa maljan.

"Teille", hän sanoi ja nosti lasinsa.

"Meille", hän sanoi punastuen raivokkaasti naamionsa alla.

Tarjoilijat saapuivat määräajoin tarjottimia kantaen. Kun tarjoilijat olivat viimeisen kerran esittäneet liekitettyjä Cherries Jubilee -kirsikoita, he kumarsivat. Tämä osoitti, etteivät he palaisi.

"Kunpa voisin suudella sinua", hän sanoi kovempaa kuin olisi halunnut, mutta tarpeeksi kovaa naamionsa vuoksi.

Nämä miehen sanat sytyttivät hänet. Ennen kuin hän tiesi, mitä teki, hän oli noussut seisomaan ja puhalsi miehelle suukon. Hän istuutui takaisin ja kuvitteli suudelman leijailevan ilmassa pöydän yli kuin höyhen.

Mies otti sen kiinni ja painoi sen huulilleen. "Se ei riitä", mies huokaili.

Hän laukaisi taas tuolinsa takaisin. Se raapaisi hiljaisuuden läpi.

Hänen korkokenkänsä naksahtelivat, kun hän ylitti lattian. Hän kompuroi kiihdytyksestä kulkiessaan pitkin pöytää kohti miestä.

Kun hän liikkui häntä kohti, ilmastointi tuuletti hänen makeaa, suloista hajuvettään hänen suuntaansa. Siihen asti hän oli nähnyt vain naisen korallinsiniset silmät ja pienet korvalehdet, joiden alle naamarin hihnat oli asetettu. Hänen sydämensä hakkasi niin nopeasti, että hän oli varma, että se puhkeaisi hänen rinnastaan. Rauhoittaakseen itseään hän käänsi vihkisormustaan sormessaan ympäri ja ympäri miettien, oliko tämä tyttö sen arvoinen. Oliko tyttö tarpeeksi hyvä, jotta hän riskeeraisi lain rikkomisen? Kuolisiko hän tytön vuoksi?

"Seis!" hän huusi ja nosti kätensä rajusti ilmaan kuin vihainen koulunvalvoja.

Tyttö oli yhä lennossa, hän puri huultaan naamarin alta.

Hän kiinnitti naamarinsa paikoilleen.

Kun silmä seinässä räpsähti hänen takanaan, hän kuiskasi: "Unohdinko mainita, että olen naimisissa?"

Hän jatkoi ryntäämistä kohti miestä, kun ovet hänen takanaan heilahtivat auki.

"Unohdinko mainita, että olen IG:n palveluksessa?" hän tiedusteli, kun kaksi avaruuspukuista miestä tainnutti hänet maahan.

Kiitokset

Hyvät lukijat,

Kiitos niille ihanille ystäville, perheelle ja ihmisryhmälle, jotka ovat tukeneet minua ja kirjoittamistani vuosien varrella emotionaalisesti, sekä niille teistä (tiedätte, keitä olette), jotka auttoivat teknisissä asioissa, kuten oikoluvussa, muokkauksessa ja muissa asioissa. En todellakaan olisi pystynyt siihen ilman ainuttakaan teistä.

Kiitos teille kaikille miljoona kertaa enemmän!

Rakkain terveisin,

Cathy

Kirjoittajasta

Cathy McGough asuu ja kirjoittaa Kanadan Ontariossa miehensä kanssa, pojan, kahden kissan ja yhden koiran kanssa.

Myös:

FICTION
JOKAISEN LAPSI
RIBBY'S SALAISUUS
LEGENDAARISTEN KIRJAILIJOIDEN
HAASTATTELUJA TUONPUOLEISESTA
EI FIKTIOTA
103 VARAINKERUUIDEAA VANHEMPIEN
VAPAAEHTOISILLE KOULUJEN JA JOUKKUEIDEN
KANSSA TEHTÄVÄÄN VARAINHANKINTAAN
MAALAAMINEN SANOILLA
+
SEKÄ VALIKOIMA LASTEN- JA NUORTENKIRJOJA